徐兆淮 著

编余絮语录

中国书籍出版社
China Book Press

图书在版编目（CIP）数据

编余絮语录 / 徐兆淮著 . —— 北京 : 中国书籍出版社 , 2020.12

　　ISBN 978-7-5068-8000-8

　　Ⅰ . ①编… Ⅱ . ①徐… Ⅲ . ①散文集—中国—当代 Ⅳ . ① I267

中国版本图书馆 CIP 数据核字 (2020) 第 181501 号

编余絮语录

徐兆淮　著

图书策划	成晓春　崔付建
责任编辑	朱　琳
责任印制	孙马飞　马　芝
出版发行	中国书籍出版社
地　　址	北京市丰台区三路居路 97 号（邮编：100073）
电　　话	（010）52257143（总编室）（010）52257140（发行部）
电子邮箱	eo@chinabp.com.cn
经　　销	全国新华书店
印　　刷	三河市华东印刷有限公司
开　　本	650 毫米 ×940 毫米　1/16
字　　数	357 千字
印　　张	23.75
版　　次	2021 年 1 月第 1 版　2021 年 1 月第 1 次印刷
书　　号	ISBN 978-7-5068-8000-8
定　　价	78.00 元

版权所有　翻印必究

编余絮语录

自序：
我的文学梦

　　大约许多文学爱好者在青少年时期都做过作家之梦；几乎每一个端文学饭碗的人，都与文学有过不解之缘。我的文学之梦与文学之缘大体亦不例外。

　　我与文学的缘分开始于幼年时期在家乡听故事讲故事。我出生在苏北的一个农村集镇上，童年时期却生长在苏南农村的一个贫困家庭里。父亲虽读过几年书却终因忙于生计，无暇跟我讲什么文学故事。我的母亲和外婆大字不识一个，似乎也没在我的脑际留下什么讲故事的印象。在贫困与寂寞的童年，对我完成文学启蒙的是我的长辈及大我几岁的伙计们。他们用薛仁贵征东、薛丁山征西等演义故事，吸引和打动着我幼小的心灵。

　　及至我进了学校有了读书条件，这才逐渐培养、形成了我青少年时期的文学爱好——读书，尤其是文学类书。

不过，由于当时我对文学的理解就同我的购买力一样，几近于零，我所谓的读书也实在有限得很——除了课本，家里几乎没有一本书可言。我只好租几本小人书（连环画），或是到邻居家一个收破烂的老头儿那里借几本书以解书渴而已，哪里能读得上文学精品著作？

直到上了中学，我担任班级图书课代表之后，这才有了"近水楼台"似的读书条件。记得在南京四中那间俭朴的阅览室和图书馆里，我曾如饥似渴地读了不少文学书籍。

然而，不管如何，正是对文学的这淡淡的喜爱与浅浅的姻缘，竟把我带入了大学中文系，并在毕业之后又使我选择了文学研究的最高殿堂——中国社科院文学研究所。

我本以为，从此我将从事文学批评和研究工作，成为文学批评家或是文学研究的学者。谁料想动荡岁月把我卷进文学编辑的行列，并且一干就长达20年之久！

我是从事文学编辑工作五六年之后，才在编辑余暇开始文学批评活动的。而我的批评活动又是紧紧地与所编期刊和书籍相接相关的。对我来说，我的文学评论不过是文学编辑工作的延伸与补充。因为无论是我评说的作家与作品，还是评论的文学现象几乎都是与我所参与编辑的期刊有着直接与间接的关系。我以为，这也是作为称职编辑的必要条件。

大凡与文学有过姻缘的人，大约都难免做过作家梦。我的文学创作活动开始于20世纪90年代，那已是从事文学编辑工作15年、从事文学批评活动10年之后的事情。对我来说，文学创作亦不过是我的文学编辑工作的需要与发展，也是作为一个好编辑的重要素质。

倘若，除去动荡岁月中空抛了 10 年的光阴，那么完全可以说，在余下的 25 年的实际有效的工作时间里，文学编辑工作始终占据着我的生命的主要位置，我把一生中的主要时光交付给了文学编辑事业，我以我的心血与汗水浇灌了参与编辑的文学期刊《钟山》。所幸的是，在我和同仁们的共同培育之下，《钟山》在如今的文学期刊之林里，已由一个省级刊物成长为一棵文学大树，已由一家地方刊物成长为全国的品牌刊物。

在庆祝、回顾《钟山》创办 20 周年之际，我曾题过一首小诗：

相伴《钟山》二十年，呕心沥血应可期。

待到山花报春时，头枕紫金正可憩。

是的，当此之际，即使我马上退休回家，亦当心甘情愿、无怨无悔，尽管眼下在市场经济冲击下文学期刊是那么不景气，文学编辑又是那么的清贫与寂寞。

我知道，中国有句老话："树挪死，人挪活。"但自打调入《钟山》之后，虽说也曾遭到过挫折，有过不顺遂的时候，但凭着我对《钟山》和文学编辑事业的热爱，我只能说，吾爱编辑这一行，吾愿从一而终。

目录

自序：我的文学梦 / 001

第一辑　作家文友为人为文印象

才子·书生·文人 / 002
动情之书与动情之文 / 007
桀骜率真之人　才情忧国之文 / 014
苦乐自知　人生当笑 / 024
宽厚长者何其芳 / 029
偷读《围城》 / 032
来自乡友的祝贺与祝愿 / 035
老高，您走好 / 040
描绘山水新变　拓展心灵空间 / 043
难忘艾奇 / 046
朴素为本　真情是魂 / 050
且说李国文的华丽转身 / 053

散淡老人　素雅之文 / 063
生日拜访 / 067
文人·才子·师友 / 070
遥念张一弓与《钟山》的一次友情合作 / 074
叶弥和她的成长小说 / 081
一位老编辑与他的三位评论家老友 / 085
以文为友　与书作伴 / 097
追忆人生　重温旧作　反思历史 / 102
白发老人话旅游 / 107
白发老翁话乐趣 / 113

第二辑　文化随笔与游记杂感录

白发老翁再话活法 / 122
苍苍石头城 / 126
大漠艺术梦 / 130
读书与心境 / 133
公路遐想 / 137
红烧肉的故事 / 140
话说作家的书写方式 / 143
话说作家的潇洒 / 146
活着与活法 / 150

家庭读书乐 / 152

嘉峪关随想 / 155

街名趣谈 / 158

聚会随想 / 162

老人说梦 / 165

陵园随想 / 168

留住那片绿色 / 171

旅行在戈壁滩上 / 174

漫步鸡鹅巷 / 177

耄耋老翁校园寻觅 / 180

美丽的街名 / 185

名城·名河·名街（巴黎印象）/ 187

难忘兰州牛肉拉面 / 190

难忘老宅 / 193

品味一代球王的人生大戏 / 199

且说面子 / 202

且说明星 / 205

且说胖瘦 / 208

亲近长白山 / 211

说不尽的巴尔扎克 / 213

说糊涂 / 216

说骂 / 219

说清高 / 224
文化，并非乞丐 / 227
文化市场随想 / 230
文人与茶 / 232
文人与酒 / 236
文人与美食 / 239
"小院"里的时尚美食 / 245
新疆纪行 / 247
休闲与清谈 / 252
阳关情 / 255
也谈作家"下海" / 258
一位耄耋文人的心愿 / 260
以书为友与石作伴 / 264
悠悠秦淮水 / 270
又见凤尾竹 / 273
钟山青　秦淮碧 / 276
走近北极阁 / 280
作家"下海"之后 / 283
作家何必斗富 / 286
作家何须"追星" / 288

第三辑　家庭与亲情

管还是不管，这是一个问题 / 292
明是非·守规矩·知好歹 / 296
人生不满百　志当存高远 / 300
人生游戏与游戏人生 / 305
孙子，爷爷好想对你说 / 309
孙子的口头禅 / 313
孙子的早餐 / 316
我那老哥 / 321
闲话孙子赶考 / 325
乡愁古今皆有　滋味各不相同 / 329
与孙子说玩 / 339
与儿孙说家规，道家风 / 343
与孙子话机遇 / 347
与孙子谈吃 / 351
走出校园　路在何方 / 355
亲情可贵　爱心无涯 / 359
守护小家　追求大爱 / 363

第一辑 作家文友为人为文印象

紫金文库

才子·书生·文人
——忆念文友宋词

作为一个年过七旬的长者和老编辑,我自然经历过不少与老朋友、老作家生离死别的悲痛场面,有过动人心魄的难忘时刻。多少年过去了,我还时常梦想起与昔日老友许公患难与共的时刻,我还难忘我的作家邻居高晓声垂危之际,我却因坐在出访的飞机上,未能面见话别的遗憾。当然,也不能忘记十多年前我去医院病榻前,探望我的前辈作家艾煊与同辈文友张弦,凄然话别时的悲痛情景。

如今,我终于又一次面临着与另一位老作家、文友临终告别的时刻。这便是与卧床已久、沉疴不起的宋词的诀别。近日在炎热酷暑中,我曾两次拜访探望病榻中的宋词。他躺在病床不能起身动弹,说话喘息亦颇有难度,我只能或站或坐在老宋床边简单地诉说几句问候之语,我和他似乎都已体悟到,来日无多,也许今后这样的话别方式,愈来愈少了。我只能尽情地注目凝视老宋,轻轻地牵手话别。果如所料,不几日,老宋驾鹤西去了,时在2013年9月2日凌晨，年届 81 岁之际。

一生命运多舛的老作家走了，却为当代文坛，为喜爱他的读者，留下《宋词文集》（四卷），为戏剧界留下戏剧《穆桂英挂帅》，留下《情路吟》诗词集和《我的歌台文坛》散文集，尤其是留下了堪称是才子型作家的美名。在已然逝去的 20 年里，尤其退休之后，我们曾有过多次文友聚会，聆听过他对文坛往事的叙述，家人国事的慷慨陈词。之后，我还写过一篇《才情并茂，诗文双秀》一文，以记下我对老宋为人为文的印象。

论说起来，我与老宋相识相交并不算早，相熟更晚。年龄小他 6 岁的我，当他在反右遭难时，我还只是一名不谙世事的中学生，并不知宋词其名其人。"文革"前后他再次落难时，我还在北京，在安徽农村搞"四清"，在河南农村走"五七"道路；即使"文革"后期我调回江苏出版部门，参与《钟山》编辑工作，我仍未有机会为老宋在刊物所发两部历史小说作过责编。可以说，对于宋词，我是先闻其名，后识其人，再后才有机会拜读他的那些才情横溢的作品的。

20 世纪 80 年代初，宋词连续在《钟山》刊发中篇历史小说《书剑飘零》和《才女》时，我尚未能担任小说的责编，也未及读过他的其他作品。但当《钟山》由省出版社转划入省作协之后，我才陆续听到一些关于老宋的才情、文名，及人生多舛的坎坷经历。他是我作为编辑，陆续结识、组编艾煊、高晓声、陆文夫、张弦等右派作家的作品之后，方才闻知宋词其人其名的。

大约直到 20 世纪 90 年代，我才有了较多与他个别接触的机会。记得最早的聚会正是在宋词家里，一次由宋词邀集董健、姜滇等文友的家宴上。老宋的老伴陈女士为我们烧了一桌口味颇佳的菜肴，我等文友除了品尝到可口的美食之外，更体悟到老宋这位出身河南名门的才子作家慷慨悲歌、狂放不羁的个性。自那之后，我们常有小聚机会，话题也逐渐从作家作品文坛现状，直到家事与国事，几近成了无话不谈的知心文友。

于是，我方才始知，老宋不仅是一位才华横溢的才子型作家，而且也是一位关注国是民生的书生，是一位爱国忧民的人文知识分子。

8月23日我去医院探望老宋归来，昔日与老宋聚会交往的旧事不断袭上心头，涌入脑际，我不由地翻检出老宋刊发在《钟山》上的两篇历史小说，还有那本装帧古雅的诗词集，精美别致的散文集，及多少显得有些灰暗朴素的《宋词文集》。我一再阅览这些书籍里的有关宋词各个时期的摄影照片，尤其是文集封面上，宋词戴着礼帽，穿着灰色便服，扎着暗花色的围巾，略带微笑的面庞上，虽然显示出新世纪改革开放宽松环境，所带给他的淡泊心境，但依然难掩这位饱经风霜的才子作家所曾经历过的人生磨难给他留下的心理阴影。

在老宋弥留之际，我再次翻阅手头积聚已久有关他的文集出版物，我搜索与他交往中，有关他为人处世的点滴印象，我力图从中寻找到老宋为人为文的某些风貌与特色。我知道，但凡对某些经历过人生跌宕起伏的耄耋老人来说，这大约并非易事。但对宋词而言，又似乎有所不同。盖因纵观宋词80余年的人生历程，老宋虽然不属于那种处事圆滑胆小怕事之人，亦非那类深藏不露、讲究韬晦谋略的人。倘称他是一个性情中人，大抵不差。

在我的记忆中，他首先是一位才情横溢的才子。早在20世纪50年代，他即在《人民文学》上发表过给他带来名气、也带来灾难的短篇小说。之后，他创作的戏剧剧本《穆桂英挂帅》又风靡全国，获得大奖。中年之后，他所写长、中篇历史小说，颇让人刮目相看。再后，他所写的凄清典雅的古典诗词，更使他几乎独步江苏诗坛。委实，能将文史贯通，且又能将诗文、戏剧、小说写得那么文采斐然者，在江苏只怕实不多见，几近无人能及。难怪他的知己老友艾煊生前所言："成就了宋词文学的，是他的'才'和'情'。然而，成也萧何，败也萧何。他是情种，他往往'恃才傲物'，这又使他屡遭人嫉，屡受领导的打击与排斥。"故而翻阅他的主要作品，回顾他的人生历程，当可发现，他一向很少有跟风趋时之作，察言观色之言，无论是做人，还是他为文，更尊崇的，乃是自己的才情与思考。

在我的心目中，他亦是一名关注民生、忧国忧民的书生。他的许多作品大都所写虽是才子佳人、文士爱美的凄情故事，可与相处较久、交谈甚多的人，却又都会明白，老宋实在也是一位书生意气挥斥方遒，且谈起国是民生之时，又往往愤世嫉俗，爱憎分明之人。他并非只讲个人情感的纯粹才子型作家，他更是一位关注国计民生的书生。每逢文友聚会时，宋词说起时政话题，他的滔滔不绝、见解不凡的话语，总给人留下这般难忘的印象。此时的宋词，仿佛分明少了许多书呆子气，而多了几许爱国书生的硬气与豪气。尽管我们都知道"百无一用是书生"这句古训，但又怎能改变老宋这般的书生意气？

在我的印象中，他的才子爱美的气质，他的书生意气，总也难掩他文人的风貌。无论是才子爱美，或是书生议政，宋词总归仍是一名在中国传统文化气息中熏染甚久的文人。在他的身心深处总也不免存在着中国传统文人的长处与短处，文人的偏激与软弱，文人的多情善感。对此，老宋并不讳言躲闪。记得他在一篇忆念老友艾煊的散文中，曾经深情赞颂过艾煊"一生只愿做文人"的品格、风度。当然，内中也包含着对另一类"身在文场心在官场"的作家的讽喻。其实，观之宋词一生，他才真正是一个"一生只愿做文人"的作家。无怪乎学者董健称他为始终处于边缘的"另类"作家。

一个命运多舛的才子，一个意气风发的书生，一个迭遭磨难的文人，经历过多重的荣辱悲喜之后，如今终于走到了人生的尽头。作为宋词的文友，悲痛之余，我不由再次翻检起老宋题赠给我那一本本诗书文集，似乎只有此刻，我才不免又感到些许慰藉。老宋走了，他毕竟用他的才气与勤奋为江苏的文学历史留下了不少值得纪念的作品。我想，作为这样的才子、书生和文人，老宋也该满足，死而无憾了。老宋兄，愿你一路走好！

在一向以思想犀利文字流畅华丽的学者丁帆看来，叶、许两位先生看似个性迥异，其实，面对这样的现实世界和家庭现状，却"有着共同的人生宿命，也是许多知识分子共同命运的谶语——对社会责任感愈强，就愈不能容忍社会的黯淡与人生的惨淡，悲观主义才是他们最深刻的思想选择""面对无奈的世界，无望的人生"，选择自我决绝的自杀方式，"此乃精神的殊途同归也"。

作为中国文化人，我固知道，在中国文化传统里，向来不乏身处乱世、生不逢时而苟活于世的知识分子；我十分赞同王彬彬先生所言："每个人都无法选择如何生，却有选择死的权利。"因此，我不免要对丁帆在文中所说"我绝不同意'自杀是懦夫的表现'这个十分陈腐的观念，尤其是对知识分子而言，自杀是一种深度思索的结果，是智识者大勇的选择"，给予必要的点赞。

古往今来、中外古今，真不知有多少人探讨过生与死的话题。莎士比亚在名剧《哈姆雷特》中，更是对生与死写下了那句流传千古的名言——"活着还是死去，这是一个严肃的问题"。对此人生难题，不同的人，不同的知识分子，自会有不同的选择不同的方式。作为叶、许的师友，我别无选择，只能给予更多的理解、尊敬，甚至信服、崇拜。作为年近七老八十的白发老人和疾病缠身的长者，我甚至愿意赞同中国也该实行安乐死制度了。

无论如何，在叶、许两位师友离世多年，如今又在春节长假里读着丁帆忆念之文时，情动于衷，遂从内心深处发出这番疑问与感叹，也可说是借此机会表达一下我对这两位熟识师友的深沉怀念吧。而且，我深信，丁帆与我，实可说是他俩的知音好友，或师从学生了。当然，倘说这多少也代表了相当一部分知识分子的共同心声，大约也并不过分。

紫金文库

依照我 70 多年的阅读经验，我知道判断一篇文章一本书的价值，水平高下，固然可以有各种标准，也可因人而异，但在人生暮年的春节长假里，阅读阎纲、丁帆这两位师友的这一本书一篇随笔，却忽然发现，大凡是能让人十分动情和动心者，必可说是好文章。已逝老作家孙犁曾说"缘情成文"。此言可谓深谙为文之道了。

这道理虽然十分简单，却也十分深刻。比之时下那些花花草草的花边新闻，比之眼前那些深奥莫测的读物，这道理虽然浅显，却十分有效。尤其是像我这样的白发长者，更为适用，更易理解接受。但愿那些有点文化、行动不便的长者，那些整日围坐着麻将桌和电视机的长老们，不妨试试。

在当下瞬息多变的电子化时代，在物欲喧嚣、娱乐至上的信息社会，真正能让人如此动情又动心的书籍和作者，毕竟是少之又少了。我们理当珍惜宝贵的时光，珍惜人间真情。

一本让人动情的散文集，一篇让人动心的文化随笔，竟填补了我春节寂静的空暇时光，也丰富了一位白发长者的业余生活，同时也勾起了我对逝世多年老友的思念。一时间真不知，我该感谢写作此书此文的作者，还是那已然亡故了多年的三位逝者。不由地，我借着春节假期，向两位作者发了短讯，打了电话，表示了问候与祝愿。当然，我也愿借此文，向在天之灵的三位文化人，传递着来自人间亲友的真挚而遥远的怀念。

春节原是阖家团圆、亲情交汇的时刻。近些年我家和某些老人家庭的春节气氛，不觉之间却有着些许淡化减弱的趋势。今年的春节，我尤从这次让人动情和动心的阅读中，获得了情感的补充，精神上的慰藉。大约，这既表明传统佳节中，世风、家风正在发生悄然的变化，亦可算是我漫长的人生阅历中，一次颇为特殊的春节体验吧。

  正月初六，在春节假日即将结束之际，我终于从阅读的快感与沉思中，慢慢醒悟到，着实应当感谢阎纲和丁帆两位文友，是他们的作品让我和世人明白：人世间毕竟还存在着比爱情更让人动情和动心的珍贵情感，及更为深沉长久的记忆。

桀骜率真之人　才情忧国之文
——编余忆旧：张洁印象

在我 30 年的编辑生涯中，曾结识过来自全国的不少作家，编发过他（她）们不少的作品。自然，也有过不少次的拜访和通信往来。就中，主要是一代"右派"作家和知青作家。此外，便要数介于这二者之间，且创作成就也十分突出的中年作家了。而张洁、刘心武正是其中给我印象最为深刻的作家之一。以至退休十多年来，虽一直很少联系，但我依然不时地仍关注着这些活跃在新时期和新世纪，如今已年近或超过七旬的老作家。

近读报刊传媒上刊出的关于张洁的一些文字和照片，在我的脑海里，便立刻不由地浮现出与她结识、组发、编辑她作品时的一些片段情景。当然，她之所以能在与她分手十多年之后，依然活跃在我的脑海里，主要还是因为，在我的印象里，她实在是一位有鲜明个性，有突出才情和杰出成就的女作家。称她是中国从新时期直到新世纪以来，连续荣获国内外文学大奖的杰出女作家，也是个性和成就均十分突出的女作家，大约一点也不过分。

　　本来，编辑结识作家的渠道与方法，虽有许多种，但在我看来，最佳的渠道与方法，莫过于首先阅读作家的作品，即先识其文后识其人。1982年前后，我就是先后读过她的短篇《爱，是不能忘记的》和长篇《沉重的翅膀》，被她的作品所感染、所吸引，而后才千方百计地追寻、打探并结识她的。在以后的20多年里，我曾多次赴京拜访过她，也多次热情地邀请她来宁做客或参与《钟山》的笔会活动。之后的20年里，她先后应约为《钟山》提供并发表过两部中篇小说一篇短篇小说，还为联系编发这些作品给我个人写过14封信札。

　　作为一个热衷于期刊编辑事业的老编辑，退休之后的10多年里，我仍然不时地牵挂着曾经长期参与编辑工作的期刊，当然也难忘在编辑岗位上结识、编发过作品的作家朋友。有时，从阅读近时报刊信息和新作入手，又情不自禁地翻检起往日的书信、照片，旧时编发的作品，随后便动笔写些关于期刊关于这些作家的忆旧文字。

　　在这些忆旧文字里，与其说主旨是对该作家作品与文字的评议，倒不如说是一位老编辑，经过岁月的沉淀，所对于该作家为人为文的思念与怀旧。

　　近日忽地从报刊上读到一则关于张洁的报道，尤其是张洁借她在油画作品展会上所言《就此道别》一文，以及铁凝、李敬泽在展览会上的即席演讲，着实让我十分感动，激情难抑地要为张洁告别文坛写下这篇文字。

　　尤其在张洁那篇近似演讲词的文章《就此告别》中，所配发的张洁照片，让我仿佛看到张洁面对疾风暴雨，刀霜雨箭中，依旧昂然屹立的姿态，顿时从心中涌起了长期以来，对张洁为人为文的突出印象：桀骜率真为人，才情忧国为文。

于是，我立马搜寻昔日张洁写给我的个人书信，我与张洁的交往记忆，张洁、宗璞与我在全国作代会期间的合影，以及在大连笔会上的交往前后，还有张洁与作为《钟山》编辑的我结识交往，稿件编发的过程，便都一起涌上心头，浮现在我的脑际和眼前。

作为一名老编辑，我自然知道，作家与期刊与编辑的长期交往与合作，有偶然的巧合，自然也大都有着必然的缘由，最终还是相互吸引、双赢互利的结果。我与张洁的结识交往与合作，大体也是如此。张洁是个颇有个性的作家，《钟山》也不是甘于平庸的杂志。应当说，这是我们合作的基础。

长期生活于首都的张洁的创作，开始于新时期初期，也贯穿于整个新时期全程，直到新世纪初期。而同时创办的《钟山》杂志虽诞生于南京，创办者却想把刊物宗旨定在全国一流水平的高度。这样，办刊者就不能不把组稿对象扩大到北京、上海、湖南、陕西等重点文学省市。而年过40人到中年，又在首都社科院呆过10年的我，便有了赴京组稿，结识京中作家的更多机会。

限于当时大多数作家家中尚无电话电传，更无手机、电脑可作通讯工具，于是，对刊物感兴趣的作家，作多次的家庭拜访并相机约稿，或邀请有创作实力的作家来宁参与笔会活动，为刊物写稿，就成为20世纪80—90年代编辑主要的组稿方式。

那时节，我赴京组稿，打听到她家址就在市西北方向，遂好不容易坐公交车找到他家，谁知她那天不在家，家里只她慈祥老母，我只好向老人说明情况，请老人转告张洁，说明来意。尔后再次去她家拜访，方才见到这位率真耿直又细腻柔美的女作家。我向她殷切表明了《钟山》约稿之意，并热情邀请她参加《钟山》的笔会活动。

记得在20世纪80年代初第一次与张洁见面叙谈时，这位人到中年方崭露头角的作家即给我留下这样的印象：清丽中不乏率真之气，温婉里不失桀骜之色。她在新时期涌现的女作家里，确实可算是一位有才情又有独特个性的作家了。

那段时期，正值她创作高峰来到之际，她成了国内各家文学期刊重点组稿对象。对我的热情相邀，她并未立即答应供稿，或参加笔会活动。查阅她写给我的共14封信件可知，直到1985年底在病中给我的第一封信里，她才写道："兆淮同志：我正在酝酿给'钟山'的中篇。11月11日我便因心脏病住进医院，但时时记得3月份应该交稿的事情，（发奖会大会医生也未同意参加）我想我一定按时完成，请勿惦记，春天，也许我会把稿子亲自送去。"

未曾料想，围绕她这篇在病中所写的中篇（《他有什么病》刊发于《钟山》1986.4）写作和编发前后，作者张洁与我这责编竟通信10余封。继1985年12月18日第一封信后11天（即1985.12.29）所写的第2封信，即她在病床上所写整整4页的信中，除了诉说她的病情，央求编辑容她晚些交稿之外，主要谈的是关于她的长篇《沉重的翅膀》翻译及在西方的强烈反响。信末，她特地写道："兆淮，病中只节录一些，你看如何？现在有些年轻人一味崇洋媚外，没有国格，他们不懂，正是一个有国格、人格的人，才更受到西方人的尊重，我以为这些文字，对那些人也是一种教育。"

更令人未曾料想到的是，1986年4月底，张洁带病为《钟山》所写的中篇《他有什么病》，在1986年5月以头条位置刊发在"作家之窗"专栏时，我特地同期组发了著名评论家刘锡诚的评论文章

《大写的女人》,附带还发了张洁的小传、照片和作品目录,随后我却因生病住院,编辑部在安排编校时,却偏偏出现了较大的粗疏差错,这让张洁大为光火,遂写信发泄了她的不满之意。

1986年前后,编龄已有十来年的我,也已逐渐懂得,作家与期刊或编辑的长期友好合作,除了建立在文学观念的契合之外,还需要依靠相互之间的谅解与尊重。由于编辑工作的粗疏,而造成文字的差谬,从而给她作品的翻译事项带来不小麻烦,张洁的气恼、发火当是可以理解的,而当我回信,说明情况并向她致歉时,心急口快的张洁随后又复信表示谅解,并做了道歉。

当然,这次让作者和编者都颇为纠结的问题,除了编辑者的粗疏失误,作者创作态度严谨认真的因素外,多少也表现出张洁的创作个性和作品的艺术品格的问题。这部中篇由于涉及到反精神污染期间的一些敏感话题,发表之后曾引来《文汇报》的一组争鸣文章。有人撰文批评,作为责编,我则发表了一篇题为《一次值得称道的自我蜕变》的短评,对张洁创作的新变,予以正面的肯定。短评中,我充分肯定了张洁创作中充溢、流淌着愤世嫉俗、忧国忧民的文学精神。

由于主客观原因,《钟山》与张洁的第一次合作并不算十分顺利,此可谓是第一"心结"。但作为合作的双方,对未来并未失去信心。首先是,作者张洁与编者的我之间仍然保持着通讯联系。作为编辑的我,尤其渴望着与张洁的第二次合作。我始终不甘心,我们之间的合作,只是一锤子买卖。1986年7月28日,张洁来信中,一一指出差错,表示"十分遗憾"的同时,还特地写道:"请原谅我提出以上意思,咱们都应该为刊物的信誉为读者的责任而严肃认真的工作。以上意思如有不当之处,请多加批评。"正是她的诚挚的批评与谅解为我继续与她联系并合作提供了勇气与机遇。

其次，在20世纪80年代末90年代初所召开的一次全国作代会期间，我去京组稿，还特地去会议宾馆再次看望拜访了她，并在那里与张洁、宗璞、李陀特地合影。这张珍贵的照片，曾刊发在庆贺《钟山》创办30周年纪念册上，也是我从编30年来，特别珍藏的照片之一。虽然，在那幅照片上，我穿着一件中式棉袄，显得特别土气。但作为文学编辑，能有机会与自己喜爱、崇拜的作家们合影留念，我还是十分满意的。

还有，就是发生在20世纪90年代初的一次大连笔会上，我与张洁、王蒙、李国文、谌容等著名作家共同度过的愉悦时光。那是我平生第一次应邀赴大连观光，尤其是与我所喜爱的作家夫妇一同观赏老虎滩等大连风光，令人身心俱佳。尤其是，在笔会上，见到张洁与她的旅伴老孙一同进出，张洁在夜晚舞会上曼妙的舞姿，着实让人流连忘返。记得笔会结束之际，举办方还特地赠送一些大连土特产海鲜，让我等客人带回去与家人共尝。返宁之后，我曾暗自猜测，张洁在昔日信中提到的老孙，是否就是《爱，是不能忘记的》那篇小说中的生活原型？

1985年底至1986年3月的6封来信里，大都谈的是她为《钟山》病中挂吊水药赶写中篇，并一再为延期供稿诚心地表示"实在对不起你们，请原谅吧！"对我和编辑部一再催稿，这位一向给人以傲气和冷峻印象的女作家，竟在1986年1月8日的来信中，再次表示道："如果给你造成这样的印象，我这里赔礼道歉，请求你的原谅。"如今时隔多年，我再翻阅这些信件，也不免怀疑：编辑部和我当时是否真的有"逼人太甚"之嫌？

关于张洁为人个性和为文风格，文学界似乎一向有各种说法与分歧。但若容我引用 1986 年 8 月 5 日来信中的某些片段，大约便可有一个稍为公允的评价："兆淮同志：你好，来信收到，我不知你病得那么重，写信去打扰，请你原谅。也许我上次的信写得太急，言语有失当之处，请你原谅。……我是直筒子，有话就说，说完就完，请务必不要往心里去。你太客气，用不着道歉，更用不着检讨，这反倒让我不好意思了。只是因为排错太多，我看了以后，非常遗憾就急了。"每读此信，一个对人温婉宽容的张洁形象，便顿时浮现在我的眼前。

作为一个与新时期新世纪文学同步前行的老编辑，我一直认为，张洁是中国从新时期直至新世纪初最优秀最有影响力的作家之一，也是连续荣获国内外文学大奖的女作家。在她 30 多年的创作生涯中，她曾荣获两次短篇全国大奖两次茅盾长篇奖，一次中篇全国奖，实可谓是大满贯作家了。虽然，也许她给《钟山》刊发的两篇中篇小说，并不能说是她最优秀的代表作，但我依然认为，这两篇作品实在也是她创作历程中一次值得称道的自我蜕变。而且，她为创作这两个中篇小说所给予我的十多封信札，在某种程度上，岂不也可称作是研究张洁创作道路的重要资料之一？

大约是 20 世纪 90 年代末新世纪之初，我还去过张洁新的家址：西长安街宣武门附近一幢新楼，对张洁做过家访。记得那天她家里有客人，未及与我细谈，只是半玩笑半认真地告知我，她现在很少写作，要约稿就得按千字百元稿费付酬，否则免谈。我自知新世纪之后期刊发行有限，经济拮据，无力与他刊竞争，便只好自动退出了。我深知张洁性格，但我并不怪她。直到 2003 年，我快退休之时，她才又给《钟山》写了一篇短篇新作《上帝真是个有趣的老头儿》，至于稿酬如何发的，我就不得而知了。

编余絮语录

2004年，我正式退休，离开了《钟山》编辑部。从此，作为编辑与作者，我与张洁的工作联系终于告一段落。而作为她的读者与朋友，我却始终关注着她的创作讯息，当她的长篇新作《无字》再次荣获茅盾文学奖，我不由地为她暗自庆贺。委实，在中国当代文学史上，尤其是在新时期文学史上，像她这样连续荣获全国大奖，和国际文学奖的女作家，实在并不多见。称她是中国新时期新世纪以来最有影响力的女作家，大约并不过分。

自从我从文学编辑岗位上退休之后，我仍然不时地关注着昔日那些曾经有过交往的作家的生活与创作的讯息，近几年来已有许久未听到张洁有新作问世了。此刻，听说她借着举办个人画展之机，道别读者与文坛，除了引起我翻检旧日书信，回忆往事之外，我真想找机会走入首都现代文学馆，去观看她的油画，欣赏她的才情新作；当然，倘有可能，还想再去她家拜访这位作家和文坛老朋友。

只是未知，已经有十来年未见面，她这位大作家可还记得我这个与她有过多次交往与通信的老编辑老朋友。我知道，作为一个有过几十年创龄又有相当成就的老作家，她平生结识诸多文学编辑与记者，现在即使忘了我，我也会理解她尊重她。而我定会永远记住她发在告别会上的那张照片，记住她写给我的那十多封珍贵的信件。

退休十多年里，我曾写过数十篇"编余忆旧"的文字，分别追忆从编30年里结识的作家。一直引以为憾的是，独独缺了张洁这位有个性、有才情、有成就的作家，现在，终于有机会借此文，弥补我的终身遗憾了。

十年之前，写完长篇《无字》之后，张洁已年近七旬，当我们得知她决定封笔改习油画时，我们虽然有遗憾却不能不尊重这位女作家创作的严谨独特；如今当78岁的张洁在她的油画展上，进而宣布"就此道别"之际，我们在略显遗憾惊异之余，却也不得不敬佩她多方面的艺术才华，和对中国文化传统的继承与吸纳。她的此举立刻让我想起我的另一位作家朋友忆明珠，当年在连获全国诗歌、散文大奖后，旋即宣布从此封笔辍文，改为习字画画，记得当时我曾为此写过一篇题为《从忆明珠封笔谈起》，以资纪念。如今，当张洁也沿袭一部分中国文人的文化习俗时，我在感佩之余，特地也作此文纪念。

从此之后，张洁就以此不同凡响之举，向文坛向她的读者和朋友"就此道别"了。但我毫不怀疑，她的作品和油画将会永远留在我和读者的心中，留在中国文化史册上。我也坚信中国作协主席铁凝在为张洁油画展所写的序中所说："那是一种不渗水的本能，一种令人艳羡的充沛的艺术才情。"我也信服著名评论家李敬泽所言："张洁是一个特殊的存在。她是乐于寂寞的，绝大部分时间都不会出现在人们眼前，但不管时隔多久，再见到她，都像是见到久违的、亲切的、敬爱的朋友。"

文末，我不由地再次端详着《文学报》2014年11月13日所刊发的张洁的那张内涵丰富的艺术照片。在山与海的广阔深沉的背景上，迎风而立的张洁，艰涩而又美丽，瘦弱中又不乏坚韧，温婉的眼神中，又透露出些许坚定与执拗。可说是融倔强、自信、率真于一身了。当人们读到她在遗嘱上所写下的"三不"之言时，不由地就让人醒悟到，她确实是一位个性独特的女人，是一位才华横溢的女作家，她又是一位在国内外文学界有一定影响的女作家。张洁在我30年的编辑生涯中，并非认识最早接触最多的作家，也不是供《钟山》作品最多，并有获奖作品的作家，但她之所以能给我以如此鲜明印象，实在是因为她的独特个性，和她对新时期新世纪文学的突出贡献。她不愿人们在她离世后写纪念文章，我当在她生前写此文告之读者，我对张洁为人为文的印象。大约此文亦可算是我所写"编余忆旧"的最后一篇文章了。

紫金文库

苦乐自知　人生当笑
——海笑与《人生当笑》阅读随想

在我从事文学编辑、文学评论凡40年的文学生涯中，我曾接触过众多的作家、评论家和学者，其中大多数均是中青年作家、评论家和学者。当然，也接触过一些具有相当革命经历，而后放弃从政为官，却一心热衷于文学编辑、文学创作和文学评论工作的长者。

不知是出于对这些老同志、老革命经历的尊重，还是文学观念的相近，我总是特别情愿在这些老同志手下从事文学工作，即使退休之后，我仍不时地拜读他们的作品，并常去探望他们。如今随着岁月的流逝，我一向尊崇的朱寨和艾煊先生都已仙逝作古了，近来，稍有空暇，我不由地翻阅起另一位前辈作家海笑赠我的那本自传体散文随笔集，也可说是围绕作者及其家庭70年人生经历和创作历程的纪实性和忆旧性文字作品和摄影图片集《人生当笑》。

论说起来，早在20世纪70年代末的《钟山》杂志在省出版社

编余絮语录

创办不久，当我参与编辑部工作时，海笑即挂名担任省出版社副总编，并分管刊物；那时节编辑部日常工作由刘坪同志主持，海笑似已将主要精力用于创作，不时"猫"在太湖之滨刻苦攻读立意写作，记得为编辑事务我曾去疗养院探望并汇报过工作。因而，说他是我在出版社供职期间的第一位上级，大约并不算过分。

在那段时光里，在我的印象中，与其说他是一位颇有资历的老革命老干部，是一位开明的总编，倒不如说是一位热衷于创作的老作家，或是一位宁愿弃官从文的文人。果然不久，即传出他出版的《红红的雨花石》《春潮》等作品陆续得到文学界的好评。继而，又先后出版了《海笑文集》（五卷），并有个人书画闻名省内外。

那时，我即粗略得知，这位参加过抗日战争，新中国成立后又担任过宣传、行政部门领导的老干部，作为一位文学爱好者，尽管曾历任过不少其他厂矿企业的行政职务，千回百转地，最终他还是回归到他所喜爱的文学事业中来，成为颇有成就的专业作家，更兼懂行的作协领导。即便他把抗战时的笔名海啸（哮）更名为海笑的故事，已足以传为文坛佳话了。

如今，当我这个年近77岁的文学后辈，读着海笑这位年过88岁的文学前辈赠我的《人生当笑》，我不免别有一番滋味涌上心头，并且顿时有不能不说，一吐为快的感慨。

诚然，即使在我这小海笑12岁的白发长者看来，人生本是酸甜苦辣、五味俱全，不管是充满坎坷跌宕起伏的人生，还是风平浪静、一帆风顺的人生，都难免拥有过如此这段的人生体验。何况，海笑经历那么漫长的革命战争及和平建设时期，结识那么多的文坛老友，拥有那么漫长丰富的人生体验。

面对各色各样、千姿百态的人生，有人愁苦万状，有人长歌当哭,还有人郁郁不乐、怨恨终身,而如今年近90高龄之际,这位文化老人海笑,却编写、结集出版了这本自传纪实体并图文并茂、装帧精美的《人生当笑》,无论是作为海笑的下属或是同事,还是他的读者,我内心顿时涌上一股敬仰和尊崇之情。读罢这本人生大书,我不由地再次陷入掩卷长思之中。

面对摆放在书桌上的《人生当笑》,我反复地端详着书籍封面上海笑那张深沉含笑的照片,只见他老人家头顶着稀疏灰白的头发,双目炯炯有神地凝视着前方,眼角周边虽已布满细微的皱纹,但半开半合的嘴角依然露出了慈祥乐观的笑容。在他朴素随和衣着的身后,则是沉郁的苍天、山脉和起伏不平的大地。这位历经大半个世纪沧桑变迁的文化老人,在看什么,又在思索什么呢?我不禁再次陷入了沉思之中。

作为一名海笑的后生晚辈,作为一名生在旧社会、长在红旗下的知识分子,我当明白,海笑的"人生当笑",既是一种人生态度,也是一种处世哲学;我也理解,他的"人生当笑"并非消极的人生哲学,而恰恰是积极乐观、富于进取精神的人生态度。

不知海笑和我者,也许会以为我这是善意的奉承,其实,当你读到他刊发在1992年《光明日报》上的那篇出自睿智老人之手的随笔《人生当笑》,尤其是对笑的精辟议论,就会明白,这绝非虚妄之语、肤浅之论:"人生当笑"真可以当作一门学问来研究。"我弄明白了人生是一个大舞台,不管哪一个国家、哪一个民族、哪一个党派、哪一个人,都将自觉不自觉地在这舞台上表演一番,或喜剧、悲剧、正剧、闹剧,或红脸、黑脸、君子、小人、丑角……只要你保持清醒头脑、冷静地观察,你就觉得人生真好笑,当然这笑不是单纯的哈哈一笑,而是各种各样的笑。"

编余絮语录

　　当然，更让我懂得海老宣扬"人生当笑"人生哲学真谛的，大约还是读过他随后所写另一篇精彩随笔《难得糊涂》之后得到的启发。在我看来，或许海笑的《人生当笑》即是受前辈作家郑板桥的"难得糊涂"人生哲理的启发而衍生出来的。纵观海笑年近九旬的人生及为人，亦不妨可说，海笑的"人生当笑"与郑板桥的"难得糊涂"，本是文人睿智心语，亦当可视为相得益彰的名人名言，长存于世。

　　海笑对家庭或单位的琐屑小事，从来都是以"难得糊涂"一笑了之的人生态度巧妙化解的，但他对原则之事或国家大事，都从来是不含糊、讲原则的。还记得20世纪90年代我在单位遇到不公平待遇委屈难耐时，他当即表态，要到单位公然表明态度、说明真相。当时这让我着实长记于心、感动不已。

　　另一让人难忘之事则是，退休之后，他本可对官场之事不闻不问泰然处之的，但每逢作协退休干部聚会时，他老人家只要到会，便常常不由自主地对官场不正之风，对贪官贪赃枉法之举，大加批判，谴责一通，这让我们看到此刻的海老并不糊涂。他确实是个真正懂得"人生当笑"真谛的明白人。

　　或许，正如唐达成先生在1997年读到海笑所写《莫为恶者讳》一文后致海笑书信所言："目前从新来的《随笔》中读到大作《莫为恶者讳》感慨万端，你目光如炬，此文如利剑直指奸佞，对社会现象之惊人堕落，竟到了为恶者讳的程度，读毕悲愤之感，汹涌而来。"我以为，这当可视为两位长辈文人的心语交流，也足见海笑的"人生当笑"中，绝无半点回避现实矛盾的消极因素。

　　诚然，当年近九旬的海老面对儿孙满堂幸福美满的大家庭，面对著作丰硕、成果显著的创作成就，他该会感到欣喜美满，并从心底涌起"人生当笑"的慨叹的。但倘若仅以此来看待、评价海老及其"人生当笑"的人生态度，我以为便是对海老的曲解与不恭。

　　读罢《人生当笑》，我仿佛这才逐渐领悟到，只有像海老那样吃过人生千般苦难，又品尝过人世间万种欢乐之睿智长者，才能发出"人生当笑"的睿智慨叹，才能感悟到"人生当笑"的哲理境界。当然，就读者而言，也只有经历、品尝过人生百味之后，似乎才有资格来评说"人生当笑"这类智慧心语的丰富内涵。像我这样的凡夫俗子，倘能领悟到其中的点滴心得，大概也该知足了。

　　读毕海老这本由个人撰写由全家合编的这本关于家庭的纪实体散文随笔集，不由地勾起了我也想编一本有关家庭亲情书稿的心愿：收集我和儿子、孙子所写关于家庭、亲情的文稿和照片，结集出版一本《一家老小》的小书。借以宣泄、排解我的人生欢乐与凄苦，寻找"人生当笑"的些许慰藉。虽然，我知道，我绝没有海老那样的资历和成就，也达不到那样的水平和成就，更达不到那样的人生境界。有此奢望，充其量也只不过聊以自慰罢了。至于能否遂愿，那就不得而知了。

编余絮语录

宽厚长者何其芳

凡与我相处较久的朋友都说我这个人太宽厚，宽厚得近乎发迁，宽厚得近于软弱。

然而，即使相熟的朋友，也未必知道，这宽厚除了父母与家庭给予我的秉性、影响之外，还与我的第一个上级不无关系。

我的第一个上级是何其芳同志。1964年8月我大学毕业被分配到北京社科院文学所，其芳同志时为文学研究所的所长。

作为中文系的学生，我早就仰慕著名诗人和文艺理论家的大名了，可真正一睹他的风采却还是我到文学所后的一次全所大会上。

记得那天的会由一位年近50的中年人主持。他长得矮胖，一副忠厚长者的模样。他给人最突出的印象是，不满1米60的胖胖的身躯上长着一个硕大的脑袋，红扑扑的脸庞上架着一副金丝眼镜。那天会上，他用浓郁的四川口音介绍着每个刚分配来所工作的年轻大学生，语调是那么亲切，那么随和。

有人悄悄告诉我，他就是文学所受人尊重的所长何其芳，就是写出《生活是多么广阔》，写出《论〈红楼梦〉》那样著名论文的诗人、理论家的何其芳，就是担任《文学评论》主编的何其芳。

然而，当时，文学所从上到下，从里到外，没有一人称他为何所长、何主编，而一律亲切地称他为"其芳同志"。那时节对人的称呼确实与今天不同，许多人包括领导干部都不愿别人喊他的官衔，更不喜欢别人称自己为先生或小姐。

我原以为，这或许是因为其芳同志是位1938年前后投身革命的老干部、老党员的缘故，后来相处稍久，我才知道，这种亲切称呼中，还包含了文学所全体人员对我们所长的宽厚为人的一致赞许。

1964年国庆节前，其芳同志率"四清工作队"赴安徽寿县搞社教，我亦在其中。那时的工作队纪律非常严明，所有工作队成员都需与社员同吃、同住、同劳动。而当时社员们的生活连起码的温饱问题都没解决，工作队成员们，尤其是我们这些分配来所的年轻大学生们自然也就常处于半饥半饱状态中。

一次，其芳同志来队检查工作，他亲切地询问我们一群人的生活和身体状况，见我们一个个满脸灰土，面有菜色，便亲切地说："同志们都是年轻人，长期不吃荤怎么行呵！连我这大岁数的人几天不吃肉都感到某种需要，馋得很呐！"最后，他给我们出了个主意：在下面还得坚持"三同"；每个月可以借上城洗澡的机会到县委食堂改善伙食！打这以后，我们这些刚来文学所不久的大学生们，便对所长的宽厚随和有了一些感性印象。

给我以更深印象的是1974年下半年我申请调回南京工作时其芳同志与我的几次谈话。那时候，文学所刚从河南"五七"干校迁回北京，其芳同志已被解除了审查，正待重新安排工作。

还是在文学所临长安东街的6号楼内，我找到了我们的老所长。这次谈话已经流水般地逝去了近20年，可至今我仍清晰地记得，其芳同志似乎全然忘记了那段纷乱岁月中他所遭受的种种磨难和一切不公正的待遇，也忘记了我曾在批判他的大字报上签过名。他向我谈起未来的文学所的宏伟规划，谈起了多卷本文学史要上马。等等。他充满信心地说："不管谁当所长，文学所都要办的。"总之，他仍要挽留我在文学所继续从事文学研究工作。后来，在我又向他讲述了南京的老父瘫痪在床无人照应的情状之后，其芳同志这才同意了我的请求。

其芳同志对所内工作人员在生活上极宽厚随和，对年轻研究人员在业务上要求却极严格。记得那是在社教结束、我们刚回文学所之时，其芳同志召集我们开了一次小会。会上，他告诉我们，刚毕业的大学生必须集中精力，多读书，多掌握第一手资料，为将来的科研打好扎实的基本功……

如烟似梦的岁月已经流淌了近20年，其芳同志离开我们也已快有14个年头了。而当年的大学生如今已经满头华发，早到了当年其芳同志的年纪。但我却永远记住了其芳同志待人宽厚的音容笑貌。尽管，我知道，在商品经济大潮的冲击下，有人把宽厚当作软弱，当作无能的代名词；也有人因为宽厚不止一次上过当吃过亏，但我仍宁愿相信其芳同志式的宽厚在今天并不过时。

群众组织的互斗间歇期正在开始。知识分子不读书，也无书可读的状态已经持续两年之久了。

"偷读"的小背景则是：我一人久居文学所专案组办公室里，每当夜晚来临闲聊过后，便时有一种随意阅读的需求。那时小报阅读多了，也便有些厌倦，总想翻点什么闲书。或许是知识分子的老毛病又犯了吧。

大约是1968年的一个深秋之夜，我万般无奈地打开了办公室内的一个铁柜，竟发现柜内藏有一批当时显然被人认为是黄色的禁书：《金瓶梅》《三言》《二拍》以及什么隋炀帝风流艳史之类的书籍；再往下翻，又发现内中还有从所内"反动学术权威"家里抄来的一些书籍。

见到这些平时很难借到或根本未曾读过的书籍，顿时在我眼前，闪过一道迷离恍惚的景象。尽管，当时《金瓶梅》对于尚未结婚的我（那时文学所曾规定：凡未结婚的青年研究人员不得借阅《金瓶梅》）充满了诱惑，但我仍然把首选目标指向了钱钟书的《围城》。原因无非是：作为20世纪60年代中期的中文系毕业生，我竟迷蒙地只知道，钱钟书是个大学者，面对他作为作家几乎一无所知，直到20世纪60年代时，我才从大字报中得知，钱钟书曾写过《围城》《写在人生边上》等作品。正是从那时起，我便对钱钟书及其作品充满了一种难以言说的新奇感。

时至深秋时节，秋风飘零，整个学部大院正处于运动的间歇期，也正是当时动乱岁月难得的读书时刻。可是，我在学部大院难得的寂静中，急不可耐地过了一把久违的读书瘾，并在读书过程中，大开眼界，大受启迪。

原来，小说竟可以写这部分社会，这一类人物：回国的留学生及其生活圈子。而其中的主要人物又往往是难以说得清,道得明的。在此之前,我等20世纪60年代中期毕业的文科大学生简直未读过以这类人物为中心的小说,即使有的小说接触了这类人物也只不过是一种陪衬;即使不是陪衬,大都却被描写成被艰难改造的角色。

原来,小说可以这么写;不写社会和时代的矛盾斗争,不写知识分子的改造,而不动声色地描写这类人的生存状态境界。对于我们这些20世纪60年代的中文系大学毕业生而言,通篇作品可说是一种全然陌生的人物、陌生的写法,然而是一种新鲜的境界、新鲜的世界。

原来,小说的语言可以是这样的丰富多彩,时而儒雅机智,时而讥诮反讽;半是调侃,半是戏谑。可以是这样的富于个性化色彩和文人气息;比之流行一时的大众化口语,和褒贬分明的情感化语言,《围城》真可谓是独具风采了。

一个文明的社会,本不该有无书可读的怪事。既然有了这等怪事,那么,偷读又何尝不是一种求学的方式呢?

编余絮语录

来自乡友的祝贺与祝愿
——格非《隐身衣》获奖感言

据近日报载得知,江苏籍作家格非的中篇小说《隐身衣》以评委全票通过,荣获第六届鲁迅文学奖,无论是作为昔日的编辑,还是作为同乡文友,我都该为他感到特别的高兴,并发出衷心的庆贺。虽然,比之与他同时涌现的同辈先锋派作家余华与苏童来,他的获奖显得稍晚了一些。

论说起来,认识格非并与之发生文稿往来及通信联系,委实可谓久矣。早在格非从华师大毕业年届 23 岁在《收获》发表成名作《迷舟》之时,作为《钟山》文学编辑,我即开始关注格非其人其作了;尤其是当我得知这位中国先锋派文学青年作家,竟出生在江苏丹徒丁岗,与我的家乡丹徒石桥相距不过十来里时,我顿时感到有一种他乡遇故知的乡情涌上心头。于是,我立即以乡亲与文友的特殊身份,致信格非,表达殷切约稿之意。

作为一名热心于编辑工作的文学编辑,我自然知道要想结识、组发适合于刊物的作家与作品，实非易事。然而，这次我利用乡情对格非的组稿却是十分顺利的。第二年春我即收到格非的中篇《褐色鸟群》，并顺利地刊发在 1988 年第 2 期的《钟山》上。而事实也表明，格非一点也没辜负乡友编辑的盛情约稿：他供《钟山》的这篇首发中篇一经发表即刻引起文坛的众目关注，成为"当代中国最玄奥的一篇小说，也是人们谈论先锋文学时必提的作品"。

继《褐色鸟群》之后，格非又连续在《钟山》刊发了七篇中短篇小说和一篇创作谈，成为《钟山》的重点作家之一。1995 年前后，我曾去上海华师大校园内拜访过格非，那时节 30 岁的格非身穿一件黄格子衬衫，个头虽小，却十分精干俊朗，虽是留校青年教师，在校园里依然像是一介青年书生模样，透露出一股难能可贵的儒雅之气。大约那年秋后，《钟山》在镇江、扬州举办过一次文学笔会，特邀请上海的格非、李晓，还有杭州的张抗抗等人与会。时过近 20 年，至今还记得，我除了陪作家们爬了金山、焦山、北固山之外，还特地引领格非、李晓游览了南苑的读书台，领略了古代文人的读书与写作处所。言谈中，偶尔说了几句乡言俚语，便感到格外的亲切。

从 1988 年在《钟山》首发中篇《褐色鸟群》到 1998 年十多年里，格非随后又在《钟山》连续刊发了七八篇中短篇小说和创作谈，足见格非与《钟山》的友好合作，与编辑的良好关系。作为一名从事文学编辑 30 年的老编辑，我以为，这不仅是因为我们是乡亲是文友，更重要的是 20 世纪 80—90 年代，格非与其创作十分投合刊物的办刊宗旨——倡导先锋文学，鼓励新潮作品。那时期，《钟山》与当时的先锋文学代表作家余华、格非、马原等人一直保持着良好的合作关系，而另一代表作家苏童正在《钟山》编辑部供职。

直至 2000 年格非从上海转入北京著名学府清华大学中文系任

教，我于2004年正式从《钟山》退休，格非似乎再也未在《钟山》刊发过作品。其间除了在江苏南京东郊宾馆召开的一次学术讨论会上与他见过一面，并互致问候之外，我再也无缘与他相见并约稿了。但我相信，无论是作为文友还是乡亲，我们的心是相通的，我俩仍然相互牵挂着对方。每遇报刊刊载有关格非的文讯或新作，我虽因患眼疾不能一一拜读，但总会予以特别的关注。

对于喜爱创作的作家来说，能在四年一届的国家级鲁迅文学评奖中以全票当选，这自然是令人高兴、值得庆贺的。不过，据近日报载，面对首次荣获国家级文学大奖，格非仍能保持分外冷静和淡然处之的心态。也许有人不免诧异，而作为格非的文友和乡亲，尤其是熟悉格非创作经历的人，我却以为，这实在是再自然不过的事情。或许诚如格非在获奖后所言，"年轻时也想得奖，但总是得不了，久而久之，这个念想就淡了"。据悉，这种心境与他的挚友苏童倒是十分相似。

从华师大求学期间发表处女座，到年届50在清华园荣获鲁迅文学奖，格非在文学创作道路上已艰难跋涉了20多年。20多年来，他从中短篇小说创作开始，继而写了多部长篇小说。尤其是2000年之后他转入清华大学，从创作到教学、科研的转型，在某种意义上，实现了从先锋文学到中国传统文学的回归与蜕变。以至时到如今，我们真的难以说得清爽，他到底是一个学者型作家，还是一位作家型学者。面对他的创作与学术轨迹，我不由地就想起了文学大师沈从文、闻一多，特别是昔日执教于清华园里的朱自清和毕业于清华的钱钟书先生。

在我看来，格非对获奖的淡定和坦然，当然主要表明了格非的成长和成熟，但是，从格非、苏童和余华等先锋派作家对获奖所持的淡然处之的态度，是否也多少说明国家级文学奖评定中的一些先天性不足呢？这或许也是一个颇值得玩味思索的话题。

特别令人欣喜的是，格非从2000年入住清华园之后，他曾拒绝做鲁奖评委，拒绝上《百家讲坛》，以相当的精力从事教学和科研工作，曾先后完成了迥异于一般学院式的学术著作《雪隐鸳鸯：金瓶梅的声色与虚无》《小说叙事面面观》《小说讲稿》，专注于向学生讲解、讲授文学创作的基本知识；与此同时，格非还潜心创作了长篇小说《人面桃花》《春尽江南》《山河入梦》总题为"江南三部曲"的创作，以及《欲望的旗帜》和《边缘》的创作。总之，格非以自己的创作实绩和教学科研成果，十分成功地表明了这位作家型学者向学者型作家的转型。同时，也顺利地完成了一次文学蜕变。

以至当我们如今再来阅读发表于26年前的代表作《褐色鸟群》和发表于2012年的获奖中篇《隐身衣》之时，我们当会感受到这种转型与蜕变是何等的鲜明与真切。还记得1998年我在阅读《褐色鸟群》时曾在"卷首简介语"中所记下的阅读感受"年轻的主人公一个叫棋的女人，在水边谈起人生感受种种，似荒诞又似真实，似白日又似黑夜。与此同时，一群褐色鸟在暮昏中惊起……作品结构精致，语言透明，在形式感方面有鲜明的探索意味"。以至直到20多年的今日，读者和评论界仍有不少人认为，这是一篇众说纷纭，又非常奇妙的小说。其不确定性的人物，迷宫般的隐喻题旨，依旧让人难以捉摸和界定。

而格非的获奖中篇《隐身衣》和他的近期小说创作的基调与倾向，则多少表明了作者在对传统文学的反思，对外国文学的融汇方面所作出的可贵努力，和在创作路数及创作方法上所发生的明显蜕变。比之格非24岁时所写的《褐色鸟群》，48岁的格非所创作的《隐身衣》,在创作思想与艺术表现方法上,确实有了很大的变化。在我看来,新作《隐身衣》显然淡化了中国早期先锋小说对艺术形式的探索,而更注重于对中国现代城市人的心理状态和文化精神的摹写与刻画。作品借助于一位都市音乐发烧友手艺人的眼光与经历成功地刻画了现代都市里,从新儒林人物到商界土豪等各色人物的音容笑貌及精神状态。

《隐身衣》的成功蜕变,或许本就在于,作者透过光怪陆离的现代都市社会的种种社会现实,告知读者,尽管我们已有了各种最先进的音响设备,高科技的电子文具,但依然难掩现代社会的精神空虚和文化缺失。委实,置身于当下现实社会,或许人人都有"隐身衣",但诚如一位读者所言,"扒掉隐身衣,腐败依然无处遁形。"是的,比之24年前的格非,我以为,我的这位年近50的乡亲与文友,他在《隐身衣》的创作中,尤其是在艺术形式和思想内涵的完美融汇中,确实取得了惹人刮目相看的成就。无论是为人为文,他都渐渐成熟了。

作为格非的文友与乡亲,我在为《隐身衣》获奖向远方的格非表达庆贺与祝愿的同时,又情不自禁地翻检他20世纪80—90年代所写给我的十封书信。这些往来书信自然离不开商讨交付稿件刊发作品的失意,但也不乏作家与编辑交流文学观念,表达乡友情谊的内容。他在1993年5月16日来信中,曾倾诉过自己创作中的苦恼:"除了写作,我感到生活极为空洞,不知道如何打发时间。"同年7月6日来信中说及我在编辑部工作诸种不顺遂时,他又宽慰地写道:"上月王干先生来京,到我家小坐,他谈及《钟山》及您的近况,使我颇感担忧,片牍之言,言犹未尽……在目前情况下,请先生尤加珍卫保重。"足见格非对乡友的关照与眷顾。

老高，您走好

还在 6 月下旬我随江苏作家代表团访欧之前，就得知您在无锡发病。当时，我曾想，您在同辈作家中，年龄并不算大，或许能挺过 71 岁这道人生关口，未料，在访欧归来的飞机上惊悉，您已溘然仙逝。我不由自主地在心里说一声："老高，您走得太匆忙了。"

我知道，别人常喜欢叫您"高老师"，可是，在我眼里，您不仅是一位当代有影响的作家，您还是我所供职的《钟山》杂志的重点作者，是我长期相伴而居的邻居。如今，我不能不再说一声，老高，您走好！

我们认识得并不算早。20 世纪 50 年代中期，我只是一个喜欢文学的中学生，而 1979 年新时期的到来，才为您的复出，为您的文思泉涌的反思文学代表作品《"漏斗户"主》《李顺大造屋》的发表提供了起码的条件，也才为我们的相识提供了机会，并正因为喜欢您的这些作品，我从此才以编辑身份，较早地写了那篇《贵在真实，勇于探索》的评论文章。随后，大约在 1986 年，作协宿舍新楼建成，我们便住在同一幢新楼里，成了门对门的邻居。从此，两家之间互相帮衬照应自是少不了的。平日我替您代交个水电费，春节期间，我妻子盛一大碗刚刚炒好的素什锦菜请您品尝，偶尔间，您家里来了位共同相识的朋友，您便邀我去陪酒，自然也都属平常之事。

当然，作为编辑，我从您那里得到了更多的帮助和关心。您不但把自己的一些重要作品，首先奉献给《钟山》的读者，而且，您还在我工作中发生困难的时刻，时常助我一臂之力。主动地为编辑部的工作消除阻力和矛盾。我明白，您这样做，既是为作协做工作，也是帮助我这个邻居。

在评价您的作品与为人的时候，我想不应该忘记您的作品中那种不趋时俗的品格，以及不与污浊合作的精神。您的一部散文自选集，取书名为《寻觅清白》，我以为，这正是寄寓着您的精神追求的。

当然，作为一位创作上颇有成就的作家，您有自己的自信，甚至固执之处。记得大约在 1982 年前后，继《李顺大造屋》和《陈奂生上城》之后，当您的另一类作品《钱包》《飞磨》等问世之后，在评论界引起一些分歧意见之时，《钟山》曾表示想为您召开一次作品讨论会，而您竟以有些评论家想借您的作品出名为由婉言辞谢了。您的自信与固执，不免使您失去了一部分朋友和读者。

老高匆忙地走了，带着些许壮志未酬的遗憾，永远地离开了热爱他的读者，离开了一向尊重他的文学界。记得 6 月初，您离家去无锡时，曾站在门口爽快地答应了我的稿约，表示要再为《钟山》写一篇散文，如今却再也不能兑现了。

好在前些时，《钟山》组织作家为创刊20周年题词时，您已欣然地为《钟山》写了一篇短文，并另题了一句话。很可能这就是您留给读者的最后一篇文字了，我当视为对《钟山》的厚爱，对邻居的友情，而好好珍惜、保藏。

（原载《文汇报》1999年7月25日）

编余絮语录

描绘山水新变　拓展心灵空间
——程青中篇新作《画像》读后

三农问题正在成为全国上下众目关注的话题。放眼文坛，眼下尽管仍有不少作家热衷于描述小资生活、浪漫情怀，却也有作家把目光与笔力转向了农村都市进程中的偏僻山乡和普通农民。摆在我们面前的中篇小说《画像》（刊《钟山》2004年第3期），便是一贯善于表现城市生活的女作家程青向读者奉献的这样一部中篇新作。

20年前，当我们读到路遥的《人生》时，曾为主人公高加林进城后的遭际与命运欣喜激动，甚至扼腕叹息。如今，当我们读罢程青的《画像》，却难免产生别有一番滋味在心头的感觉。程青并非擅长书写传奇类、史诗类作品和偏僻山乡奇风异俗以招揽读者的作家，她的《画像》亦不是回顾性或追求热炒效应的作品。程青在《画像》创作中向我们讲述的不过是一个十分寻常的故事：当代都市几名美院学生下乡为偏僻山乡农民画像而引起的心灵悸动和微波细澜。但却颇为真切地表现了中国某些偏僻山乡的生存状况及乡民的心理渐变，并在一定程度上突破了农村题材创作中关于知青下乡接受再教育的传统模式，拓展了题材的表现领域和农民的心灵空间。

纵观中国当代文学史便可发现，农业题材与农村生活曾经占据着十分重要的位置，也曾产生过许多优秀的作品。如果说 80 年代的作品以表现城乡文化冲突和乡村风土人情为基点的话，那么，程青的中篇新作《画像》则把作品的主要题旨聚焦在农村城市化进程中城乡文化的融会与渗透之上，展示出现代文明在农民心中的悄然变化。

在展示农村城市化背景下山乡渐变的题旨时，《画像》把切入点、着眼点始终放在对人物的心理揭示上。作者摒弃了传统类小说和农村风俗画小说的套路，回避农村问题小说和以往知青小说的传统框架，而采用着力透过日常生活的描述，层层展示出人物心理的变化历程。于是，我们方能看到，几个都市大学生悄然来到偏僻山乡石鼓村，只不过短短几天，就像是有一股股春风吹进乡民心田，乡民们心田里便悄悄地冒出了一茬茬新芽，萌生出一丝丝新的念头，新的生活习惯。怀着对现代城市文明的渴望与向往，石鼓村的八岁男孩小盐粒从此仿佛多了点"心事"，由厌学转而想上学读书，并憧憬着有朝一日能走出山乡奔向城市。他的母亲则摆脱了再婚的迟疑，迅即把自己嫁了出去。就连村支书老婆桂香竟也"跟以前不大一样了，头脸非常整洁"，而外出打工的小媳妇则在村里开起了"便民百货店"。

与许多想追求史诗效应、表现农村重大变迁的男作家不同，女作家程青在《画像》创作中，尤其善于以淡淡的白描笔墨勾勒人物形象，用看似平常的日常生活细节刻画人物的内心活动，从而表现出农村普通乡民内心深处的微波细澜。作者这种从大处着眼、小处落笔、于细微处刻画人物的艺术特点，尤其见于对小盐粒的心理描摹上。在作品中，小盐粒不过是并不起眼的八岁放羊娃，可作者却把他安放到贯穿始终的中心人物的位置，并通过他的眼光去观照来村的几位大学生，去感应他周围各种人物的心理变化。正是在这个意义上，可以说，大学生为小盐粒画了像，而作家却围绕画像、放羊、读书等细节为他画出了心灵深处的奥秘：对现代城市的强烈向往，对现代文明的朦胧追求。

程青刻画人物的这一艺术特色，正如评论家李敬泽所言："在日常层面上、在微小尺度内表现人的经验的丰富错杂。"在轻淡细腻的笔调中，透露出绵长隽永的韵味。

难忘艾奇

人老了总爱忆旧。如今年过76，很快就要奔往耄耋之年了，一闲下来，便不免要追忆往昔岁月，忆念旧日老友。

作为具有30年编龄的老编辑，我除了忆念昔日相识多年、又有稿件往来的作家和评论家，有时还不由地想起一些接触颇多，又在编辑工作中给予我和编辑部诸多帮助的文学老人。

近日我因病住进位于江苏路口省级机关医院，闲暇时站在医院大楼高层病房内，极目眺望西北方向耸立着的一幢高楼。忽然忆起，十几年前，刚刚建成那大楼的某一单元房内，一位编辑部十分熟悉的文学老人。

他就是军旅出身的文学老人艾奇先生。在20世纪80—90年代，这位老顽童似的文学老人常把欢乐与笑声带到编辑部，传递给工作人员。这位身板健硕、谈吐爽朗的老人，曾给我们留下极为鲜明的印象。

编余絮语录

隐约间曾记得，20世纪80年代中期，我先是多次到山西路旁一条小巷的一座小院内对艾奇做过家访，90年代初，艾奇刚迁入新建的、约50层的大楼某单元房内，还曾特地邀请我和傅晓红到他新家做客，他大病初愈的脸庞上，依然呈现出乐观亲和的笑容。未料想，这竟是与这位文学老人的最后一聚。

其实，《钟山》创办不久，我在省出版社大楼即见过他老人家。虽然当时我未曾有缘与他作过个别交谈，但早已听说，他是一位出身军旅又参加过抗战和解放战争的老军人老干部，退休后却成了一位特别热衷于文学创作，钟情于文学事业的文学老人。

30多年了，至今我还记得，除了他和他的合作者已在《钟山》发过七篇报告文学和散文随笔，如1986年的报告文学《铺天盖地的人们》，1999年的纪实文学《英舰"紫石英号"被俘纪实》，都曾获得一定好评。给人印象特别深刻的，乃是他浓浓的山东口音和爽朗健谈的个性。尤其是，他曾不止一次地在办公室内跟编辑部年轻的编辑同志直率地说道，编辑部若有什么需要帮忙的，尽可跟他说，他定会出力相助。他若有作品也会请大家指教。他知道，杂志当然要发名家好作品，即使偶然间发他的作品，就当作糟头肉搭配发表，他也没意见。

一个颇有资历的老军人、老干部，放下架子如此地挚爱文学，热心于文学事业，顿时让编辑部内我等年轻编辑们不由地从内心涌上一股肃然起敬的感情，当然也不免让我们被眼前这位山东人特有的直率健朗个性给逗笑了。

正是从那之后，艾奇与《钟山》编辑部便有了更多的友情合作；我与他也有了更多的接触，他也给了我和编辑部更多的帮助。编辑部人员对常来的艾奇无须过多的客套，只是随口说道"老艾来了"，便齐声向他打招呼。那情景就像他也是编辑部颇有人缘的工作人员。

大约是20世纪90年代初,作为省级地方刊物,为了在全国30多家大型刊物中争得一席地位,扩大刊物影响,并进一步联络、团结作家,为作家深入生活、探讨文学创作话题,提供、创造一定条件,常需举办一些文学笔会活动。作为老资格又有相当活动能力,且十分热心于文学创作的文学老人,艾奇可算是为《钟山》出了大力,下了不少功夫。

1989年5月下旬,他先是利用省农垦局某老战友的友情联络,帮助《钟山》举办了一次省农垦笔会。参与笔会的有当时的省内中青年作家周梅森、范小青、黄蓓佳等人与山西中青年作家王祥夫,还有昔日"探求者"集团重要成员曾发配黄海农场劳改的老年作家陈椿年。此次笔会组织参观了东辛农场牛奶粉厂、黄海农场的晒盐沙滩、东台农场的棉花地。沿途车马劳顿,生活安排,参观项目,全赖老艾公关联络,他俨然成了《钟山》负责公关联络的后勤部长,热情周详,服务到家。

这次的农垦笔会,几乎让我和编辑部工作人员忘了艾奇乃是一位参加过抗战和解放战争的战士、军官,老干部,老作家,而全然是一位热情和蔼性格爽朗的文学老人,是《钟山》值得信赖和依靠的老朋友、老作者。

时过不久,大约是20世纪90年代初,艾老再次帮助《钟山》在北京兆龙饭店组织了一次文学活动,让我们对这位文学老人更有了新的认识。眼前这位穿着朴素、语速流畅的老人,果真是办事麻利,神通广大的厉害角色,在偌大豪华的新式饭店里,他出入办事,言语神态,竟全无怯场的样子。

那日,我与老艾去北京安排编辑部活动行程。当日下午一到北京，老艾便领我住进王府井一部队招待所。当晚，先是有位军人进住所打探一番，然后便有一位身着军装的首长进房探访艾奇，并与之热情交谈，显然是部队老相识老战友前来探望叙旧的样子。

过后一问，探访者乃是国防部长迟浩田，他是前来探望他昔日的老班长——艾奇的。接着艾奇便将编辑部人员安排住进了兴建不久的兆龙饭店，让我等编辑人员首次领教了住高档饭店的滋味。

仿佛就在一眨眼之间，艾老已经离世10多年，我也退休10年了。10多年来，我一直后悔未能在艾老临终时去看望过他老人家。如今我生病住院，每逢临窗眺望艾老曾经住过的小院和高楼，我便不由自主地想起艾老，这位经历过战火考验，却又十分钟情于文学创作和文学事业的老人。每每远眺那幢乳黄色的醒目高楼，仿佛眼前便闪现出艾老那熟悉健硕的身影，尤其是他那亲切随和，热情爽朗的面庞。

是的，作为一个热爱文学编辑事业的老编辑，我敬仰那些已经故世的老作家，我也怀念那些为文学编辑事业做过特别贡献的文学老人，尤其是像艾老这样钟爱文学的老人。您爱文学，爱《钟山》，《钟山》和文学自然也不会忘记您。

朴素为本　真情是魂
——读刘庆邦《无望岁月》

在矫情泛滥、戏说成风、粗俗化、浮华化日盛之时，刘庆邦的中篇新作《无望岁月》(刊《钟山》2002年第6期)愈发显示它的可贵和可爱的内在品质：朴素为本，真情是魂。

昔日被许多人推荐为当代"短篇王"的刘庆邦，这回却在中篇新作里，写足了一个贫穷的农家子弟在特殊年代里内心所经历的酸甜苦辣的历程。其语言及表现方式之朴素，其情感体验之真挚，着实到了令人心悸心痛的地步，以至有人竟把它当作口述实录来读。

置身于一个多元化时代，对文学和小说各人自有各人的诠释。在我看来，如果说，文学的基本材料是语言，那么小说的要素便是细节。而情感与形象则几乎是文学和小说须臾不能离开的构件。在面对当代小说各种炫目的写法中，我以为，刘庆邦是深谙此理的。

在刘庆邦这篇新作里，朴素是一种选择，一种个性。他摒弃浮华的语言，迷宫式的叙事技巧，选择了如同他为人一样的平常与平实；从不媚俗追风，却更崇尚真情实感的自然流淌。

小说叙述的乃是"文革"动乱岁月里一位心气颇高的普通农家子弟"我"在读书无门、参军无望的情况下所产生的纷乱心绪。其语言之朴素、情节之平实，与主要人物的"我"的心境恰成鲜明的呼应。

朴素又是一种境界、一种品位。正如无技巧便是最高技巧一样，朴素并不表明作者缺乏才华或才思枯竭。相反，在以朴实的文笔和平实的故事里，塑造出栩栩如生人物形象，却需借助于作者更为现代的文学观念与文学素养。真正的朴素需以精彩闪光的细节为根基，以真切动人的生活体验为灵魂。

我们在庆邦《无望岁月》的创作中，所能阅读和体悟到的正是这样的细节和体验。可以说《无望岁月》的最大成功正在于作者以成串的精彩细节描写和密集的生活体验把置身于动乱岁月里的一个敏感而又有志向的普通农家子弟的生活境遇和心路历程表现得活灵活现、淋漓尽致，以至许多平民出生的奋进者读之无不怦然心动，唏嘘慨叹。

大凡熟悉刘庆邦经历的人都会知道，《无望岁月》里的主要人物形象具有作者青少年时期的生活影子。大约正因如此，为人朴实的刘庆邦委实不需要借助于形式上的花架子，他倚重的乃是小说的内功：以朴素的语言、平实的叙事方式，塑造人物形象，并用真情和美感浇铸它，从而显示出自己鲜明的创作个性。

随着市场经济的勃兴，我国的小说创作行进在多元化的路途中。我以为，对于每个作家来说，不管你追求哪一种流派、方法，如果离开这种文学内功，去奢谈什么文学创新，都未免是十分可笑的。

创新与求变乃是文学的生命。我们当然也期望昔日的"短篇王"在今后的中篇创作里,能在倚重文学内功的基础上开拓创造出新的艺术天地来。

编余絮语录

且说李国文的华丽转身
——编余丛谈

因为眼疾,已有许久不读虚构体的小说了,我把有限的阅读兴趣,更多地转向纪实体解密性的作品,还有亲历性的散文随笔了。这情形恰如李国文近十几年来不再写小说,而把笔力转向了为期刊专栏写文史类随笔一样。因为退休多年,也有许久未能面见到李国文了。无论是作为他的作品的责编朋友,还是作为他的作品的读者,有时还真怪想念他的。而对我来说,最便利见到他和他作品的方式,便是翻阅手头的那本杂志——《文学自由谈》。因为我知道,他作为这家刊物的特约专栏作家,似乎已有十多年了。此外,便是偶尔翻检到昔日他给我的信件和刊发在《钟山》上的作品。

凡是阅读《文学自由谈》的人,总喜欢首先翻阅李国文为期刊所写的特约专栏稿件。年底闲暇,偶尔之间翻阅 2009 年 2 期《文学自由谈》,不由地就被封面上那幅白发老人的照片所吸引住了。脑海里顿时浮现的印象便是:一位慈眉善目的长者,一位温文尔雅的文人。展现在我眼前的这位老人，有着硕大的脑袋和稀疏的白发，慈善的面容下，那睿智的目光里，闪耀着博识与才情，贮满了人生的磨难与艰辛。

他就是我和《钟山》所熟悉的作家朋友李国文。按理说，我们的相识并不算早，那只不过是新时期初始的时候。国文以《月食》和《冬天里的春天》震响文坛之时，作为刚刚创办不久的《钟山》的编辑，我这才有了结识国文并向他约稿的机会。当然，约稿之前，我除了拜读过他的短篇《月食》之外，已得知他祖籍为江苏盐城，生于上海，却在南京读过国立戏专。20世纪80年代初，国文已是全国著名作家，而《钟山》只不过是个省级地方刊物，我也只不过是个毫不知名的文学编辑。当时初为编辑的我，首先想到的约稿方式只能是打乡情牌，以家乡刊物之名来京约请家乡作家为《钟山》写稿，寄希望于以乡情打动作家。

大约在20世纪80年代初《月食》发表不久，我即去北京国文家里做拜访性约稿。那时，国文家尚住在复兴门外铁一区一条不甚宽敞的小巷里，家里似乎只有国文夫妇俩人。除了书房雅致整洁、充满书卷气，给我印象尤深之外，只记得那时的国文大约50来岁，身板健硕，红光满面，言行敏捷，待人热情宽厚。几乎很难看出这位当年被错打成"右派"流放铁路工地长期从事强体力劳动的痕迹。当我亮明身份，以家乡刊物编辑之名义热情约稿之时，他先是询问了江苏一些作家朋友，尤其是陆文夫和高晓声等人的情况，然后便谦称自己作品一向不多，一时间很难应允何时供稿。我知道，像他这样知名度的作家约稿者甚多，而他的创作数量又有限；我也能感受到国文委实是个热情坦诚、创作态度严谨的作家，第一次上门约稿，初次相识，是不大可能携稿而回，满载而归的。我需要更大的热诚与耐心，也需要以更为有效的组稿方式才能尽快地约到他的作品。

第二年，当我再去国文家约稿时，我是带着一位我与国文共同认识的评论界朋友和一份新的约稿"合同"去的。这位评论家就是我在北京文学所十年"文革"中的"战友"何文轩（西来），我的约稿"合同"，自然不是优厚的稿酬——那时候，期刊与作者之间的关系，大都不是建立在金钱买卖关系上的，而主要是靠友情和信任度来维系的。我的所谓约稿"合同"便是以"作家之窗"专栏来吸引作家，或者说以此专栏作诱饵来"钓"名作家的胃口——这专栏除了发名作家的新作之外，这同时发表著名评论家对作家及新作的评论文章，此外，还附有该作家的小传、作品目录。透过这专栏的窗口，即可获得该作家与作品的许多重要信息。因而，这一专栏创办不久，不仅受到作家、读者和文学界的众目关注，且较快地扩大了期刊的影响，丰富了稿源。

当然，伴随着这一专栏的设置，还有我对像李国文等生活经历的尊重与理解，对他们所持文学主张与文学精神的赞同。据我所知，国文在1957年被发配边塞的铁路工地，长期从事强体力劳动，有了更多的人生苦难的体验，却失去了从事文学创作的权利。这对于素来喜欢创作的作者来说，其内心的痛苦，自是可想而知的。可就是在这样恶劣的生存环境里，李国文与其他优秀作家一样，内心的文学火光却从未熄灭，对生活、对社会的思考也从未停止。大约正因如此，李国文等"右派"作家才能在1979年新时期甫始平反之后，即纷纷拿出新作，重出文坛，并成为新时期文学的主力军。

依照我的编辑经验，我知道，在名作家与不知名期刊之间确实存在着某些不平衡的关系。刚从灾难中走出来的名作家一旦有了重新创作、发表作品的机会时，他首先考虑的，或许不一定是稿酬的高低、待遇的厚薄，而在于对期刊和编辑的情感、友谊的信任程度，还有文学观点的契合程度。诚如当年刘绍棠对我所说："作家与编辑的友情固然重要，但作家好不容易写出一部作品，他不能不考虑自己的作品在不知名期刊发表之后会不会打瞎了，以至不为人知，毫无影响，好似一块石头扔进水里，毫无声响一样。"当我80年代初代表《钟山》编辑部拜访一些名作家常遭到冷脸和怠慢之后，我才想起要开办"作家之窗"专栏来吸引名作家们为《钟山》写稿。我以为，这是无奈却又是最有效的组稿方式之一。

经过一年多的筹备，1984年第3期《钟山》的"作家之窗"专栏终于推出了李国文的一组文稿。对于编辑部的良苦用心，李国文曾在创作谈《论眼睛》一文中道出了编辑部的良苦用心："写完《驳壳枪》，接着写这篇创作谈，还要奉献上一页作品目录。据说，编辑部还请人给我写了篇专评。编辑部这种'一桃杀三士'的做法，我不得不叹服其用心良苦，而且深悔当初应允的草率和欠考虑。"接着，他深有体会地说出了一条深刻的创作规律："相信自己的眼睛是绝对重要的。"直到20多年后的今天，我再来翻阅这篇谈论创作的短文时，我不免依旧深以为然。不是吗？长期以来，我们（包括我自己）有许多作家恰恰不是用作家自己的眼睛去观察生活，用自己的头脑去思考、分析问题，倒常常被他人所取代了。这种惨痛而深刻的经验教训，是许多"右派"作家们用大半生的人生磨难和创作弯路所换取来的，也是他们这辈作家所独有的，倘说是刻骨铭心的经验之谈，大约一点也不过分。

可惜的是，在20世纪80—90年代，虽然李国文的创作已获得长、中、短篇小说的全国性文学大奖，作品的影响亦是诸多同辈作家所难以企及的，但在我的印象里，国文的创作成就似乎并未在文学评论界得到应有的回应与反响。对他作品的研究，似乎还远远滞后于他实际所取得的成就。这究竟是因为他人缘不佳、性情使然，还是因为他根本就无意入仕，即使是对文坛官位也全然不感兴趣？抑或是另有他创作个性与风格上的局限？一时间，我无法解答。他使我更多地想起古代那些文学才华显著却从来不愿入仕的文人。

好在总还有人对国文80年代中期的创作有过中肯公允的评述。诚如著名评论家何西来在《灵智的明灯》一文中所说："从《童心》到《花园街五号》，到《春归何处》，李国文几十年的创作，就是用他的心点燃在人生道路上一盏一盏灵智的明灯，他以此慰藉读者，也以此慰藉他自己。"李国文及其创作，显然不同于王蒙创作的机智多变，不同于刘绍棠小说的乡土田园风味，也迥异于从维熙大墙文学的沉重悲愤。即使他90年代后所写文化随笔，似乎也绝无邵燕祥杂文中的辛辣与锋芒。

在我参与《钟山》编辑工作的二三十年间，除了我个人去京单独拜访李国文之外，还先后带领傅晓红和苏童拜访过国文，此时国文已与《钟山》建立了良好的友谊合作关系。他先后为《钟山》写过两篇短篇、两篇中篇小说，此外，还发表过四篇散文、随笔。其中，最有影响的作品便是发表在《钟山》1996年2期的中篇《涅槃》，并旋即获得1995—1996年全国鲁迅文学中篇小说奖。我以为，这既可看作是继短篇小说奖和茅盾长篇小说奖之后，李国文中篇小说的新收获，也可视为国文与《钟山》长期友好合作的硕果与回报。

在《涅槃》里，国文以生花妙笔惟妙惟肖地塑造了一个介于官场与文坛、官人与文人之间特殊的人物形象，表现了这种政治型的文化人在新时期向市场化转型期独特的生存状态和心理畸变。从而生动地再现了当下中国社会的文化景观,与中国文人的尴尬情状。这一艺术形象不同于国文以前写磨难中的心灵美一类作品,在揶揄调侃的笔调中,在历史与现实的重叠里,分明注入了稍许嘲讽的意味;也使他与王蒙、刘绍棠、从维熙、张贤亮等人作品中的人物形象鲜明地区别开来。这当是李国文独特的创造。

在我与他的多次接触中,他从未向我讲起过他被错划为"右派"、发配荒漠边地从事强体力劳动的苦难,也未说过他在朝鲜战场上的经历。在我眼里,他是一个地道的文人,一个正直纯粹的作家。他的文人习性与气质似乎注定他要写《涅槃》中那个似官似文、亦官亦文的特殊人物。

《涅槃》创作于20世纪90年代中期,大约自那以后,国文的创作即从小说转向散文随笔。近10多年来,他主要为《文学自由谈》和《随笔》开专栏,成为"特约"作家,同时也为《钟山》和其他刊物写散文随笔。据我所知,他曾先后在《钟山》发过《三国三题》《〈红楼梦〉的最后一次丑剧》《可怜一曲〈长生殿〉》和《唐末食人考》四篇散文随笔。此外,还在《人民文学》《当代》《花城》等刊物上发过数量不少的散文随笔。这表明,在90年代之后,他已从写小说转身,改为专写散文随笔了。

对于国文在70岁左右由写小说转为改写散文随笔的缘由,如前所说,简言之,可视为作家的自觉追求和文学创新规律相互作用的结果,也是作家文学才华和学识修养的体现。这种随着年龄的增长、创作精力的变化而出现的华丽转身,曾经发生在老一辈作家(如茅盾、巴金)身上,也曾经发生在与国文同辈作家身上(如王蒙、从维熙)。然而,国文近十几年的散文、随笔毕竟又有着他自己鲜明的个性与特色,因而,往往如同他的80—90年代的小说一样,同样吸引着读者和文学界关注的目光。

如前所说，年近七旬，国文在尝试写了几百万字，长、中、短各种小说体裁，并陆续荣获过全国大奖之后，他的创作便开始自觉地由虚构体小说转向了散文随笔，我以为，这不仅是一种新的选择，一种华丽转身，或许也是一种文学创作的规律使然。聪明如他者自然明白，昔日的生活积累与苦难人生中获得的体验已经宣泄、倾诉完毕，他今后的创作需要重新选择与定位，调整自己的创作方位，更需要补充、调动新的知识结构，开辟新的创作领域。对于一个有自觉追求、勇于创新的作家来说，一旦发现文思不畅、创造力衰减之时，他是决计不愿重复自己的。于是，年过七旬之后，我们终于发现并理解他为何及时从小说创作抽身而出，转而为《文学自由谈》《随笔》等期刊开辟特约专栏，主要致力于散文随笔创作了。

即以发表在《钟山》上的几篇随笔而言，《三国三题》借三国三题抒发自己的情怀，《可怜一曲〈长生殿〉》则取材于清代文人洪昇与他的名剧《长生殿》的命运沉浮，实际讲的是中国文字狱的兴衰，引人联想的，却是当代文坛所演绎出的一出出冤假错案，抨击的则不仅是封建帝王，还有文场那些专打小报告的小人。而《唐末食人考》考之二十四史等文史典籍及野史文献，实际笔墨所向，仍然是现实生活中，那些以革命的名义所施行的种种非人道反人道的野蛮行径。在揶揄嬉笑的背后，实则充满着一个作家对现实的关注精神。在一批"右派"作家里，他没有像刘宾雁那样以报告文学的方式直接抨击现实生活中种种腐败现象，也不会像王蒙那样以俏皮幽默的小说针砭现实，他采取的是，以自己独特的方式，巧妙地借古喻今，介入现实话题。

如果说，20世纪90年代初，当我编发李国文给《钟山》的一篇篇文化历史随笔时，还以为这只是国文在小说创作连获大奖过后，偶尔为之地写些散文随笔以作创作调剂之需，其后，当我得知他在《文学自由谈》《随笔》《当代》《人民文学》等文学期刊上连续发表长篇文化历史随笔，成为特约专栏作家时，我才明白，对于写惯小说且又是"获奖专业户"的作家来说，这实在是一次由小说到散文随笔的华丽转身。尤其是，近十几年来，他陆续出版了随笔集《中国文人的非正常死亡》《中国文人的活法》《李国文说唐》《楼外谈红》《大雅村言》《李国文新评〈三国演义〉》，且大为畅销，一版再版之后，我方才领悟到，对于李国文创作华丽转身所取得的卓著成绩，是应该值得文学评论界给予更多的评论与关注的。

作为读者，作为国文发在《钟山》作品的责编和朋友，我自然为国文转身致力于散文随笔之后所取得的卓著成就而高兴不已。作为评论工作者，有时我又不免为评论界对国文创作的关注度不够，及总体评价与国文随笔创作成就的不对称而深表遗憾。为此，我宁愿相信，散文评论家韩小蕙所说：李国文是"卓然一随笔大师"，是"学识好、见识好、心态好、用功好、夫人好的'五好先生'"。这当是对国文为人为文的中肯评价。在当代作家中，由写小说转身写散文随笔者甚多，然而，能达到此种境界与成就者，委实并不多见。

作为国文的编辑朋友，我也曾对国文小说创作正值高峰走红之际，忽而转身散文随笔创作，并迅捷取得如此成就的原因与条件，产生过一些疑问及纳闷。为此，在1998年还曾在国文《涅槃》荣获全国中篇奖，我去他家拜访，表示祝贺之意时，询问过他。之后，我还写过一篇《李国文的奥秘》，试图作些粗浅的探寻。

论说起来，青少年时写诗，中青年写小说，老年改写散文随笔，也可算是文学创作的一般规律了。其缘由大体与年轻时激情浪漫，适合写诗歌，中年有了生活阅历和人生体验，适合写小说，年过七旬，跨入老年的门槛之后，大部分作家的创作心态已能摆脱前期创作的伤痕色彩，淡薄了功利观念，当然更没有时下某些青少年作家功名利禄的浮躁情绪。他的创作更主要的，乃是自娱心态下的自然流淌。观之茅盾、巴金的创作是如此，李国文、从维熙等人也大体这样。因此，在《李国文的奥秘》那篇短文中，我简略地写道："也许，保持娱乐心态，增进学识修养，坚持散步健身的习惯，便是国文维持良好创作心态的奥秘了。"此外，"和谐的家庭关系，也是国文创作成功的必要条件"。

当然，说不同年龄层次的作家操作不同的文体，这只不过是一般的创作规律而已，至于每个作家的创作转向哪种文体，成就如何，可就该另当别论了。具体地说，李国文年过七旬的创作指向真可谓是一次华丽转身了。仅谈他刊发在《钟山》上的几篇随笔，还有《文学自由谈》上的部分特约稿件，我即能体悟到国文随笔的某些特色，及所取得的明显成就。

在我的印象里，国文的随笔文笔灵动，史识俱佳，且趣味性、知识性颇强，好读耐读。国文的随笔，大都取材于古今文人的奇文轶事，且将历史与现实、官场与文场，还有小说家的笔力、悟性与文史家的学识，都巧妙地糅为一体，互为表里，故而常能将读者引入无尽的遐想，烛照出现实的影子。他往往诉说的是历史典故，却常能让人联想到无情的现实。阅读国文的文史随笔，时令读者不由地叹服作者的博学才识与对现实文坛的熟悉关注程度。所取题材、化随笔，使之区别于其他作家，也不同于一般的学者散文。

尽管 1998 年我在《李国文的奥秘》一文里，试图探询国文能够成功华丽转身的奥秘，但毕竟囿于某种局限，并无多大把握。及至 2000 年前后陆续地又读到他的另一些文史随笔，尤其是收到他亲手写给我的两封信时，我仿佛这才找到解开这一疑问的钥匙。原来，2000 年底退休前我寄来一本自印的《编余絮语》给他，他在复信中写道："身可退，心不可休，有一支笔继续发出声音，自娱而且娱人，还是大有可为的，愿与君同勉之。祝万事顺遂！"四年之后，当我也从编辑岗位退下来时，我总也忘不了国文先生对我的教诲，仍然放不下笔耕生涯。

不过，即使如此，我也明白，我与一般作者的散文写作是不大可能达到国文的境界与水平的，盖因，国文先生的随笔是以自己的文学才华和熟读《二十四史》及《资治通鉴》等经典名著为根基的。我的写作自娱尚可，是否能娱人，就不敢言说了。

国文先生诞生于 1930 年，2010 年是国文先生 80 岁寿辰。值此之际，我除了真诚感谢他对家乡刊物、对我的热忱帮助之外，也衷心祝愿他老人家健康长寿，继续为自己、为读者奉献佳作，既自娱，也娱人。文末，当我再次端详刊在 2009 年《文学自由谈》上国文先生那幅坦诚从容、淡泊名利的照片，阅读他那些不卑不亢、无欲则刚的随笔时，我遂相信，我的祝愿终究是不会落空的。

散淡老人　素雅之文
——炳良老友《苦茶居闲文》阅读随想

得知炳良退休之后，已不紧不慢地出版了两本散文集，作为编辑同行、同事和老友，我不由不为炳良高兴，旋即从内心产生一股欣然和庆贺之情。记得1984年9、10月间，当《钟山》从省出版社转划到省作协，编辑部正缺乏得力编辑之际，我俩在同赴某宾馆的路途上相遇相识了。如今时过近30年了，我依然清晰地记得，我和编辑部同仁坐在一辆面包车上，你背着一两件行囊，行进在临近会议宾馆的大门附近。

那年，正值《钟山》刚由省出版社转入省作协，当时的主编刘坪和我商定调入一些有些创作经历的年轻编辑，调整扩充编辑部的良性结构。遂先后调进了唐炳良、苏童和沈乔生。依我之见，如果可以将编辑大体划分为作家型编辑和编辑型作家，那么炳良和苏童、沈乔生，显然都是先有小说问世，然后才被吸纳进《钟山》编辑部的。而其时，炳良已在《雨花》《青春》《广州文艺》等文学刊物发过不少作品，是我省较有影响的农村青年业余作者。

记得为了向读者和作家宣示《钟山》主张编辑"以编为主 编创结合"的新的办刊宗旨，同时，也想将《钟山》的这些青年编辑推荐给刊物的读者和作者，我和刘坪先生曾决定特设一期"编辑四人小辑"，特地发表了炳良、苏童、沈乔生、范小天四位青年编辑的小说新作，并获得良好的实际效应。

还记得，20世纪80年代中期，当其他三位编辑的小说创作，还只是初始阶段，而炳良已发表了几十篇短篇小说，并获得过《雨花》文学奖和庄重文学奖。在创作上显露出良好势头，虽因其后主要精力投入到编辑工作中去，创作量有所下降，但编辑部却让他带职进了南大作家班，我还特地为他写过一篇小说评论。

作为一名炳良的早年同事和老编辑，我确实曾经颇为欣赏他的早期小说，可是，如今作为老年读者和文友，我却不能不承认，现在的我更喜欢阅读他年过花甲退休之后所写的散文集了。或许前辈所言的创作规律不无道理：青少年时喜写诗歌，中年时爱写小说，到老年则更擅长写散文了。

作为比炳良年长9岁的老年读者，之所以喜欢阅读炳良所写的老年散文，主要原因便是，进入老年之后目力日衰，再也很难读得进虚构体的小说，而将阅读兴趣逐渐转向更能真实表达人生阅历和心境的老人散文了。而炳良近日赠我的散文集《苦茶居闲文》正好满足、适应了我此时此刻的阅读需求。当然，更为要紧的是，作为同是农村子弟，又曾在《钟山》共事多年的老同事、老朋友，我们确实有过相似或相近的心境，我们在内心沟通上几乎不存在什么障碍。

首先是，《苦茶居闲文》中，那些抒写童年趣事、儿时记忆、旧时人物和少小时艰难劳作的篇什,如《植物小语》《蔬果小语》《农具五种》《连枷声里》《燕子来时》,都让我愉快地沉浸到儿时农村生活的温暖记忆之中,进而从某种程度上缓解、满足了我这老年游子思乡的心情。毕竟我与炳良都曾在邻近的江南农村里,生活过十多年,均有过相似的经历,及老来思乡心切的心境。

其次,散文集中一些写亲朋文友的篇什,如《室友苏童》《东宫之夜》,读之立时唤起了我们一同在编辑部审读稿件、开会讨论刊物宗旨、栏目,议论文学发展趋势的工作记忆。那段岁月虽然艰难局促,但却是《钟山》起步发展中的美好时光,太值得参与其中的老同事记忆、叙写了。只可惜有关编辑部的诸多趣事和闹心之事,及编辑与作家交往或文学笔会时诸多作家的特别印象,却记叙甚少。读之不免有些遗憾。

阅读《苦茶居闲文》,更令人欣喜动容的是,书中那些读鲁迅、汪曾祺等文学大家作品时所流露出闲适心境。按说,鲁迅作品中本有金刚怒目式的怒火和锋芒毕露的讽刺,也有温情如水般的关于童年家乡的忆旧文字。但老年的炳良毕竟更欣赏、更喜欢阅读《孔乙己》《我的父亲》《琐记》,撰写《鲁迅与中学生》那类闲适忆旧之作,并能品味出其中的韵味。当然,更能引起炳良阅读兴致的,则是汪曾祺那类充满乡情韵味的忆旧之作。

作为与炳良共事多年的同行与文友,我自然熟悉他的生活经历和他的个性品性。如今再读他老年所写的最能表现其个性与品性的随笔小品,我顿时感到弥漫在全书中的人文合一的艺术品格:闲适冲淡、宁静素雅。真个是文如其人,人文合一。我不由地深信,此等文字只能出自炳良之手,此时的炳良也最宜撰写这类表达老来心境的文字。

据我所知，炳良为人一向平和谦逊，本不是那类遇事张扬大轰大嗡之人。称他为一个性情中人，或是散淡的文人，大抵是不错的。与此个性相匹配相吻合的，便是他散文小品的宁静悠远散淡素雅的品格。文字不喜雕琢铺陈，语言简洁灵动，显示出颇受周作人、汪曾祺作品的文体影响。

是的，应当感谢炳良君赠我的这两册老来所写散文小品集。我俩本都是平民出身的农家子弟，无论是作为读者、作者，还是共事多年的文学同行、同事，我们自有着相似的文学经历，相近的人生阅历。倘说我们的心灵是相通，情感是相连的，大约并无多大差谬。但愿时正 65 岁、身体尚健朗的炳良，今后不妨多写些抒发自己独特性灵的作品来。我将耐心地等待着，热切地盼望着。

生日拜访

当我带着一束鲜花应约拜访的那天，正是王蒙过完60岁生日（10月15日）的第二日。十分巧合而又有趣的是，王蒙诞生的这一天又仿佛是文星相约一同降临人间一般，按阴历算，这一天（九月初八）恰是夏衍先生94岁生日；而按阳历计，这一天（10月15日）正是严文井先生79周岁诞辰日。

我与王蒙并非初次相见，早在1980年前后，《钟山》创办之初，当他从新疆迁回首都住在某招待所客房之际，我即拜访过他。以后他数度搬迁，直至住到现在的家址为止，我们曾经有过多次接触、交谈。1982年前后，王蒙夫妇来宁时，我曾作陪游览过中山陵、夫子庙等风景游乐区。

然而这次一进他家的四合院、会客室，便顿时感到一种宁馨的生日气氛。室内几个别致的花瓶里都插满了一束束鲜花，而柜子上则排列着好多张生日贺卡。趁着主人为我倒茶的机会，我浏览了一

下贺卡上的题词,则有:

智圆行方黄钟大吕世才相人间金管气豪词锐朗月清风姓名天上碧纱笼

——宗璞夫妇

文星寿星 智者愚者 凡人巨人

——何西来

此外还有李国文、铁凝等作家及我不相识的朋友们的贺卡。据悉,中央电视台前几天还为他拍了生日专题片,足见这位23岁时即以短篇《组织部新来的年轻人》震响文坛,如今已经年届花甲的作家,其为人与为文是怎样受人尊敬。

刚刚落座,我便一边吃着王蒙夫人崔瑞芳大姐端上来的生日蛋糕,一边向王蒙请教当下文学一些敏感问题。

交谈中,我不免叹服于王蒙在商品大潮冲击之下,能如此地沉得住气,继续潜心于创作自己的作品。当一些"五七"年同时出道的作家们创作逐渐出现颓势时,当一些知青作家和眼下正走红的作家陆续转向影视之际,正是王蒙,仍然孜孜不倦地坚守在纯文学的园地里,勤奋地笔耕,并不断地向读者奉献出那么多长篇小说、散文随笔、文艺评论。

我更惊异于王蒙在面对文学多元化格局时所持的宽容大度。从文学思潮的发展过程来看,1985年之后就开始出现了多元化的格局,近几年来市场经济的活跃则又推进了多元化的进程。一时间各种创作思潮、各种创作方法、各种表现手法争奇斗艳竞相纷呈,面对这一格局,有些人看不惯了。而王蒙对于不同于自己的作家与写法,无论是老派与新军,从不采取骂杀与捧杀的办法,对文学新锐尤其采取了一种宽容大度的气概。即如对王朔走红现象,虽然王蒙的处世原则、人生态度及艺术观念都与王朔截然不同,但他对王朔现象既不回避,也不轻易否定。他说,王朔作为一种独特的创作现象自有他产生、存在的理由;但如果大家一窝蜂都去学王朔,走王朔的路,自然也不行。历史上,有出息的作家是不会这样做的。作家在各自的创作道路上重要的是学会容忍,而不是互相排斥。即使是政治性、社会性的作品也有优秀之作,如《大决战》等。

在谈及当前纯文学期刊办刊思路时,王蒙认为,面对文学多元化格局,期刊应当拓宽路数,容纳各种好作品;在中国尚不具备办同仁刊物的情况下,要允许各种写法各路英雄登场献艺。我想,王蒙自己的创作不就是种写法重现吗?他的著名中篇《杂色》看来并非偶然,实在也是他的文艺思想的巧妙呈现。

拜访结束时,他说他近年来主要致力于写作长篇系列,偶尔也写些随笔之类的短文。当我向他约稿时,他爽快地答应将下一部长篇交予《钟山》发表。临走,他题词赠送我两本新近出版的书:一本是他的随笔《逍遥集》论文集,一本是围绕他的短篇《坚硬的稀粥》的论文集。

离开王蒙家住的那座四合院,我总也忘不掉王蒙那充满活力与机敏的面容。

(原载《作家报》1994年11月26日)

文人·才子·师友
——追思忆明珠先生

2017年10月25日清晨,久卧病榻的他驾鹤西去了。作为我的老作者、老邻居、老师友,我虽然获知他住院后,曾连续三次去医院探望,或点头问候,或作短暂交谈,如今他的离世,仍让我长久沉潜于悲痛之中,难以自控。

他就是诗文俱佳的才子、有情有义的文人、年逾90岁的忆明珠先生。虽然,离世前,他曾立下遗嘱,叮嘱家人不设灵堂,不搞遗体告别,不开追悼会,但我仍会长久地追思他,忆念他老人家。听说,他的家乡青岛文史馆即将要为他举办诗文书画展,我以为,这真是适时之事。

作为《钟山》的老编辑,我自然十分感谢忆老屡次为期刊惠赐佳作,为杂志赢得了读者和文学界更好的声誉。据我记忆,从1984年至1994年十年间,忆老曾连续在《钟山》刊发六篇散文小品,其中首篇《个园话竹》即荣获《钟山》优秀散文奖。

编余絮语录

1927 年出生于山东莱阳书香世家的忆明珠，本就有着特殊的创作经历。他 30 岁时已写诗多年，直到 50 多岁时，才开始主要转向散文小品创作。及至 65 岁，他的诗歌和散文创作荣获全国优秀作品奖时，又封笔诗文，主要转向书画创作，且很快就在文艺界赢得了诗文书画俱佳的美誉。

在《钟山》刊发的《个园话竹》，最能体现忆老早期散文的特色。这篇随笔式的写景散文，以诗一般语言，借助于对扬州名园个园景色描述所涉及关于竹的人文典故，表达宣泄的，却全然是作者个人的性灵与情怀。难怪此文刊发后不久，即铭刻于园林之内，吸引了众多游览者的目光。

作为读者和评论爱好者，我更看重的，还是忆老作为诗文书画俱佳的才子型作家的美誉。盖因在我看来，考之当代文学史，真正能荣获此等美誉的才子型作家，实在太少。即说巴（金）老（舍）曹（禺）吧，他们在诗文领域的成就与声誉，自然远非忆老可比，但论及书法和绘画，就很少有人知晓了。至于成长在新社会的工农作家，往往由于在文化艺术修养上的欠缺，或因各种条件所囿，则更难达到诗文书画俱佳的境界。

可喜的是，放眼改革开放以来的文艺界，已可看到不少中青年作家，正在为提高文艺修养改善昔日诗文书画方面的欠缺而努力。于是，我方才始能听到有当代"中国四才子书系"（汪曾祺、忆明珠、冯骥才、贾平凹）和中国名老头之说。而在这四人中，显然，汪老和忆老堪为领军人物。难怪提到文坛才子向来就有"北有汪曾祺，南有忆明珠"之说了。更为可喜的是，近几年，文坛正有更多的青少年作家朝着这个方向积聚力量，扎扎实实地为提高文学修养，创作出更高水平的作品而努力前行。

像忆老这样 50 岁前后以诗文出名，七老八十岁之后又以诗文书画俱佳而闻名于世的才子型作家，本足以令人羡慕和向往了。事实上，近几年来，国内已有不少文艺出版社争相向忆老约稿，并已出版十多本诗文书画集。可一向淡泊名利，从不跟风趋势、求红争宠的忆老偏偏于 2005 年出版了一本《不肯红的花》。书中忆老开宗明义地袒露了他创作诗文书画的心态："江山事业、金钱美女，统统不属于我，我所拥有的，就是眼前的这个'老'字。除'老'而外，一无所有，勉强看来，像是属于我的，只有手中这支笔了！"

或许正如忆老所言："我好不容易老了！一辈子夹着尾巴做人，到老了，可该让我翘起尾巴做文了！"观之忆老一生为人经历，诚如其常说之语："淡泊明志，淡泊如水。像我这样的人，即便肯红，红得起来吗？"忆老实可谓对社会、对自己看得十分透彻清醒，难怪只有他这样的长者才会发出"潇洒老一回"的感慨了。

当然，无论如何，迟开的花总比不开为好，迟到的荣誉与认可，总比埋没文坛、委屈终身要好得多。忆老一生从来不争名争利，荣辱不惊，清白为人，淡泊为文，实可谓在人世间潇洒走一回了。难怪著名评论家黄毓璜先生生前在忆老书画集《抱叶居小品》序言中写道："忆明珠现象，不说奇观，也就算得一道异样的风景了。""以'雕虫留痕''画边留吟''水墨留趣'，集成《抱叶居小品》，留下的正是那种不拘一格而不绝如缕的生命意绪和世情风味。"

在改革开放的春天里，忆老这朵昔日不能红、不肯红的花终于还是红了，而且红得惹人注目，引人深思。作为他的编辑，作为他的读者和评论爱好者，我当为之高兴，为之点赞。作为他的邻居，作为他的小辈文友，我仍不免有意犹未尽之憾。如今，在忆老离世之际，倘若我光谈对他为文的评价，避开对他为人的印象，尤其是不谈他是个有情有义、重情守义的文人，我便不免有愧对忆老之憾。

在不肯红和已经红之间，在老来诗文书画俱佳被视为"当代四才子"之时，忆老之家已常有宾客盈门之喜。不管认识的或是陌生的来访者，忆老夫妇尽力满足，待人接物可谓有情有义，热情慷慨。

在我看来，忆老对社会、对时代、对人心世情的理解本是足够清晰明智的，他平时很少议论时政，在单位里也从不与人争执什么，但这一切并不表明他不食人间烟火，更不表明他是一个不辨是非回避矛盾的和事佬，和遇到矛盾绕开去的懦夫。

忆老走了，却给文苑留下了让人难忘的文化遗产，精美的《忆明珠文集》和《小天地庐漫笔》《不肯红的花》，还有《抱叶居小品》及他为文友所写的序言。最后还为仪征文化馆留下了诗文书画作品。

忆老走了，我常站在自家客厅里，凝视墙壁上悬挂的忆老为我题写的匾额，那匾上书法题写的，正是他喜爱的郑板桥的诗句。

忆老将永远活在我的心里，忆老的诗文书画将永远铭刻在我的记忆里。我相信，忆老及其诗文书画，也会镌刻在江苏甚至中国当代文学史上。

遥念张一弓与《钟山》的一次友情合作
——编余琐忆：张一弓和他的中篇三连冠之作

作为年逾 77 岁的文人，退休十余年来，我自然不免喜欢与一些老友或聚会叙谈或作家庭拜访。作为一名有 30 年编龄的老编辑，我还不时地关注那些有过组编发稿经历的老作家的近况。每每看到他（她）们有新作问世，或是遽尔离世，我都会不由自主地写些忆旧文字，表达思念之情。

我知道，这不只是一个老编辑的职业嗜好，更带有怀旧和纪念的意味。而每逢此刻，我总会发出岁月易老，而记忆长存的人生慨叹。

2016 年元月中旬的一天，偶尔翻阅《文艺报》，忽见报纸头版刊有一则张一弓同志逝世的讯息，我顿时十分惊愕地愣住了。随后便陷入长久的沉思之中。无论是作为他的读者，还是获奖小说的责编，我禁不住连续几日回忆起我与他从家访到约稿的经历与往事，搜寻他刊发在《钟山》上的中篇三连冠之作《春妞和她的小夏斯》，还有他与我的信件往来。

作为一本在办刊宗旨上有较高追求的文学期刊，我所供职多年的《钟山》，并非那类盲目追踪名家迷信大家的刊物，1983年我在赴郑州登门拜访张一弓之前，即已拜读了他的两部获奖中篇成名作《犯人李铜钟的故事》和《张铁匠的罗曼史》，对张一弓的创作风格和思想艺术特色，已经有了一些初步的认识与理解。我认为，这实在是称职编辑的必修课。

20世纪80年代中期，积多年编辑工作的经验，我已然领悟到，一家地方文学期刊要想成为有全国影响的刊物，必须注意，在不断发现文学新人的同时，还须团结、联络一批有实力有名气的作家；同时，我也逐渐体验到，要想从京沪一流作家那里获得一流作品，实在并不容易。因而，我在组稿方向上，遂作了一些适当调整：在尽力团结本省重点作家，并继续加强京沪老中青作家的组稿工作之外，我又把组稿方向拓展到某些重点文学省份的重点作家，于是，陕西、湖南和河南等文学重镇，遂成为我重点关注的对象。

因而，陕西的路遥、贾平凹，湖南的古华、韩少功，便成为我重点组稿对象。而河南正在走红的张一弓、叶文玲也成为我热衷组稿的对象。

聚多年的组稿经验，我也初步体验到，编辑所到之处要想拜访各位名作家本已十分不易，有时甚至要硬着头皮，厚着脸皮去这些名家家里求见、约稿，而要想拿到他们的代表作或名作，那就更是难上加难了。

如今时过30多年了，我还清晰记得首次去河南郑州拜访张一弓时的情景，尤其让人欣慰的是，《钟山》与一弓的难得合作，实在可称为是一次期刊与作者十分成功有效，甚至可称作是一次值得永远纪念的友情合作。

据我所知，张一弓是以获奖短篇小说《黑娃照相》而崭露头角于新时期文学思潮伤痕文学潮头的，随后即以中篇小说《犯人李铜钟的故事》和《张铁匠的罗曼史》突破禁区，引领反思文学潮头，进而引起文学界的广泛注意，吸引国内一些有影响的文学编辑们的关注目光。

1980年前后，依稀间，我仿佛记得，张一弓的年龄大抵介于王蒙、陆文夫等"右派"作家之后和知青作家之间，他的人生经历与创作道路，却与他们大有不同。他五六十年代曾从事过新闻工作和政府工作多年，七八十年代又曾沉浸于河南灾区，具有农村工作的特殊经历，这便使他的创作一出手，便显示了自己独特思考和艺术表现上的优势所在。

记得1981年前后，刚任文学编辑不久的我即注意到，张一弓的中篇小说《犯人李铜钟的故事》与《张铁匠的罗曼史》，确与同样描写农村题材的作家浩然、刘绍棠等作家的作品，有着迥异的特色。显然，他的这些作品，有着突破禁区的沉重灾难意识，生动地反映了改革开放初期农民重获新生后情感的变化历程。

如今时光如同白驹过隙一样，一晃之间，就过去30多年，1983年夏秋之际，我正是带着对张一弓的这些印象，以《钟山》编辑身份赴郑州探访崭露头角颇令许多编辑十分向往的作家张一弓的。还记得，当时他家住在省委二区25楼3号。陪同我一起探访一弓的，还有刚借来编辑部的工人作家李春光老兄。他也是河南人，当然，也十分有兴趣与我一同拜访老乡作家。

这次的郑州拜访约稿之行，显然与我前两年赴京拜访一些著名作家所遭遇的冷淡怠慢的接待大不相同。时年49岁、正处于中年人生的张一弓待人特别热情，在他的并不显摆的家里，这位身材适中、黑瘦结实的汉子，殷勤地为我俩泡茶叙谈，谈他的人生经历，更毫无保留地谈他正在构思的几篇小说的设想。这情形，颇像相谈甚欢的朋友聚会。当我讲到1970年前后，我曾在信阳、驻马店地区学部五七干校待过二三年的经历时，我俩的交谈就更像是文友和乡亲般的亲切随和了。

临别之际，一弓除了满口答应明年年中为《钟山》寄一中篇之外，还特地叮嘱我与春光务必去登封少林寺一游，因为他曾在登封县农村干过几年工作，对那儿既熟悉，也颇有感情。

此次的郑州之行，除了重点拜访了张一弓之外，我俩还特地看望了当时国内也小有名气的女作家叶文玲。记得这位浙江籍女作家曾特地请我和春光到她家吃过一顿饭，席间她也爽快答应很快为《钟山》写稿。果然不久，我就收到她寄来的一篇佳作，这令我对河南作家的热情纯朴，留有颇为深刻的印象。

这次郑州之行，尤其令人难以忘怀的是，与我同行的春光年龄与一弓相近，又同是河南老乡，且都是写作发表过不少小说的作家，两人虽属初次相见，却有相见恨晚谈甚欢的感慨。离开郑州之时，春光本无回豫西老家探望之意，在我劝说再三之下，他才回乡探亲的。

当时，谁也料想不到，就在春光回乡探望归来不久，他就患了肝病重症，随后便撒手人寰了。春光这次赴郑州组稿委实出力不少，却在第二年七八月间，一弓按约寄来中篇之际，他却驾鹤西去了。以至时过多年，每念及这次郑州之行，直到如今得知一弓也不幸离开人世时，早已年逾古稀的我顿时地不禁唏嘘不已，几近潸然落泪了。

这次成功的组稿之行，让我顿时领悟到，文学期刊与名家的友情合作，主要的并非是稿酬的高低、要价的多少，而是建立在编辑与作家之间是否有共同的文学观念和友情沟通联络上。因此，1999年庆贺《钟山》创刊20周年之际，张一弓又为我寄来了他的贺词："生活之树常青"。我以为，这是对《钟山》的祝贺，也是一位成熟的作家对生活的感悟。

在春光和我的印象中，一弓原是一位谦和爽朗的作家。这位曾荣获过短篇优秀作品奖和连续荣获过两次中篇奖的正在走红的作家，他并未小看《钟山》这样的省级地方刊物，1984年7—8月间，一弓果然应约如期地寄来了他的中篇新作，这就是《春妞儿和她的小戛斯》。

收到一弓寄来新作的那一刻，我既感谢一弓的应约守时，也为《钟山》的读者高兴。读毕新作，我更为一弓的成功新变和丰收在即而兴奋不已。遂立即开辟"作家之窗"专栏，安排在1984年5期以头条位置重点作品予以刊发。同期还刊发了一弓的一篇创作谈，和一篇重点评论文章，及一弓的作品目录。

在我看来，张一弓的中篇新作刊于《钟山》"作家之窗"专栏，实可算是旗鼓相当、恰逢其时的友好和成功的合作。盖因1982年前后创办的《钟山》"作家之窗"专栏集名家新作、创作谈与评论于一体，熔作家创作与文学观念（创作谈）、文学小传、作品目录与评论界对该作家的评论于一炉，故而甚得作家和读者的好评，亦为不少中文系师生阅读研究当代文学提供了一定的方便条件。故而创办不久，即受到文学报刊界的关注与好评，亦成为刊物吸引名作家目光的缘由之一。

记得20世纪80年代初前后，大多数作家与编辑之间的通讯联系，通常是编辑上门拜访，或以通信方式沟通，作家投寄稿件亦大都是通过邮局或航空邮件。作家与编辑家中并无电话，更无电脑和手机便于联络。故而，通信和家访便成为常见的主要组稿和联络方式。

就在这般困难的通讯条件下，拜访约稿一年后，《钟山》终于按时接收到了一弓挂号寄来的中篇新作《春妞儿和她的小嘎斯》及一篇创作谈和作品目录，接到稿件时，我和病中的春光，都不由地对一弓的爽快应约，从内心发出一股感激之情。

当然，更令我俩兴奋不已的，还是急切读罢这篇中篇新作后的感觉。我们高兴地发现，这部中篇小说比之《犯人李铜钟的故事》和《张铁匠的罗曼史》，显然又有了新的发展和新的元素。他让我们明白，一弓毕竟不是那类满足现有成就，重复自己的作家，他的创作正在发生新的蜕变，走向新的高度。

《春妞儿和她的小嘎斯》在《钟山》1984 年 5 期刊发后，反响甚佳，有不少报刊转载和评论。出于对一弓的感谢，对作品的喜爱，我也曾写过一篇题为《致力于塑造农村新人的形象》的短文，予以特别的推荐。短评中，既肯定了张一弓的创作不同于新时期其他农村题材作品的鲜明特色，也着重指出，这一中篇新作某些不同于一弓以往作品的成功新变。

在我看来，与其他作家描述同类题材的作品相比，《春妞儿和她的小嘎斯》的新颖独特之处，正在于作品既迅速准确地捕捉到当前农村的新矛盾新问题和农民心理变化的新信息，塑造出农村新人的艺术形象，又避免了写中心写运动和图解政策的概念化倾向。

此外，在《春妞儿和她的小嘎斯》的创作中，张一弓在艺术表现方式上，确也注入了某些新的元素，呈现出某种新的变化。作品里的矛盾并不像《犯人李铜钟的故事》那样尖锐突出，情节亦不像

《张铁匠的罗曼史》那样跌宕起伏,大起大落。笔调也由雄健豪迈转为清新明快,色彩也由深沉凝重转为乐观明朗。

果不其然,《春妞儿和她的小嘎斯》在《钟山》一经刊发后,立即获得读者和评论界的颇多好评。随后,即在全国优秀中篇评奖中,继《犯人李铜钟的故事》和《张铁匠的罗曼史》,第三次连续荣获全国大奖。从而创造了连续三届荣获全国优秀中篇大奖的少有记录。

只可惜,1986年前后,当《春妞儿和她的小嘎斯》颁奖之时,作为作品的责编之一的李春光已经悄然离世了。他再也不能与一弓与同为责编的我分享这份荣誉与快乐了。

在新时期擅长和成功描述农村题材的作家中,我以为高晓声和张一弓实可堪称是南北二杰,各有绝活和特色。高曾荣获过全国优秀短篇小说三连冠,而张一弓则荣获了中篇小说三连冠。正是他俩以自己优美的文笔,极其深刻地揭示了中国从"文革"前到新时期农民和农村的真实面貌。在新时期文学史上,张一弓和高晓声理应都各自占有醒目的篇章。作为他俩的读者和责编,我以为这大约是不容置疑的。

一弓走了。作为编辑与文友我自然忘不了他和他的中篇三连冠之作《春妞儿和她的小嘎斯》,当代文学史更忘不了这位擅长描述新中国成立后直至新时期农民形象,深刻揭示农村与农民精神蜕变历史的不凡作家。他走了,却为当代中国农村面貌留下一幅幅难以忘怀色彩斑斓的时代图画。是的,一弓委实应该在新时期文学史上,尤其是在表现农村题材的现实性和历史感方面,占有属于他的重要的一页。

叶弥和她的成长小说

就好比任何比喻总是跛足的,但人们依然要使用比喻一样,尽管人们都知道,要想对复杂的文学现象进行概括归纳总是吃力不讨好,却仍然有人要力图对之做出自己的概括与判断。

倘若我们还能允许这样的概括与归纳,我们似乎也没有理由拒绝前几年评论界新提出的关于成长小说的说法。而要提到成长小说,大概也总会联想到叶弥的小说。

在文学新名词满天飞的如今,我不想多费笔墨去探讨成长文学(小说)的来龙去脉及这一名词的内涵与外延究竟在哪里。我倒愿意就叶弥新近出版的中篇集《成长如蜕》谈点读后随想。

如果我们把成长文学(小说)定位在主要描述青少年心理与情感成长历程的话,那么,这类小说真可谓是汗牛充栋多如牛毛了。如《少年维特之烦恼》《麦田守望者》《钢铁是怎样炼成的》大约都可算是这类作品的代表作了。

新中国成立之后，我辈读到的战火中成长与苦难中成长的文学作品，自然也可说是数不胜数了。记得中小学课本中关于小英雄雨来、鸡毛信及高玉宝的故事，恐怕也都可划入成长文学的范围。

近来阅读了叶弥赠我的中篇小说集《成长如蜕》后，我觉得这本小说集毕竟不同于外国的成长小说，也迥异于前面提到的中国成长小说。这本共收入五部中篇的小说集中有四部可划入成长小说。而作为这四部中篇的共同题旨，并不着意于灵魂的攀升、思想的提高，它所关注的乃是当代青年在市场化商品化大潮冲击之下的精神蜕变过程。

在叶弥的笔下，成长首先是个痛苦的蜕变过程。叶弥的这些小说与其称作是人物性格成长图，倒不如说是人物精神蜕变图。无论是《成长如蜕》，还是《城市里的露珠》，抑或是《耶稣的圣光》《两世悲伤》，这些作品向读者展示的主人公，其性格都不是由单纯稚嫩渐趋成熟老练的简单过程，而恰恰是紧贴着时代与社会跳动的脉搏，表现出在市场化商品化背景下人物的精神蜕变历程。以至我们很难用人物是变好了还是变坏了这样简单的结论来概括人物的成长过程，而只能用"生活所赐""时代所造就"来理解这些人物的言行轨迹、性格成长过程。总之，这些人物并不是作者的主观臆造，而是社会变迁所铸就。

其次，成长需付出代价。而这代价可以是在"战火中成长"式的，也可以是在"苦难中成长"式的，当然在商业化时代，也可以是在"享乐中蜕变"式的。过去或许我们读过不少在战火中成长、在苦难中成长的作品，现在在市场化物欲化大潮冲击之下，我们终于在叶弥的作品中，体味到类似资本积累时期一部分新兴企业主式的青年人在各种物欲诱惑面前的心理蜕变过程。虽然，这已不是一般意义上的向着更健康更成熟方向的"成长",但也未就是逆向的"成长"。应当说,在人生漫长的路途上,精神蜕变本身也是一种成长。而揭示出这种特殊的成长形态,或许正是年轻作家叶弥对于现实生活的独特发现。

第三,在叶弥的笔下,成长是在多层次的对照描写中完成的。叶弥既未经历过战争,也未遭遇过刻骨铭心的苦难,在她的心灵屏幕上感受体验最深的,也许就是苏南城市与苏北乡下的差异、"文革"前后及社会转型期间的潮汐变动,还有父辈与年轻人之间的情感与道德的代沟。因而她的小说所塑造的人物、所编织的故事,大都是在城乡对照、时代对照、两代人的对照中展示出来的。人物成长的背景与表达方法均明显不同于20世纪70年代的另类作家。她的小说很少有缺乏节制的尽情宣泄,倒多了几分冷静的客观描述。

显然,《成长如蜕》中弟弟与父亲、家人、恋人以至整个环境的冲突,以及冲突所带来的精神痛苦,并不是因为缺乏金钱与物质,而是他寻找真情、友爱的愿望的一再失败所导致的。《翻城市里的露珠》里"我"和那几个富有女老板的乖张荒唐的举止,寻求刺激的胡闹,亦不过是几个富婆在寻找精神家园过程中的痛苦挣扎。而《两世悲伤》与《耶稣的圣光》对主人公李欧、谢九的形象塑造几乎无不是在城乡转换的背景中,在两代人的观念冲突中,在他们各自的精神蜕变过程中完成的。正是在这种多层次的对照描写中,比较集中地凸现了当代的社会风貌与时代气息,扩大了作品的内涵与容量。

在社会与文学发生急剧变革的时代,叶弥的成长小说并不急于把现成的结论(哪怕是正确的真理)硬塞给她的读者,也避开在苦难中成长的创作模式,而着重于描绘人物在各种欲望的诱惑面前的精神蜕变历程,以引起人们的关注与思索,应当说是她对往昔成长文学的顺应潮流的调整与发展。

一位老编辑与他的三位评论家老友
——编余琐忆：《钟山》与何西来、张韧、雷达

作为一名文学杂志的老编辑，在长达 30 年的编辑生涯中，我不但结识过众多的老中青作家，还有不少老中青文学评论家朋友。评论家中，既有朱寨、陈辽等长辈师长，也有一些年轻的评论工作者，而接触更多、给予我和《钟山》更多帮助和支持的京中评论家老友，则是我同辈的何西来、张韧和雷达。以至，我退休 10 年、年过 75 岁之后，还时常忆念起我们之间的友好交往，尤其是他们给予刊物的热心扶持。

在我看来，作为一家省级地方刊物的《钟山》杂志，如想跻身国家一流期刊的行列，她就不仅要千方百计地争取国内一流作家们的大力支持，还需获得在宁尤其是京都一流评论家的热情协助，以丰富稿源，扩大影响，开创期刊美好的新局面。检视《钟山》目录可见，从 1982 年到 2000 年的 18 年间，首都颇有影响力的评论家何西来、张韧和雷达就曾给予《钟山》各写过五六篇评论和随笔类

文字，共 16 篇文稿，并先后各自寄赠我个人评论、随笔集二三部，往来书信多封。足见，这三位评论家与《钟山》与我个人的友谊情深，特别是他们所给予期刊的突出贡献。当然，这一切不仅显示了这些评论家对刊物、对编辑的友情信任，更表明了相互间双赢互利的成果，共同成长的珍贵经历。

何西来、张韧原都是 1964 年前后，与我同时调进社科院文学所从事文学评论工作的，何西来（原名何文轩）是人大文艺理论研究班的高材生，张韧则是北大中文系调干生。直到 1974 年底我调离学部文学所，回宁从事文学编辑工作，才与他俩短暂分开。而雷达则比我们小几岁，1965 年从兰州大学毕业后分配到中国作协，参与《文艺报》编辑工作，并逐渐在评论界崭露头角后，我才作为《钟山》编辑与他们三位有了业务交往并友好合作的机会。

1981 年前后，我参与《钟山》编辑工作不久，即发现，全国大多数大型文学期刊，均以发表创作性文学作品为主，《收获》杂志几乎从不刊发评论文字，《十月》也少有固定的评论版面。而《钟山》从 1979 年创刊起，每期都安排适当的评论版面和栏目，刊发二万字左右的评论文字。我知道，这大约是办刊者为适应江苏文艺界的创作状况，尤其是高校林立、从事评论和文学研究人才济济的状况而做出的明智选择。自然，也是甚合我意的。盖因 1964 年我从南大中文系毕业，被分配到北京社科院文学研究所 10 年之后，我一向并不熟识创作界省内外作家，而拥有一批评论界师友是我的优势之一。

作为一名从编多年的编辑，我当然明白，在新时期期刊如林的背景下、要想创办一家有全国影响力的一流文学期刊，非但要具备聚集一流的作家，还当要团结、吸引一批有影响力的评论家。只要拥有一流作家、评论家和编辑的共同努力，方有可能将一家省级地方刊物，办成真正有全国影响的一流期刊。

为此，《钟山》曾在20世纪80年代初，多次举办"太湖"笔会，除邀请京沪和湖南的一些实力派作家之外，还特地邀请了一些著名评论家；此外，20世纪80年代中期，我还力主与《文学评论》杂志联合举办过一次关于现实主义与现代派的学术研讨会，诚邀了来自全国的一些活跃于文坛的评论家。借此我和《钟山》又结识和团结了一批来自全国颇有实力的评论家朋友。

在我参与和主持《钟山》编务工作期间，我尤其倚重和力荐的评论家队伍中，就有何西来、张韧和雷达三位文友。在近20年的交往中，他们不仅都参与过《钟山》和省作协所举办的各项活动，而且还热情介绍、引荐一批著名作家和正在走红的实力派作家与我结识，为《钟山》写稿；随后又在十几年里，亲自为《钟山》的特色专栏撰写了多篇作家论或文学思潮论，以及散文随笔类文字，既为《钟山》增色添彩，又为我的工作提供切实有力的帮助。

1974年底，我因家事所累自京调回南京，从事文学编辑工作，仍与西来相互牵挂，继续保持着友好往来。每次去京，我总忘不了去劲松居所看望他，他有机会来宁，我也总会热情相待。一直等到我参与《钟山》编辑工作，这才终于迎来了我俩相互合作的良好机遇。当然，主要还是他给予《钟山》和我的热情相助。尤其是，何西来担任了文学所副所长和《文学评论》的副主编之后，他可从来就没忘记我俩昔日的友情，更没少给予《钟山》和我力所能及的扶持。总之，度过了人生磨难之后，我俩终于等来了相互合作、共创未来的时光。

20世纪80年代初，我参与《钟山》编辑工作之际，旋即发现，一批卓有才华却被埋没多年的"右派"作家陆续复出，实已成为新时期最重要、最有影响的创作力量，我随即多次赴京组稿，拜访王蒙、刘绍棠、从维熙、刘宾雁等人。可在拜访李国文、从维熙、刘宾雁等人时，也曾遇到一些阻隔：《钟山》作为一个创办不久的省级地方刊物，我作为一个并不知名的编辑，要想顺利得到这些作家的支持和信任，并及时赐稿，确实颇为困难。于是，我遂想到借助我在文学所10年所结识的评论家朋友的热心相助。

于是，我首先想到向我的大何师兄求助，让熟悉国文等作家的大何陪我上门再次拜访李国文。记得那天在国文家里，我们三人谈话十分融洽，相谈甚欢。与我一人单独登门拜访，气氛大不相同。随后不久，国文的小说、创作谈，连同大何的论文《灵智的明灯》（谈李国文在人物塑造上的追求），便一同刊发在《钟山》的著名专栏"作家之窗"之上。之后，国文又陆续在《钟山》刊发过中篇、短篇和散文随笔多篇，其中，中篇《涅槃》还荣获过全国鲁迅文学奖，为《钟山》争得了不小的荣誉。

在这篇评论前后，大何还在《钟山》"作家之窗"栏目内，发表过论王蒙近年来的创作的论文《探寻者的心踪》和散文随笔多篇，尤其值得一提的是，1985年，大何曾在《钟山》4期"作家之窗"专栏内，刊发了引人注目的论文《公民责任感的火光》（刘宾雁论），曾引起学术界关注的目光。同期发表的报告文学《古堡今昔》也引发了一阵不小的争论。此文与刘宾雁的报告文学一样，充分显示了文笔犀利，敢于承担的个性特点。

《钟山》创办20年内，何西来所给予《钟山》和我个人支持与帮助，是令人难忘的，我们多年的友谊合作也是十分顺利愉快的。为此，在1999年《钟山》创办20周年纪念时，何西来特地以书法题词:"龙盘虎踞,文坛重镇。人巧天工,江左新风。"文末注曰:钟山杂志创刊20周年,雄踞东南,提领风骚,出人出文,多做贡献,致此为贺。

比我和何西来大几岁的张韧,原名张家均,系东北盖县人。印象中,他是参加过抗美援朝的北大中文系调干生,记得1964年8月我到文学所报到时,见到的张韧其人精瘦瘦的,戴个金丝眼镜,整个儿给人以文质彬彬的书生模样,不想,1965年底回所分配工作,他与我同时分到当代研究室,我俩竟成了同事,他也成了我的兄长。

张韧跟《钟山》的友好交往与长期合作,在很大程度上借助于他的夫人蒋翠琳女士。这是因为蒋当时即任作家出版社副总编,与许多著名作家都甚熟悉。经她联系、撮合,《钟山》和我又拓宽了刊物的组稿路线。记得邓友梅和柳萌正是经张韧夫妇介绍认识的。我每年赴京组稿也必去他家拜访,从东大桥到迁居城东北华威新居,莫不如此。

与大何评论显露的敏锐与才气相比,张韧的评论,似乎显得要理性与深沉一些,写作时,他似乎也用力甚大,特别勤奋。作为有过教学和战争经历,尔后再经过入学调干跨入文学研究之门的张韧,在文学所空耗了十年之后,他好像特别珍惜时光,每年的阅读量和写作论文量都要高于他人。加上贤夫人的热情相助,并几乎承当起全部的烦琐家务,以致无论是我,还是文学所的其他昔日同事,都不得不承认,进入新时期文学阶段之后,张韧的评论水平大有提高,成绩愈显突出。

在与《钟山》与我相处相交往的十几年里,从1981年起,他先后为期刊撰写了五篇作家作品论和文学思潮论,每篇文字都长达万言左右，且显见得选题精当、论证严密，学理性、逻辑性甚强的特色。足见学院派论文的学术水平和某些不足之处。他的评论既表现了学院派批评的风格，也在一定程度显示了他个人的严谨气度。

在20世纪80—90年代，电话、电脑尚不健全普及的条件下，编辑对作家、评论家的租约稿件，主要靠上门拜访、求索。那时节，我在北京曾多次拜访过汪曾祺、林斤澜、宗璞（包括浩然）那些另类作家，也约见过像谌容、张洁、刘心武、张抗抗、陈建功、梁晓声、史铁生，及阎连科、刘庆邦、毕淑敏等青年作家。不过，我拜见最多最频繁的，当数经过20多年困顿，再次回到文坛，并迅速显示出强大创作活力的作家，如王蒙、刘宾雁、刘绍棠、从维熙、邵燕祥、柳萌等人。正是，这些作家组成了《钟山》强大作家队伍的阵势。

在《钟山》所联络的一批作家中，或许是缘分不够，或许另有原因，邓友梅只给过《钟山》一篇稿子一次机会。虽然，我曾在夏季的北戴河初见过邓友梅，也曾热诚地欢迎他赐稿，虽然有一次我去京拜见林斤澜时，也在林家里见过邓友梅，但邓终究不是与《钟山》有特殊缘分的作家。而邓在《钟山》1984年"作家之窗"栏目中刊发的一篇小说，正是由张韧和蒋翠琳夫妇帮助组编来的，同期刊发的题为《民俗画与众生相》（邓友梅论之三）的作家论，也正是出自张韧老友之手。要不是张韧夫妇的从中撮合帮衬，《钟山》大约也只能与邓友梅失之交臂了。

此文之后不久，《钟山》还刊发过张韧所写的一篇关于张抗抗小说世界论，题为《三点构架、现代灵魂的审视与拯救》。这篇近万字的作家论亦可说是当时相当有分量的一篇评论张抗抗的论文了。除了这两篇作家论，张韧还在《钟山》另发三篇有关当代创作思潮和现象的论文，分别围绕全年小说评奖活动事宜，从宏观上论述了1981年中篇小说创作的现状、第2届获奖中篇小说的时代精神，和中外文学的互动影响等极具时代感的话题。这些对文学思潮和文学现象的及时观察与冷静思考，正好体现了作为当代文学评论家的潜在素质与优越条件。

如果说，何西来、张韧乃是我"文革"前后的"战友"和同事，那么，1974年底我调回南京从事文学期刊编辑工作后所结识的第一位评论界文友便是雷达。记得当时雷达一边在《文艺报》供职，一边写文学评论文章，且已有一定影响和知名度。他和先前从西北进京的阎纲和何西来、王愚、李星及后来的评论新锐李建军等人，共同组成了令人刮目相看的评论家阵容。在我的眼中，小我几岁的雷达面容黝黑身材精干，戴着一副黑边金丝眼镜，待人接物谈吐文雅，思维敏捷，俨然一位儒雅文人的模样。我以为，说他是这支来西北的评论家阵容中处于承上启下的实力派评论家，一点也不过分。

从1982年开始，他先是为江苏的一位创作十分活跃的青年作家姜滇写了一篇《姜滇小说的艺术追求》，刊发在《钟山》同年5期上，初步显示了他的艺术眼光和文学感觉，确有与上代评论家的某些不同之处。接着便在1983年4期"作家之窗"专栏里刊发了《论汪曾祺的小说》的作家论，进一步拓展了他作为新一代评论家的特殊价值之所在，并成为对汪曾祺这类昔日被忽略被贬低作家的艺术成就的较早认可，可算是较早论述汪曾祺、林斤澜这些"异类作家"和"怪味作家"的学术论文。

其后，雷达从《文艺报》调至《中国作家》，一度成了文学期刊的掌门人之一和编辑同行，旋即不久才被最终安排到作协创研室从事当代文学批评，从而找到最适合他的工作位置。随着工作与生活的变动，他的家也由北京市郊迁至东大桥附近的作协新居。每次去京组稿，我总要去他家拜访，每次去他家，总能感受到这位来自西北文坛汉子的亲切谦和淳厚朴实的笑容。记得有一年我去兰州参与文学期刊主编会议，亲自登上郊区一座名山，后又读到雷达为此山所写的那篇散文《皋兰夜话》顿感少有的亲切。其实，这并非偶然，早在读大学期间，他即以《冬泳》一文显露了他写散文的才气。

再后，雷达又连续为《钟山》写了两篇论述王兆军和金河的作家作品论，和一篇名为《写在四部小说的边上》的评论，论述的都是文坛新近冒出的作家和他们的代表作品，显示了这位评论家身处全国创研室负责人的位置上，确实总能敏感地捕捉到最新的创作动态，并及时地向读者、向编辑推荐文学新人。也许，他把及时推荐文学新人新作看作是他的职责所在，可在我们这些办刊人和文学期刊编辑的眼中，雷达的这些推荐文学新人的文稿，却为我们及时发现、联络这些文学新人提供了极大的便利。作为一个在省级地方刊物供职多年的文学编辑，我尤其感谢、尊重雷达在这方面所做的持久而有实效的工作。

大约正是在此共识的基础上，1994年前后，我曾亲自登门拜访雷达，商讨请雷达为《钟山》举荐几位当下创作力旺盛的实力派作家，并由《钟山》出面邀请这几位作家与雷达在附近餐馆聚会一次，共商合作大计。以至如今时过20年了，我尚清晰地记得，大约在东四附近的一家餐馆内，雷达帮我邀请了阎连科、刘庆邦、毕淑敏三人小聚两小时左右。自然，这次聚会上吃些什么菜肴早已忘却，而阎、刘、毕三人却给我留下了深刻印象。我与这三位作家虽是初次相见，却早已慕名已久，因而颇有相见恨晚之感。

会后不久，阎、刘、毕三人都曾为《钟山》寄来了新作，我也以显著版面安排刊发，并去阎、毕做过两次家访。仅在十多年间，阎就在《钟山》刊发过四五部长、中篇小说作品，刘庆邦也发过五六部短篇小说。直到2004年我从《钟山》正式退休，阎仍然继续为刊物写稿。阎的这些作品虽在文学界引起不小的争论，自然也为《钟山》扩大了声誉与影响。刘的短篇则常为选刊选用，反响甚好。我也曾为刘刊发在《钟山》上的作品，在《文艺报》写过短文，予以推荐、评论。我可不想因《钟山》是省级地方刊物，而埋没了刘庆邦、阎连科的影响力。

在我的印象中，何西来、雷达这两位西北汉子为人为文充满了阳刚之气，而来自东北的张韧所作之文倒显得有些阴柔之美，且多了几分理性和文气。与何西来、张韧相比，雷达毕竟年轻了几岁，属于中年评论家中新派文人。他的评论自与何、张两位有不同之处；而在评论之外，雷达还写有不少的散文随笔。记得他刊发在《钟山》上的长篇随笔《蔓丝藕实》还曾获得过首届"中华文学选刊奖"和《钟山》优秀散文奖。足见，新一代评论家的敏锐活跃，文路宽阔，且富于激情与灵动的品性，也显示出作协系统内的评论家与社科院学院派评论家在批评方法与理论体系上的某些区别。雷达的评论毕竟有了一些新的观念与视野。

根据我从业多年的编辑经验，我以为，就作家、评论家与文学期刊的关系而言，双方本应是双赢共存的，编辑只不过是沟通作家与刊物之间的桥梁。而每位编辑在沟通中作用的大小，除了取决于编辑的水平，和主办者赋予编辑的条件之外，还在一定程度上，受制于编辑的服务态度和职业精神。在我与何西来、张韧和雷达相处和约稿过程中，可说是一直相互信任、友好相处的。甚至可以说，我从他们身上学到不少提高专业水平的本领，实可谓受益匪浅。相处二三十年来，作为编辑，我除了为刊物提供优质服务，扩大刊物影响外，编余我也尝试学习撰写评论和随笔，以提高自己的业务水平。

凭着多年的编辑经验，我以为从总体上说，《钟山》在20世纪80—90年代，与这三位有影响力的评论家的友好合作，应是行之有效、十分成功的。因而，1996年当《钟山》举办百期纪念时，张韧和雷达都热心地题词祝贺，而何西来则热情洋溢地致信与我——"淮老：近好，为念。你布置的任务（按：代请荒煤题词祝贺）完成了。荒煤老是在医院里为贵刊百期纪念题词的。"而待到1999年《钟山》创刊20周年纪念时，何西来更慎重地用毛笔为《钟山》题了贺词。同期，雷达题词云："20年来，在全民族思想大解放的潮流中，《钟山》不倦探索、锐意创新，推涛作浪，影响扩大。20岁，正年轻，面对新世纪，《钟山》更蓬勃！"

我以为，何西来、张韧和雷达这三位新时期成就突出的评论家对《钟山》的褒奖与鼓励，应可视为《钟山》既定的办刊宗旨——一贯重视评论工作和尊重评论家——的一种独到策划与成功反馈。也是编辑与作家、评论家共同努力所结出的丰硕成果。

人老了总爱在忆旧中打发剩余下来的日子。年过七十有五之后，尤其思念那些曾经给予我和《钟山》许多帮助又居住远方的作家与评论家朋友。大约因为我也是搞文学评论出身的老编辑的缘故，我不免更是时常念及那三位居住京中的评论老友：何西来、张韧和雷达。

如今，我已退休10年，目力、体力日衰了，每逢思念之情难抑之时，便往往设法寻找翻检昔日他们寄赠我的专著、书信，及他们发表在《钟山》上的大作。我不擅电脑操作，近日还特地让儿子从网络上，查看他们的有关资料。当看到何西来、雷达这两位从西北进京的著名学者著作甚丰，又配有神采奕奕的彩照之时，我不觉为他们的成就而高兴的同时，我也为老友张韧的过早离世而悲情难禁。不知他的夫人和儿子一向可好？老友时在念中。

据我所知，何西来、张韧、雷达均是新时期以来，在文学评论界最有实力也最有影响的批评家之一，他们与新时期文学一道成长，实可称为新时期文学中成就突出的批评家。他们大都已创作几百万字批评文字，出版了七八本专著和评论集。在我30年编辑生涯中，他们曾先后题签赠送我二三本评论或随笔集，我也都一一保存在我的书柜中。

翻阅这些赠我的专著和散文随笔集，我不仅对他们的批评特色和品位有所了解，而读到他们在书前扉页上的题词，也便很值得细细玩味，让我感到老友间特有的友情与温暖。只见何西来在《新时期文学与道格》《虎情悠悠》给我的题词是"兆淮兄哂正"，张韧在《新时期文学现象》《中篇小说论集》开首题词是"阿淮贤弟雅正"，而雷达在《小说艺术探胜》《雷达散文》的扉页上的题词："兆淮兄存正"。这三位文友中，张韧比我大五岁，又是1964年大学毕业后与我一道分配到文学所当代室的同事，称我为"阿淮贤弟"，自是十分亲切贴切，大我一岁的何西来，书中他称我为兄，并请我"哂正"，自然带有些许戏谑的意味，小我四岁的雷达的题词便显得端正有礼了。

仿佛就在一晃之间，我已在文学编辑之路上，跋涉了30年，又一晃之间，我已从编辑岗位上退休了整整十年。如今的我已是一个年过七旬的白发老翁。作为一个文化长者，我不免常常在忆旧文字中，录下一些值得记叙的文场熟人熟事。退休十年来，我已写过数十篇表达对我熟悉的作家为人为文印象的文字。而眼下患白内障之病，阅读已颇为困难的情况下，尤想记叙我所交往结识的三位评论家的身影，盖因在我看来，这不只是《钟山》杂志成长史的一部分，也是我编辑经历中，不可或缺的文友，是我人生旅途上不可多得的知己。我一直认为，如果说，作家与评论家的两翼齐飞是文学繁荣的重要条件，那么，作家、评论家与文学编辑的友好合作，便也是办好文学期刊的主要举措之一。

尽管，我与何西来、张韧、雷达三人之间文学事务上的往来已逝去20年光景，尽管长我五岁的张韧已去世多年，而何西来与我都已年过七十有五，即使最小的雷达也已年过七旬，但我从未忘却，那些年我赴京组稿，多次去他们家探望拜访时的情景，也未忘记《钟山》举办文学笔会，或省作协召开学术研讨会，邀请他们三位与会，畅谈别后的动人场景。是的，人可渐渐老去，文友间的亲情牵挂，却可长久地贮存于心间。愿西来老兄安享晚年，愿雷达小弟文思精进畅达，也愿张韧大哥在天之灵保佑家人万事顺遂。

以文为友　与书作伴
——毛乐耕文化随笔集阅读随想

对于一位从事中学语文教学多年，而后又参与文化工作的业余作者来说，一时间，我真不知道该怎样概括他的创作历程。直到最近读到他退休之后所结集出版的两本文化随笔集，我才想起，称他为教师型作家，或许大抵不错。

他就是南京市溧水区的毛乐耕，摆在我面前新近出版的两本装帧精美素雅，文字清新流畅的新作便是《翻书小语》和《书缘深深深几许》（以下简称《书缘》）。从青少年时的文学梦想到中老年时的文学创作，从读书笔记到对作家作品的鉴赏品析，均清晰地呈现出作者的文学追求与阅读乐趣。

我之所以称他为教师型作家，自然不仅是因为此前早就有学者型作家与作家型学者及才子型作家之说，更因为他的创作经历让我想起了一长串曾经当过教师而后成为作家，甚至成为著名作家的名单。从鲁迅、周作人兄弟，到朱自清、闻一多、沈从文、老舍、何其芳等现当代作家。直到我当文学编辑期间，曾经接触过或编发过作品的中学语文教师，如上海的李肇正、江苏的张昌华、祁智、余一鸣，还有早闻其名却无缘相识的李华岚。

他们当中，有大学教师，也有中学教师，有人以写散文为主，有人以写小说为主，自然也有兼写小说和散文者。他们中大多是以教书为主，创作为辅，近几年来，亦出现不少作家型老师，如王安忆到复旦大学上课，阎连科到人大上课，毕飞宇到南京大学中文系任教。

作为从事文学编辑凡30年的老编辑，我自然早就知道，溧水有两位文化名人：恽建新和毛乐耕。恽早在20世纪80年代即为《钟山》写过不少短篇小说，后辍笔练字，成为著名书法家。而对乐耕，我虽早从报刊上得知其名，也断断续续读过一些他的散文随笔，但阴错阳差地总是与他失之交臂，很少见面叙谈。多少有些令人遗憾的是，秉性和年龄相似的我俩，大约总是相互只知其名、其文，却一时无缘结识为友。

直到近日读到他赠我的这两本近作，方才弥补了我俩心中的遗憾。我也算是先读其书，然后才有可能有机会结识乐耕君了。古人云："言为心声，文如其人。"如今我且先读其文其书，大约也可算是知人识友的正道了。

是的，只要打开这两本书的扉页，翻检一下书的目录，顿时便会感到有一股清新的书香气息扑面而来，继而，只消阅读其中的某些章节，便可能清晰地见到一位教师型作家创作的某些鲜明特色，迥然不同于学者型作家或是才子型作家。这使得他的作品虽自谦为"翻书小语"和读书有缘，却也往往不乏文史"大义"，和雅致畅达的品格。

作为一位喜爱文学的中学语文教师和从政的文化工作者，他似乎从来无意于商海和官场利禄中浸泡熏染，却十分乐于在书海文苑中辛勤耕耘，培育学子。辛劳一生，却乐此不疲。他似乎十分乐于向学子解析大师创作，帮读者鉴赏精品力作。他把自己原先的姓名从毛禄根改为毛乐耕，便足见他对文学的挚爱，对书籍的珍视，达于何种程度。因此，称他为一位终身与文为友，与书为伴的书痴、书虫与地道的书生，或许并不为过。

阅读《翻书小语》，只消翻开目录，便可见作者读书与为文所涉范围，甚为广博丰富，真可谓是一位阅读勤于笔耕之人。从古今中外文史大家的经典名著，到普通作者的一般习作；从诗歌、散文、小说、文化随笔、读书笔记到音乐、美术、藏书、建筑诸多领域，在他的眼中笔下，似乎均能充满乐趣，下笔成文。从乐耕退休之后所写的《舒芜晚年的博客》为例，即可见出，他对舒芜这样当代文学史上的复杂人物，及其功过是非的评论，所显示出作者的文字功力、知识功底和理性评判力。

显然，乐耕并不只是一般读者，他也是热心的文化人和写作者。他不仅将阅读心得在课堂上传授给他的学生，还通过文字将阅读领悟传递给他的读者。无论是教学兼创作，还是创作兼文化工作，毛乐耕的创作优势总就在于，将创作与教学融于一体，将个人爱好与职业工作紧密结合起来，或可说，这既是新世纪文学与教学理念相融合初步尝试，也是教师型的必备功课。

故而，读罢《翻书小语》，在我的印象中，与其说乐耕是一位称职的语文教师，倒不如称他是一位有一定成就的藏书家和文学鉴赏家，亦不为过。当然，从乐耕毕生苦心藏书，乐于读书，勤于写书的经历看，说他是一位地道的书生，或是书痴、书虫，大约也并无不可。

如果说《翻书小语》一书既有对名家经典力作的细腻精致的赏析，更多的却是对文朋书友和普通文化工作者业余之作的中肯评价和交流心语。那么，精美素雅的《书缘》一书便是作者的藏书札记、品书拾穗和读书撷英。诚如作者在《后记》中所坦言，"因为喜欢读书，自然也喜欢买书、藏书和写读书笔记，这是我业余生活的主要内容，也是我的精神寄托和快乐之源。"

诚哉斯言，在如今娱乐至上之风盛行之际，乐耕所言尤为可贵。作为一位现代中学语文教师或文化干部，乐耕藏书丰赡，品书之雅致，读书之乐趣，在当下的中学教师中，均为罕见少有，足见乐耕之志向与乐趣，委实令人叹服。

乐耕身居县城，长期在中学执教，在文化单位供职，而我则长期在出版社和作协从事文学编辑工作，颇知晓业余作家创作之难。现如今读到《书缘》时，始知乐耕藏书之广，品书和创作之勤，以至就连我这老编辑也不免心生羡慕，感慨不已。虽然，他对品评的大家和名家，谈不上有多高的学术水平，或有多少新鲜独特的见解，但他对文学的痴迷和勤奋，却无疑是一般教师和文化人难以企及的。

读之那些我从未接触过也不知晓的藏书和品评话题，我固然为乐耕文化知识的广博而心生羡慕；即使读着他对我所知晓或接触过的文史大家、名家之作，为鲁迅、叶圣陶、周瘦鹃、沈从文、袁鹰、闻捷、孙犁、王蒙、贾平凹，直至对我的好友许志英、张昌华作品的品评赏析，我除了感到亲切简约之外，也便更信服乐耕在《书缘·后记》中的自述："我自幼喜欢读书，几十年来，无论从事何种职业，这个兴趣爱好始终未变。"我知道，这确实是一个书痴发自内心的心语。

总之，读罢乐耕两本书所评介赏析和所收藏的作品，我忽而发现，这些作品大都均系由定评无重大争议的作家之作，且品评中尤注重从艺术赏析角度对这类作品作细致畅达的表述，而很少涉及那些在思想内容上有争议或被批判过的作家与作品，这或许亦可视为乐耕写作的鲜明特色之一。在我看来，这特色或与乐耕长期从事的教师职业不无关系，当然，也与乐耕的秉性和文学趣味有着某种契合之处。

显然，无论是作为教师和文化工作者，或是作为教师型作家，他所着意关注的，主要仍难免是将笔墨和心意放置到引导、哺育青少年学子树立健康向上的阅读习惯，培养普通读者步入终身阅读的快乐习惯，让孩子享受学习，尤其是在电子化时代，欲将青少年从痴迷网络游戏中解脱出来，提升中国传统文化的影响力和正能量，我以为，乐耕这两本旨在谈论赏析阅读心得的新书，真可谓是适时有益之作。

同为文化人，我比乐耕年长十来岁，读罢乐耕新近出版的这两本关于藏书、品书和读书的文化随笔集，我有欣喜，有感慨，也有遗憾和积郁。我与乐耕本是同时代同一地区的两介书生，我们都经历过那激情燃烧的时代，也都承受着那个疯狂年代所带给我俩的局限。我想，要不是那个时代的生存局限，他本可以在文学道路上走得更远，飞得更高的，我也可执着地走着学者之路，但最终我们都成了业余作者，青少年时的文学梦并不十分圆满。

文末，在庆贺乐耕将毕生所作结集出版之际，也禁不住要聊表遗憾之意和心尤不甘之愿。真个是，同是文化人，悲喜亦相近。在我俩以年过花甲和七旬之后，我愿与乐耕且以阅读为乐，共享晚年。当然，我更盼乐耕能不断地有新作问世。

追忆人生　重温旧作　反思历史
——邵燕祥《我死过，我幸存，我作证》阅读随想

在我长达 30 年的编辑生涯中，我曾有幸拜访、结识过不少"右派"作家朋友，也有缘编发过他们的力作，甚至荣获全国大奖的作品。除了江苏的高晓声、陆文夫、张弦、宋词之外，还有王蒙、刘宾雁、刘绍棠、从维熙、李国文、柳萌，此外还有天津的林希、上海的王若望等人。

新世纪不久，我退休之后，他们当中有人已离世作古，活着的大都早已年过七旬，其创作的主攻方向或生活方式也已发生不小的变化。如李国文从小说创作华丽转身于历史随笔，王蒙则将创作精力转向古典文学的评赏，从维熙除偶尔间写点忆旧文字，柳萌则主要致力于散文及随笔写作，而刘绍棠、刘宾雁已作古多年。唯有邵燕祥则将早年的诗歌创作主要转向杂文随笔类文学，直到过了耄耋之年，仍旧笔耕不已。

自打 2004 年我从编辑岗位上正式退休之后，我便逐渐减少了

通基础上，从而引发出令人信服的结论，使我和广大读者不能不深信作者确实是位活得真实活得明白的老人。

作为一本自传体的人生回忆录，他所截取的只是人生的特殊时光：从12岁到25岁这13年的时光。作为青年作家，这一时间内，他主要从事的文体主要是诗歌和散文。因而《我死过》，当然可说是作者对人生的追忆，也可说是对诗人对旧作的回顾与重温。在作品引用的大量史料中，关于青少年时期的诗文，不可避免占了很大篇幅。

据《我死过》所记载，青少年时的邵燕祥即写过不少歌颂新中国、讴歌共产党的诗歌，后来供职广播电台时，更是创作大量赞歌，早在18岁时即出版了第一本诗集《歌唱北京城》。主旨依然如是。

显而易见，《我死过》对作者从1945—1958年13年间的文学之路与人生之路，均作了真实细腻的记录和认真理性的反思。或许正如作者所言，《我死过》所写，无非是对自己的创作生涯和亲身经历，所作出的"感性的回忆与理性的反思"。在我看来，如果说"感性的回忆"，是指对作者在13年间所见闻或亲身经历的人与事及创作生涯所做的真实细致的记录，那么"理性思考"，便是指作者对笔下的人与事，在提供充分史料的基础上，在广阔的历史背景下，所作出的准确冷静的判断与剖析。

对于一个已过耄耋之年的文化老人来说，追忆人生也好，重温旧作也罢，全都不是易事，况且追忆的并非荣光的往事，而是充满血泪和痛苦的旧事，重温旧作，收罗、整理几十年发表和并未发表的那些诗文，当然亦非一蹴而就的乐事和不值一提的小事。

总之，即使粗略翻阅《我死过》，你便会发现全书提供的文史资料堪称丰富详实，从个人创作到文艺界以至社会各界的反映，均有记载，且均有颇为宝贵的文字资料，也有对当时社会思潮的反映，尤为可贵的是，乃是站在今日的时代高度，所做出的有深度有层次的反思与十分清醒的判断。这实非一般有过这种人生经历的老人所能达到的，也非一般知识分子所能企及的。读到此，我不能不佩服、不赞赏邵老的认知过程和清醒的头脑。

委实，《我死过》之成功之处，不仅在于展示了一位文化老人的人生历程以及他所处的某个特定时段的创作史，也可称作是中国现代知识分子的心灵史精神史。当然，作品还清晰地表现了一位有良知知识分子的思想成长和蜕变成长历程。故而称他是一位活得真实活得明白的文化老人，也是一位特别睿智清醒的老年知识分子，实非过誉之辞。

此中的滋味，是祸是福，是幸还是不幸，恐怕只有邵老自知了。

我知道，如今邵燕祥已是一位年过84岁的老人，我已年过78岁了。写这么厚重的大书，读这样珍贵的文史大书，无论是作为作者或者读者，或许都可能是最后一次了。我特别珍视这样的读书机会，无论是作为邵老过去作品的编辑，还是今日的读者，我都十分乐意费力地写下这篇读书札记。我知道，今后这样的机会委实已经不多了，我当十分珍惜这样的机会。我当十分感谢邵老为自己为时代留下这本宝贵的文史大书。

为了与邵老的这本文史大书互为印证，与邵老一道受难的妻子谢文秀也写下了《碎片》一文，在此，我当一并致谢。

编余絮语录

白发老人话旅游

20多年前,当国人看到成群结队的外国旅游者出现在国内各个旅游景点上时,我们曾经带着多么新奇羡慕的眼光,打量这些五光十色的旅游团队。那时节,大约谁也想象不到,20年后,如今出现在国内外的中国旅游大军会成为一道风光独特的亮丽景观。而每逢节庆长假,这道熙熙攘攘热闹非凡的景观,竟也令人咋舌称奇惊羡不已。

只消稍加留意,你便可发现,汇聚成这旅游景观的,不只是精力充沛的中青年和正在时兴的家人自驾游,还有为数不少的老年伴侣和老人旅游团队。而在平时,充当这旅游团队主力的,则往往是一些年过花甲或年满七旬的退休老人。主要的是旅行社组织的自费旅游团队。或可说,这不只是旅游之风的悄然变化,更是社会、时代变动的反映。

比之青少年旅游或一般旅游,老人旅游自有自己的优势与劣势。在漫长的人生历程中，旅游老人均有一定的财力，和人生感悟能力，但又往往受精力所限而难以成行，所谓心有余而力不足也。旅游老人也有较为充足的旅游时间，却往往缺乏足够的旅游耐力，而只能忍痛割爱无法前往。故而有钱有闲却无力，常常是许多热爱生活、喜爱旅游老人的心中之痛。

我自幼家贫，自无旅游经历可言。直到1965年底我随北京文学所赴安徽寿县从事社教工作一年余，而后返京途中，逗留山东曲阜时，才有机会参观、拜谒孔老夫子的故居、墓地，我才有了初次的旅游体验。这时，我仿佛才知道，凭吊古代先贤，参观圣人故居，亦算是文化人的一种旅游方式吧。看来，不同文化、职业和年龄层次的人，原是有不同的旅游方式和体验的。

旅游是人类由来已久的一种乐趣，是现代社会的一种时尚与风潮。作为一个老编辑、老主编、老作家，在30年漫长的编辑与写作生涯中，除去中年时期，我曾经乘组稿之便，游览过美丽的黄山，庄严的庐山，雄奇的武夷山之外，年过花甲之年后，我还游览过神奇的张家界，参观过承德避暑山庄和鄂尔多斯的草原风光，还泛舟于杭州西湖、云南滇池、洱海及三亚的碧海蓝天，拜谒过金山寺、灵隐寺和五台山的著名庙宇。这些优美的自然景观和人文景观，曾给我老年的心灵带来些许活力与愉悦，让我久久沉浸于旅游文化的独特享受之中。

较之青少年旅游与中年旅游，老年旅游又自有不同的味道。即使是人生不同时期，面对同一景物，也会看出不同的风味来。俗话说，年轻时看的是热闹，中年看的是门道，年老了才能看清蕴含其中的奥妙。我是自小离乡的镇江东郊人，一生中曾多次游览过镇江的三山：金山、焦山、北固山。前不久应家乡刊物之邀，再次游览三山风景，真个是别有一番风味，回宁后遂草就一篇《老来话三山》，说的正是这种感受。

　　就国内旅行而言，行程最远，也最让人难忘的，是甘肃的兰州、敦煌之行，和应新疆建设兵团之邀赴石河子、伊犁河谷之行。且两次都是我年过花甲之年，应邀参与期刊主编会议。对于老人而言，时光真如白驹过隙，似乎就在一晃之间，那两次旅行距今已有10年之久了。可如今，我仍清晰地记得，会议期间，我们品尝过地道的兰州牛肉拉面之后，驱车穿越戈壁滩，登西北重镇嘉峪关，访玉门关古迹，直至参观世界闻名的敦煌名胜。这次的旅游经历，让我这个长期居住在江南水乡之人，充分领略了西北的边塞风光，体悟到古代边塞诗人的心境。

　　无论是作为一名老编辑，还是文化老人，1999年的新疆之行，都给我留下了特别难忘的印象。且不说，我等在赛里木湖的夜晚点燃篝火，品尝烤羊肉的鲜美滋味，在天池里泛舟游览，在吐鲁番葡萄沟品味马奶子葡萄，也不说沿着美丽如画、蜿蜒多姿的伊犁河谷游览，是多么惬意欢快，令人终生难忘，尤其值得我特别纪念的，乃是参观了林则徐当年被贬流放地驿站，还有当代著名诗人、作家艾青、王蒙因五七年反右被发配石河子和伊犁下放改造，那就更让我等文化老人莫不慨然兴叹了。

　　文化人旅游自然非同于行政官员的视察出访，文化老人的旅游，更非富豪们的旅游可比。富豪出境旅游时，往往对购物兴趣浓浓，出入于高档商店，购买奢侈品和名牌服饰，出手大方豪气，几令外商咋舌称奇。而我等文化老人出境旅行时，自知囊中羞涩，总也不大愿意逛名贵商场，甚至问价也不免心虚没底。于是，只好让导游带我跑超市，购些低档便易货或小玩意，好回家糊弄家人和亲友。

曾记得，2001年前后，我访问欧洲，先后旅行至法国、德国、意大利、比利时、荷兰等国。期间除了与同行者逛过慕尼黑的超市，买过两支木质巨型铅笔和一些小商品，在法国平价商店买过几瓶便宜的香水之外，抵意大利后几乎什么也没买。原因之一是在德国赴罗马的途中，我与同行的陆君行李都遭了小偷的光顾，丢失了几百美元。而另一重要原因则是，我们都把目光和精力专注于参观访问巴黎图书馆、雨果故居、巴黎圣母院、巴黎公社烈士墓和波恩马克思读书处，及富丽堂皇的圣彼得大教堂上面去了。哪里还有多少兴致去光顾那些华贵的商场？

大约在2010年我年过七旬之时，曾与文友邰君一道有过赴九寨沟的旅游。此行一路上乘飞机，坐长途汽车，加之食宿条件较为简陋，虽觉疲劳困乏，但九寨沟的山水景物之美，黄龙五彩斑斓的绝佳美景，却让我这七旬老人觉得此番旅游果然令人大开眼界，不虚此行。说到底，这次晚年旅游的最大收获，便是让我懂得，旅游的精髓本就不在于采购旅游纪念品，也不在品尝美食，而在于遨游于自然山水间，增长阅历，陶冶性情，从而获得精神上的愉悦与享受。

我自知，我非豪富，也不是旅游探险家。我的旅游经历自然也算不上特别丰富。但作为一个文化老人，却也有个怪癖：除了不时写点游记散文类文字，记叙旅游经历，表达旅游感受之外，还喜欢暗自捉摸些只有书呆子才有的问题，比如旅游的要旨与本义是什么，老人旅游有何特点，等等。我固知道，这多半并不能宣示什么，于他人也无益，到头来只能为难自己。但既积习已久，也就很难改变了。

我曾犯傻查之《现代汉语词典》和《辞海》，竟意外发现，两辞典都无"旅游"条目,而只见"旅行"条目下注曰:"体育的手段之一。也是文化休息的活动内容。有游览、参观、行军等形式。"显然,按传统观念看,旅行一词主要是体育活动与文化休息方式,直到20世纪末,中国进入现代化和工业化时代,旅行一词逐渐淡化,而旅游一词却大为盛行,并很快成为一种现代时尚,成为一种社会热点。

从旅行到旅游,看似一字之差,实则反映了时代与社会的悄然变化:运动与健身内涵的消退与淡化,游戏与娱乐成分的加重与强化。倘容简而言之,现代旅游的要义与主旨,或许就是一个字一个词语:玩。玩在路上。玩得开心。而在一个文化老人的眼里,玩的概念或许就在山水景观间,就在人文景观里。美食与购物,都已退至次席,甚至无关要旨。每每兴之所至,偶有所感,便涉笔成趣,写点随笔游记之类的短文,以记此行。

作为一个向往文化旅游的老人,我已走过不少国内的名胜风景区,国外也短期出访过欧洲、越南和海参崴。在有生之年里,我甚至还想游览美国西部大峡谷,拜谒埃及金字塔,还有中国五岳之首的泰山,甚至有时还奢望到拉萨去领略西藏风光,可即使我纵有余暇时光,却受限于当代旅游的两要素(财力与精力),只怕除登泰山领略古人"会当凌绝岭,一览众山小"的意境外,其余旅游美梦也难以成真了。

尽管我知道,我现有十分有限的旅游经历,已远远达不到旅游大家徐霞客那样的水平与高度了,但我仍愿意坚信,在未来的旅游文化辞典或旅游法典里,理应写入"文明旅游"的词条。盖因在我的眼中,那种把个人名字刻在旅游景物上的不文明行为,理应受到众口一词的谴责。倡导文明旅游,提高旅游素质,实在是摆在中国这个旅游大国面前的重要任务。但愿旅游老人们能首先树立这样的意识。

　　老人组团旅游，麻烦多多，趣事亦不少。依照我有限的旅游经历和知识，我自知要想说清爽老人旅游的特色，探讨旅游文化的要旨与本义，恐怕终究是自讨苦吃、力所不能及的。但作为一个终日无所事事的退休老人，若想像苏轼老夫子那样，偶尔"聊发少年狂"，说点老人旅游的某些优势与不便，大约并非过分的奢望。我以为，如果说，老人旅游的优势是有闲和有一定的财力积累，那么，老人旅游的局限和不便就是，老人旅游往往会因体力和精力之不足，在长途跋涉途中，有时不免遇到意想不到的麻烦，甚至让人陷入颇为难堪的境地。

　　我记得，一次是旅行在长途高速公路上，我因患膀胱前列腺毛病，尿频尿急突袭而来，等不及停车，就尿湿了裤头。另一次出游乘火车返途时，分给了我一张上铺车票，那晚我费了很大的劲也爬不上去，最后只好干坐着，直到天亮。至于另外的一些特例，如时有老人旅游在外突发心脑血管病而亡故，最后竟引起家人与单位打官司之事，不时亦有所耳闻。可见，老人旅游虽属至善乐事，但亦需视自身身体状况，酌情而行。千万别让好事酿成灾祸。如此，则个人幸甚，家庭幸甚，中国旅游业幸甚。

编余絮语录

白发老翁话乐趣
——人生随笔之二

　　年老退休之后，限于目力和脑力渐渐退化，常有力所不逮之感，然而由于职业习惯，也素无打麻将之类的爱好，故而凡事喜欢多看多想的积习，也便在所难免，甚或针对某些社会现象和文化景观，常常忍不住总要说三道四一番。为此，老伴嫌我嘴碎，儿子给我戴上了一顶唠叨老爸的帽子，就连我那胖孙子也称我为好韶的爷爷了。

　　我知道，这委实怪不得我那瘦儿子、胖孙子，多半也怪不得我这白发老者。我是一名退休多年的职业编辑、业余老作家。平素多读多写、多看多想，早已成为我的职业爱好和少有的人生乐趣了。

　　不消说，在当下中国的都市里，不管你是在街道上、汽车里，还是置身于课堂与会议室内，抑或是在自己家中，你或许都难以躲开那道独特的文化景观，那些普遍的社会现象了。只消稍加留意，你便可在马路和公交车上，见到这样的街景：一些青少年一上车就迫不及待地掏出宝贝手机，目不转睛地玩游戏发短信；还有一些年轻的骑车者，则喜欢一边骑车一边还忙着观看手机屏幕或打手机。

而一些寻找缺课学生的家长和老师，或是搜寻嫌疑犯的警察，往往首先想到的去处，也正是附近城镇上那些日夜不歇的快乐网吧。作为父母，我与妻子也曾不止一次地到网吧去寻找过我那曾经一度迷恋网吧、夜不归宿的儿子。作为父辈，那时我们确实很难理解孩子们对网吧的乐趣。

更令老师和家长不安的是，一些学生竟在课堂上接听手机或玩电脑，以至搅得课堂不得安宁。甚或公司老总在业务会议上讲话时，忽遇部下的手机骤然响起，弄得老总顿时火冒三丈，哭笑不得，只好无奈地摇头叹息。

我想，这大约就是电子化时代，人们，尤其是不少青少年们的新的乐趣所在了。作为一个年过七旬的白发长者，面对这新乐趣，我往往抱有亦喜亦忧、喜忧参半的态度也便在所难免了。在我看来，这正是当下社会一道既触目惊心，又让人万般无奈，既撩人又烦心的电子化时代的乐趣。当然，这也是一个既令人惊喜，又困扰着千万个家庭的文化景观。也许，这怪不得手机、电脑的发明者，也怪不得喜爱这些高科技、多功能电子化产品的青少年们。盖因这些电子化产品确曾给他们带来了无穷的乐趣和强烈的刺激。

积70多年的人生经验，我以为，乐趣本也是人生必不可少的宝贵元素。作为人的精神需求，它或许就像水分、空气和粮食一样，也是人类生存须臾不能离开不可或缺的重要条件。当然，积漫长的人生经验，我也知道，在不同的时代，不同的人群里，乐趣毕竟也是极不相同的。乐趣的丰富多彩、千变万化，即使在我的不同年龄阶段，在我的三代人四口之家的小家里，也是颇不相似的。

编余絮语录

　　无论贫富贵贱，乐趣实乃人在少儿时的天性与专利。记得孩童时在家乡的乡场田野上，富家的孩子可以骑钢丝车，听留声机取乐，我等穷人依旧可以在钓鱼捉蟹，或放风筝听老人讲故事中，欢度童年时光。及至新中国成立后进城上中小学时，尽管家境依旧贫穷，不时为饥寒所困，但依然对捉蟋蟀、打乒乓乐此不疲。总之，在漫长的人生历程中，似乎我总能找到不同的乐子，而一以贯之的乐子则是阅读、写作与打乒乓。

　　与我的乐趣不同，家人的兴味则又呈现出另一番情景。年过七旬的老伴年轻时喜欢唱歌跳舞，中年时爱好旅游交友，如今整日忙着照顾小孙子学习、生活，其余时间除了做做家务活，似乎什么也顾不上了。而正在读小学高年级的胖孙子，平日里除了被沉重的功课作业和各种辅导班压得抬不起头、喘不过气之外，唯一的乐趣似乎就在于玩电脑游戏和看电视里的枪战场面了。我怕他贪吃不动，过于发胖，特地买了练仰卧起坐和练臂力的健力器具，逼他锻炼，可他竟全无兴趣，稍有空暇便溜到我的书房，饶有兴趣地玩起了电脑游戏。这往往令我哭笑不得，左右为难。

　　提起我那年近40的儿子的人生乐趣，那就更是说来话长了。记得青少年时期，他也曾一度热衷于出入网吧，沉湎于网络游戏；结婚后疏于厨艺钻研，苦于业务不精，终遭下岗裁员，饱尝失业之苦。所幸受家庭影响，尚有点读书兴趣，有一定文字功夫，终于能在敲打电脑键盘中，借助文字抒发心中块垒，品味美食滋味，陆续写了近百篇文章，遂获得《美食》杂志的认可录用。最后，终于因郁郁寡欢，少有乐趣也无知心朋友，而再次在刊物重组中，不擅交际沟通，被迫主动离职。

　　一时间，既缺乏朋友沟通，也少有生活乐趣可言，几乎成了他跨越人生磨难的主要障碍，也成了全家人难以摆脱的一块心病。不时地，几乎压得全家人喘不过气来。要不是家中有了一个充满乐趣、活泼好动的胖孙子，陪伴在他和两位老人身旁，真不知如何挨过这段沉闷的时光。此时此刻，乐趣几乎成了我家中最为宝贵的元素，欢笑似乎成了我家最为稀缺的声音。显然，身宽体胖的孙子乐趣太多，而骨瘦如柴的儿子则几近没有乐趣可言。

内中的缘由，看起来复杂，其实也很简单。在我看来，真正的乐趣本与磨难相生相伴、难以分离，正如失败是成功之母一样。从不经受磨难的考验，也将失去了对乐趣的渴望，品尝不到乐趣的滋味。而全无乐趣的人生，自然也就不能说是成功的人生。

作为一名从中年走过来的白发老人，我固然理解，人到中年，在家庭与事业的重压下，尤其渴望享受人生乐趣，减缓压力。然而，生活的常识又总在告诉我们，乐趣往往除了需要一定经济收入的支撑外，还需耗费足够的时间，以酿造平和的心境，因而中年人的乐趣，也便愈发值得珍惜和难得。明乎此，我们当可理解为何在现代都市里，忧郁和轻生，总是更多地发生在中年白领人士身上。

难怪屠格涅夫说："你想成为幸福的人吗？但愿你首先学会吃得起苦。"托尔斯泰说："生活不是享受，而是很辛苦的工作。"而一位佛教人士说："苦才是人生。"或许正如幸福有千百种诠释一样，中外古今以来，对于乐趣也自会有无数个说法。

诚然，在不同社会、时代里，或是人生不同的年龄层次中，自有不同的乐趣方式；即使是在同一社会时代和同一阶层的人群中，乐趣也自有高下雅俗之别。说到底，乐趣从来就是与人的社会层次、文化程度、个性气质及人生追求紧密相连，密不可分的。正如有不同的幸福观一样，不同的人群也自有不同的乐趣方式。

有人把不择手段地追求金钱、名利、权力和美色当作乐趣,也有人却以舍己救人助人为乐为人生最大乐趣。当然,还有人在国难当头之际,把毁家救国,不惜牺牲,当作自己最大的幸福观和巨大的乐趣。

自古以来,乐趣与金钱看似有关,其实,也可说并没有直接的关联。富人与穷人可以各有各的取乐方式。富人可以在炫富游戏中度日,穷人照样可以苦中作乐地打发日月。总之,无论是富人,还是穷人,也不管是成人,还是孩童,人生中都需要有乐趣作陪伴,只是方式不同罢了。而一个人一旦到了毫无乐趣可言的境地,大约也便是呈现心理病态的危险讯号了。

按照中国顾名思义的规则,既然名为乐趣,本应既有"乐",也有"趣",方才称得上名正言顺、名至实归。可实际上,却也有些乐趣,光有"乐"并无"趣",更有害有罪。如有人把狂赌滥嫖也当作乐趣,即是典型一例。还有人,把乐趣全然定位在对金钱、名利和权力的狂热追求上,倘若这种追求一旦到了全然不择手段的地步,则陷入罪恶的深渊。

在我看来,社会的错综复杂,不同人群乐趣的丰富多彩,其情状与后果,委实值得人们稍加考量与评述一番。

倘若将乐趣全放在打扑克、麻将一类纯粹娱乐化的游戏上,那当然也不失为一种消磨时光的方式,只要不耽误正常的工作,也不损害他人的休息,对于普通百姓,尤其是退休职工来说,显然也可算是一种轻松健康的乐趣。

倘若把乐趣定位在旅游、健身一类文体活动中,在自然环境里陶冶性情,增长知识,扩展阅历,健强体魄,我以为,这当是现代乐趣元素中甚为合理有益的方式。如果说,20 世纪末期,我们曾经十分羡慕国外游客来中国尽情享受旅游之乐，如今，我们也终于有机会饱尝旅游和健身之趣了。

比之以上两种健康有益的乐趣方式，更令我动容钦佩的，显然是把个人乐趣与职业、志向交融汇合在一起。如青少年时喜欢唱歌跳舞、阅读写作、写字绘画，或是从事其他文体活动，继而成功地将这些乐趣当作终身事业。虽然，或许这样的乐趣方式，在有些人看来，有时未免显得有些沉重劳累，但若从品位雅趣说，这实乃乐趣之最高境界。其最大的成功就在于，将坚守职业、追求事业的艰难历程，化为充满人生乐趣的幸福追求。

委实，高雅的乐趣，自应既有"乐"，又有"趣"；既能给人以娱乐的享受，又不乏高尚之品味，甚至能将乐趣卓有成效地融入到事业与成就之中。

享受乐趣，本是人之天性，但乐趣自有高下之分，雅俗之别；电子化时代的乐趣，虽为人的享受提供了极大的便利，但亦为人类铸就了颇大的风险，甚至让人陷入尴尬两难的境地。电视、电脑、手机等电子产品，虽为青少年学生享受现代乐趣，提供了极大的空间，但也让家长和学校伤透了脑筋。功耶过耶，福兮祸兮，一时间，就连我这白发长者有时也难以说得清爽了。

直到如今，我仍在为孙子整日沉湎于电脑、手机之乐趣犯难。尽管我对孙子接触电脑、手机做了某些强行限定，但只要一不留神，便可发现孙子仍在偷空享受电子化时代的乐趣。看来，我的空洞说教，哪里能抵挡得了电子化时代乐趣的诱惑？天性难违，如之奈何！有人称此现象为全民娱乐化游戏，倘果如此，强国富民的中国梦何时方能得以实现？

乐趣乃人之天性。恶劣的乐趣会导致人生命运的毁灭，健康合

编余絮语录

理的乐趣将会帮助人走出逆境，转向成功与光明。回顾我的人生历程，且不说青少年时期，阅读的爱好和从事乒乓运动的乐趣曾帮助我度过孤寂贫穷的岁月，人到中年工作中一度遭遇过逆境时，也是阅读、写作和心爱的乒乓运动鼓励我走过那段难挨郁闷的日子，直到人生的晚年岁月。

  我当永远感谢乐趣给予我的恩惠与助力。玩物丧志固然不好，积极健康的乐趣却是人的好友，理应当受到人们的欢迎与鼓舞。看来，如何引导青少年们享受健康的乐趣，减少不良乐趣方式的影响，当是摆在眼下家长与学校，甚至是整个社会面前急待解决的难题。但愿有更多的有识之士能参与其中，尽早解开这道难题。难就难在，即使是我这年过七旬的白发老翁，面对胖孙子过度的电子游戏乐趣，我也只能无奈地求教于方家了。

第二辑 文化随笔与游记杂感录

白发老翁再话活法

作为年过 77 岁,又领略过不少人生滋味的老人,如今早晚外出散步,目睹一些老人或在街边打麻将下棋,在公园提笼养鸟,或在广场跳广场舞,在体育场健身散步,或满世界旅游购物,观赏人文景观,或静坐于书房里写书画画,看电视玩电脑,于是,有时不免想就人生活法的话题,诉说、品味一下自己的人生体验。为儿孙,也为自己。

本想对儿孙诉说,可他们嫌我唠叨,无奈之下,我也就只好诉诸文字了。作为一个一辈子与文字打交道的老派文人,看来也只好如此了。

其实,早在20世纪90年代我曾写过一篇题为《活着与活法》的随笔。文中就余华的长篇小说《活着》和池莉的一篇小说《冷也好,热也好,活着就好》,表述了自己对市场经济活跃的情境下,允许、容忍活法多样化的肯定与赞赏。

文中写道:"活着与活法在当今已成了一种十分时髦的词汇。君不见,在学校若是老师管教学生,在家庭若是家长数落孩子,没准常会被学生、孩子的一句反诘弄得十分狼狈:你有你的活法,我有我的活法,难道非要我们都像你们那辈人一样的活法么?"

当然,作为早已年过七旬的老人,我也知道,人在不同的年龄阶段,在不同的社会背景下,对生存活法,也当会有着迥然不同的观念和说法的。

记得,2004年在南大102岁校庆,我等南大学子毕业40年老同学聚会时,我曾有感地又写过一篇题为《健康万岁》的随笔,文中表达的正是一位65岁退休在即的老人对活着与活法的另一种感受。

2004年,当我从主编位置上正式退休下来时,我几乎毫无失落之感,相反,倒是浑身轻松地洗浴理发,推了个光头,意在提醒自己,从头开始,换个活法。于是,在人们眼前出现的,便是一个上午读书写作,下午去老干部活动中心打乒乓健身,日子过得像是个换了个人似的。

也许,诚如《健康万岁》一文中所言,"更多地充斥在这些六七十岁老人口头上的,依旧是健康,是自己和家人的身心健康。此时此刻,倘说'健康万岁'是大家共同的心愿,老人聚会的主题曲,恐怕一点也不为过。因为经历过毕业后40年的沧桑岁月,如今谁都明白:只有健康才有生活乐趣,只有健康才有再次相聚的日子。"

诚然,那时在我这个60多岁的老人看来,如果说,快乐是人的本性,那么,健康便是人的合理追求。不管是平头百姓,还是高官显要,也不管是富人,还是穷人,原都是信奉快乐和健康的,但对于同一个人而言，在不同的年龄段内，又自会对生命快乐与健康万岁有着不同的理解和铺排。大抵地说，青少年时注重快乐，中年时追求事业而不惜牺牲健康，或为了生计而忽略健康。

直到年过花甲，白发满头之际，全身的零部件磨损得像老掉牙的旧自行车一样，每一行动，便会发出嘎巴乱响，这才意识到，前半生我们实在是超载负重有碍于健康，以至如今健康渐渐离去，疾病总算找上了门、缠上了身，这才后悔莫及。

我的这篇谈健康与活法的随笔所谈及的切身体验发表后，曾获得我的一位同班又比我大几岁的老支书同学卢兄的点赞，他在给我的信中曾写道："那篇《健康万岁》老伴看了直夸好，说徐兆淮会写文章，我讲人家是一级作家，怎不会写文章，她答说，那倒是。"可见，我60多岁退休时所写关于活法与健康的短文，实在是那时我的切身体会，真情流露。

直到现在，我方逐渐明白：正处于老人社会的当下中国老人的活法大体可综合概括为以下两种：一些城乡的平民老人或心甘情愿或被迫无奈地照看儿孙吃饭上学，稍有余暇方能打打麻将或逛逛公园，打发剩余日子。而那些边远地区的空巢老人，则除了照看留守儿孙外，还得种地干活，养活自己。

另一些经济条件稍为宽裕的老人则常常采用另一种活法，或尽情旅游，漫游世界，或为家人采购名牌衣物，以补中青年时的困厄窘迫、无力出游购物的遗憾。

除此之外，作为另一类老年人文知识分子，还有一种活法则是，除了健身之外，仍然坚持阅读和思考，他们想努力探求、弄清自己亲身经历的社会和时代的重大事件的真相，并亲自撰写忆旧文字，认真做出反思。显然，他们尽量想做一个活得清醒明白的老人，而再也不愿做一辈子浑浑噩噩、受人愚弄欺骗的糊涂虫。

在他们的心中，老人的健康与快乐固然十分重要，但更为重要的却是要活得清醒明白，不再被一些骗子所欺骗愚弄，也不再容忍各种错误的理论去迷惑大众。他们中的大多数，虽然大都已近耄耋之年，身体日见衰弱，行动不便，但他们仍然愿意不时聚会。

30多年来，随着改革开放的深入和国家的日见富强，中国也已逐渐进入老人社会。30多年来，随着年龄的增长，我也不断地对中国人的活法做过跟踪式的探究与反思。如今，我已是一个即将跨进耄耋之年的白发长者，正如俗语所言，凡人都要活到老学到老；人老了，思想且不能老。

时至今日，我当然知道，自己固不能像111岁的国宝级老人周有光那样健康长寿，但我十分乐意学习他老人家那样，尽可能地活得健康，活得快乐，也活得清醒明白，真正做个有思想、有良知的人。

近日从报刊传媒得知，当今的中国已经逐渐进入拥有4亿老人的社会。当今的社会也已逐渐允许、接受人们可以选择多样化的活法。我以为，这显然是一种社会走向富裕文明的标示与显现。

在老朽看来，在一个现代文明的社会里，人们追求活得健康快乐固然十分重要，但要活得清醒明白，同样不可或缺。我们渴望富裕与健康，但我们切勿低估了当下社会里不良之风对人的精神上的戕害。警惕纸醉金迷、吃喝嫖赌等不良活法对青少年的影响。

在中国老龄化社会即将来临之际，在全社会都在关注老人养老机构改革的时候，我以为，人们在关注老人们吃穿住等物质条件的同时，务必别忘了老人们精神上的需求。只有这样，才能真正让老人活得健康快乐，活得清醒明白，有滋有味。

苍苍石头城

大凡有朋友来宁，我总要向他推荐、介绍南京城，并亲自导游观光。我觉得，如同作为中国人不应忘记长城一样，作为南京人也不应忘记南京城。

我与南京城垣仿佛有着某种不解之缘。1949年，我从丹徒乡间小村走进南京城时，横卧在城西北的挹江门及其黑苍苍、沉郁郁的城墙就给幼小的我留下了新奇阔大的印象。

再见到南京城的雄姿是在中小学读书期间。那时候的中小学生，清明节前后都要去雨花台烈士墓扫墓，而每次扫墓路过中华门，我都要多看几眼雄伟壮观的中华门。虽然那时的城门尚未经修葺，城墙也屡遭拆除，露出些许年代久远的斑驳痕迹，但中华门的宏大规模，巧妙结构，已可见一斑。

比起中华门来，我对汉中门则怀有特殊的亲切感。虽然如今汉中门早已被拆除，以后拓宽城西干道时城垣又被推倒殆尽，但它仍

编余絮语录

然鲜活地矗立于我的心中。

当年的汉中门之所以给我以亲切的印象，并不是因为后来我从史书上知道这城门曾是明、清两代运送柴薪的通道，而是因为我就读的中学靠近汉中门，中学时代的我曾经在那宽宽的城墙上放过风筝，远眺过城外风光。

如果说，青少年时期对南京的热爱还只属一种直观式的感觉，那么，人过中年之后读了一些有关南京的史书，又参观了其他地区的长城。再换一种眼光来看南京，自然也便具有了一种非同寻常的意义。只有这时，这热爱之情才能得到升华。

譬如同样去鬼脸城，中学生时代只是觉得那儿的城垣粗粝峥嵘，形同鬼脸，煞是可怖。虽然城外那片河滩长满了郁郁葱葱的青芦苇，而芦苇丛里叽叽喳喳的白头翁的鸟鸣，又吸引着我们一班青少年去掏鸟窝捉鸟蛋。待到年岁稍大，有了一定阅历，特别是翻阅了关于石头城的典籍和传说之后，方才知道早在六朝时期，这石头城一带已成了南京地区的古战场之一，成为兵家必争之地。唐代大诗人李白曾有诗云："石头巉岩如虎踞，凌波欲过沧江去。"

打这以后，我再有机会带外地朋友去看鬼脸城，便已失去了"玩"的意味，而代之以访古凭吊的成分。每每透过鬼脸城的景色却能依稀想起当年金戈铁马、气吞山河、动人心魄的场面，归来有时仍然沉浸在历史的氛围中，久久不能平息。

又如青少年时去中山陵东郊风景区游玩，每次经过中山门时，并未引起什么联想与感觉。可是，待我最近从嘉峪关长城归来，又翻阅了一些有关南京城垣的历史典籍之后，忽而就产生了想登临中山门城垣的强烈愿望。

原来，眼下的南京城垣乃建于明代，全长 33.67 公里，属世界第一。当年的南京城共开 13 门,而朝阳门只是其中并不是显眼的一门,因离明代皇宫颇近,平常并不开放。只是到了 1929 年孙中山归葬时才经改建并改名为中山门。

某日下午,阳光灿烂,风和日丽,我独自前往中山门,只见墙基下摆满了各色花卉,拾级而上,沿阶皆有绿树青枝相伴,及至登临门楼,但见城垣之侧跃然有一小亭,亭内闲坐两三老人,颇得闹中取静,闲中取乐之趣。我平日编务缠身,稍有闲暇忙于写作,几十年来竟未发现南京城有此等闲雅之处,不觉间竟生出相见恨晚之意了。

在小亭稍息片刻再踱步城关,举目远眺,则南京城内外佳境立时呈现眼前。朝西望,但见近几年来新建的高层建筑耸立于绿树之间,大有盖过旧金陵之势;往东看,只见钟山之巅的天文台在一抹斜阳映照下闪闪发光,而中山陵则掩映在层层绿荫之中,煞是气派壮观,美丽如画。

诚然,古都南京有许多历史古迹,也有许多风景旅游点,可在南京生活了 30 多年之后,我忽而发觉,不少南京人似乎并不了解这些历史古迹、这些风景旅游点的真正内在底蕴和价值之所在。或许正应了古人所云:"不识庐山真面目,只缘身在此山中。"我到过北京的八达岭,那蜿蜒曲折的长城像游龙般盘旋在燕山之上,着实惹人驻足。我到过山海关老龙头,登上那巍峨雄伟、修葺一新的海关长城,确实让人流连忘返。我还跋涉过茫茫戈壁滩上的嘉峪关长城,那被风雨驳蚀的古老的城关如今仍然巍然屹立在西北边陲,迎接着千百万中外游客。

相比之下,南京的明代城垣在当今南京人心目中的地位只怕不那么崇高了。南京人仿佛只知八达岭、山海关、嘉峪关,而不识古老南京城的价值了。

记得一个多月前，我去兰州开会，曾赴敦煌采风，途径阳关，所见古迹不过一残壁断垣，然而却吸引了那么多人去观光游览，吸引许多商人设摊做买卖，我不由得联想开来；如果鬼脸城在敦煌又当如何呢？

好在认识南京城垣价值的毕竟还有人在。近日观看第三届城运会开幕式，大型文体表演第一场"采石筑城"，不就表现的是古老的南京的筑城历史么？南京市政府不是在九华山、中华门修葺了古城墙么？

是的，作为南京人，谁也不应忘记南京的城垣、南京的历史、南京的今天、南京的明天。

巍巍钟山，苍苍石头城，乃是古老南京的象征。

但愿每个热爱南京的人，也能热爱钟山，热爱南京的城垣。

大漠艺术梦

几乎是带着一种朝拜和虔诚的心情,我们长途旅行了2000多公里来到敦煌。要不是为了拜见敦煌艺术,谁能吃得这般辛苦,谁又愿意吃这番辛苦呢?

可真正来了敦煌,我们忽又发现自己对敦煌艺术宝库所知实在太少了。所幸参观前,《飞天》的主人为我们请来了敦煌研究院院长段文杰先生,他为我们做了一番导游性的介绍。这位敦煌学著名专家给我们简单地上了一堂关于敦煌学的辅导课。

关于这位段院长的经历本身就具有相当的传奇性,当同行的《飞天》的德宏君说及这一切的时候,我们不由地对这位饱经风霜却神采奕奕的近80岁的老人,抱有十分的好感与崇敬。

我不是教徒,却不知道为什么,当我随着导游踏入那一座座神秘的石窟时,总不由自主地被一种原始的宗教感所深深震撼住、吸引住了。进入石窟,就像信教的进入教堂,就像信佛的甘心情愿地匍匐在地上一样。

　　后来，我才知道，我的感觉一点没错，敦煌艺术原本就是一种佛教艺术。敦煌的彩塑原本大都是以佛教教主为原型的，壁画的内涵也大都取自佛祖的故事，而敦煌曲辞文书，原本也是依据经文得以保存下来的。没有了佛祖，没有了佛经的故事，没有了历朝历代的信教的人，哪里还有如今的敦煌艺术？

　　如此看来，在拂去宗教的迷信色彩之后，我们是否要对之另眼相看呢？我不由地再次想起苏州西园的雕塑，想起了甪直镇那著名的雕塑，还有那闻名世界的洛阳龙门石窟。

　　在一位讲解小姐的带领下，我们参观了莫高窟的洞窟，总算对敦煌的艺术宝库有了一个初步的感性印象，虽然比起其本身的博大精深来，我们观看从西魏到隋唐再到元代的建筑艺术、彩塑艺术和绘画艺术，这已足以使我惊叹不止，但我深知，在如此丰富的艺术宝库面前，即使要想在一次短暂的参观中获得一个浅显的了解与体验，恐怕也只能是一种过分的奢望了。

　　明于此，我抱着沧海之中取一瓢饮的态度，倒也解开了我心中的一个疑团：为什么在大西北如此荒漠之地竟绽开出如此美丽的艺术奇葩？

　　原来，从前秦历经16国、北魏、西魏直至隋、唐、宋、元以来，这里作为汉文化与少数民族文化交汇之地，作为连接欧亚大陆、沟通中西文化的丝绸之路，曾经有过辉煌的发展时期。而敦煌艺术宝库正是中西文化、汉文化与少数民族文化融汇交流所结下的灿烂的硕果。

　　在敦煌如此丰富的艺术宝库面前，我这样说三道四也许不免有些轻率，然而，我知道，要想说点真正有见地的意见，却只能寄托于再次拜访敦煌。从敦煌归来不过 10 日,我就急切地盼望着这一天早些到来。

编余絮语录

读书与心境

社会竞争的激烈与影视传媒的普及正在把人们带入两难的境地：不读书就无法参与社会竞争，而现代传媒又占有了人们过多的时间，甚至使人不能精心读书，读不好书。因而，在物欲喧嚣的当今，人们把专注的目光投向现实的困窘——如何提高读书效率和读书质量，也就不足为怪了。

关于读书，先哲前贤们真不知给我们留下多少动人的故事、多少精辟的名言。这些故事和名言一再启示我们：读书的效率如何，确实与读书心境有着直接的关联。大凡有过较多阅读经历的人当会明白：无论是不同读者的不同心境，还是同一读者的不同心境，都会直接影响着和制约着读书的种类、兴趣、方式和效果。

谈到读书，人们大概总忘不了那句老话："无聊才读书。"显然，这里的"无聊"所指的不过是一种稍有空闲而又无所事事的心境。在这种心境下读书成为一种打发时光的方式，往往无功利性也无压力，尤适宜读些文艺书、休闲书和趣味书。因而这时的读书也便带有悠闲甚至解闷和玩的意味。比如在车站码头和旅途上的读书，临睡前、如厕时的读书，均属于无聊才读书一类。

这大约就是清人沈复所说"闲适无事"时"唯读书可以养之"，梁实甫先生称"读书本是平常事"的缘故罢。

据说，著名作家、翻译家杨绛就是把读书当作悠闲快乐的事，并长期在书籍的海洋中"串门儿"进入自得其乐的境界的。

说到《红楼梦》里的贾宝玉，若论读书的智力与才气，恐怕很少人能与之比肩，若论所处的读书环境与心境自然也优于他人，但他读书全凭兴趣，可说是无聊才读书的典型代表。他喜欢读的不外乎是《西游记》之类的文学禁书和诗词小说，至于安邦定国、经世济民的"正书"，他却一律斥之为"混账"话而不屑一顾。

如果说，无聊才读书乃是一种心理需要，那么，大喜大悲便是对读书的一种心理排斥或宣泄。盖因在我看来，读书原是通过视觉和头脑而对书报刊展开的一种心理和思维活动过程。这里情感、理智和心理状态在整个读书过程中自然要起着相当的作用。当一个人处于大喜大悲的极度亢奋状态时，就一般而言，自是难以读得下书的。

不过，何谓人生的大喜大悲，却是因人而异的。既有人把娶媳妇、吃饺子当作是人生的两大乐事，也有人把高考录取、职务提升当作大喜之事；既有人把亲人去世、高考落榜当作头等的大悲恸，也有人为涨不得工资、分不了住房而悲痛欲绝。总之，人在这类极度高兴或悲伤的心境下，既无读书的愿望，大约也是读不好书的。

难怪宋人朱熹在谈到读书心得时说："读书有三到，谓心到，眼到，口到。"而"三到之中，心到最急"。

编余絮语录

　　凡是读过《西厢记》的人大约都知道，张生迁居于寺庙内原是想图个清静，好好读书的，可实际上当他一旦卷入欢乐与痛苦的情感漩涡之中，他哪里还能读得下书，读得好书？可见，即使在健康的爱情中，过分的情感煎熬也是会影响读书心境和读书效果的。

　　读书的最佳状态应当是平心静气。人们之所以常常把学校、图书馆、阅览室、书房当作读书的最佳场所，除了求教老师、借阅资料方便之外，恰恰是因为这些读书环境易于创造一种平心静气的读书气氛和读书心境。人们当不会忘记，马克思的《资本论》一书，其阅读与写作都正是在图书馆、阅览室里完成的。

　　当然，读书心境与读书环境、读书志向三者虽有关联却又并不是一回事。读书环境虽然影响着读书心境，然而，在很大程度上决定读书心境和读书效果的却是读书志向。

　　几乎每一个喜欢读书的人都希望有一个良好的读书环境，保持良好的读书心态。可事实上，社会与人生毕竟不可能赐给每个人以这样的机遇。当身处人生逆境和遇到暂时困难的时候，能不能保持读书心境，能不能读好书，便往往取决于每个人的人生大志向与读书毅力了。

　　司马迁之所以能够在受了宫刑又被囚禁的逆境里坚持读书、写书，而后留下了不朽的《史记》；列宁之所以能在流放的艰难处境中，仍然坚持读书和写作；瞿秋白之所以能够面临死亡的威胁而仍能保持一种平静的读书和写作心态，首先就在于他们具备了人生大志向和读书大毅力。

　　中国古代读书人曾给我们留下"凿壁借光""悬梁刺股"的读书故事，《聊斋志异》里书生们之所以秉烛夜读、通宵达旦，虽说一半是反映了苦读中的书生们期盼美女佳人前来相依相伴的孤寂心

135

情,另一半则未必不是受了"书中自有黄金屋"古训的诱惑。

即以当代作家而言,大约谁都知道,一代知青作家已经成为当代作家的主力军和重要组成部分了。可是当我们探索、回顾这一代作家的成长道路时便不难发现,他们之所以能成为作家,一个很重要的原因就在于:在生活磨难和人生挫折面前,他们从来没有丧失过人生追求与读书志向。正是读书志向培养了他们的读书心境,正是读书兴趣与读书心境引导他们读了大量书籍,并将他们所遭遇的生活磨难化作了宝贵的创作素材,从而哺育了一代作家。

提起读书的环境与心境,我不免想起已故红学家蒋和森先生生前读书时的情景。在灯光黯淡又无书桌的条件下,和森先生仍然常常躺在蚊帐里偷偷地读书,仿佛全然忘记了周围的环境。这在当时自会招致人们的非议,但在今天来看,却不能不佩服他读书时的心平如镜。

古今中外的读书人与读书故事一再启示我们:比读书环境重要的是读书心境;比读书心境更重要的乃是读书志向。

心境浮躁是读书的大忌,树立人生大志向乃是读好书的关键。

面对大众影视传媒的诱惑,那类专读专业类书的读者群或许日渐萎缩;而面对社会竞争的激烈,读"正经书"的读者可能会日渐增多,这大约是无可奈何的事情,也是不争的阅读趋势。

编余絮语录

公路遐想

访欧第 8 天，江苏作家代表团一行由荷兰的一个小镇出发，前往德国的科隆。带队的是"东西方桥社"的刘秉文博士，开车的乃是原中国乒乓球队的主力陪练陈平西。他是利用法国乒乓球俱乐部联赛的间歇，来此打工挣钱的。我们乘坐的小面包车，就是平西自个儿购买的私车。

论说起来，刘博士和平西都不是第一次带队出访了，可是小车前往科隆的途中，仍然迷了路。于是不得不在纵横交错的公路上转来转去、左冲右突，急得平西一边开着车，一边翻着地图直咂嘴，可忙活了半天，就是找不到那条驰往科隆的车道。他想停车问路，可新建公路上，车流不息，无人可问；即使偶遇小镇，停车问人，却因语言不通一时间难以问得清楚。

这也难怪。在欧洲城市与城市、国家与国家之间的公路，委实太难辨得清爽了，尽管竖在路旁的路标并不少。

欧洲公路不同于国内的公路，欧洲公路委实太复杂太密集了。我眼前的公路恰似一条岔道很多的河流，飞驰而过的大小车辆则好像是流水在不停地流淌。置身于这条不断流淌的河道里，不由得使人想起人体的血流图，或是刚刚编织起来的蜘蛛网络。

对于我们这些很少出国访问的文化人来说，欧洲公路的环境，简直可说是漂亮得叫人应接不暇、流连忘返了。沿途的公路两旁，很少看到崇山峻岭，大都是绿草如茵的草原，还有一片片深绿色的树林。绿草地上，常见到一群群正在吃草的牛羊或立或卧、或动或静，一副悠然自得的神态，偶尔间才能见到尚未收割的庄稼。色彩鲜艳、格式新颖的农舍，大都镶嵌在这绿色的海洋上。公路两侧的风景风俗图画显得分外的迷人。

无奈之下，平西只好打电话给正在德国打球的一位四川老乡小熊。小熊离开中国乒乓球队来德国俱乐部已有几年，当地路途较熟，不一会即驱车把我们带到了德国西南面的科隆市。

大约每个来欧洲旅行的人，都能体会到公路给欧洲带来的便利。倘若能有机会自己驾车在这等公路上飞驰，凡是年轻人大约总会体味到那句广告词的奥妙：那感觉真是好极了！而对于我这个从中国乡间弯曲小路走进城市走到欧洲的人来说，则又常常不免会对眼前的公路生发出某种慨叹和遐想。

是的，在中国，无论是哲人还是农夫，不都对路说过或深刻或普通的话语，有过痛彻的体悟么？

鲁迅先生说："地上本没有路，走的人多了也便成了路。"其意旨原在鼓励后生积极向上，勇敢探索救国之路与人生之路的精神。

一些文学家常喜欢把作品的题目取名为"草原小路"，或是"弯弯的山路"，其缘由也无非是想借这样的题目增加作品的韵味与寓意。

近几年来，刚醒悟过来的偏远农民似乎也逐渐明白了路的重要，于是总喜欢这样来表达自己的心声："要想富，先修路。"

实际上，这些关于路的言说，都从各自的角度表达了各种人对于路的认识与理解。事实上，这种认识与理解都是伴随着生产现代化、生活现代化与公路现代化的经历中才得以完成的。而我的关于公路交通现代化的片断认识，则大体完成于旅欧的公路上。

早几年，我曾在国内的报刊传媒上得知有关信息高速公路这个词。此刻，站在欧洲高速公路上，我仿佛才对这一陌生的词汇有了一些粗浅的感悟。

诚然，现代公路，意味着减少距离，缩短时间，扩大效益；然而，现代公路，也意味着城与城的连接，人与人的沟通，心与心的融汇。

红烧肉的故事

快过年时，家家都忙着采购年货，户户厨房里都飘着鱼肉之香。除夕前一天，我按往年的习惯采买了几斤猪肉、排骨之类的荤菜，兴冲冲地刚回家，妻儿就齐声埋怨开了，都什么时候了，你还买这么多五花肉，干什么？

当我说到要按惯例做一盆红烧肉时，他们又连说我太迂了，现在哪有人吃红烧肉呀！

他们哪里知道，香喷喷的红烧肉已成了我不可或缺的人生情结之一。

可以说，打从童年的时候，我在农村就特别馋红烧肉。那时节，我家家贫，兄弟姐妹多，才七八岁我即参加打猪草、养猪等辅助性劳动。可一年到头，辛辛苦苦把猪养大了，实指望杀了猪可以留下几斤肉和猪下水，以解馋念，不料父母等着钱用，往往一年到年关就把整条猪全卖了，使我的想吃猪肉的解馋瘾总是难以满足。

编余絮语录

新中国成立后我到了南京,仍因家境不好,平时很难吃到红烧肉,只好眼巴巴地等着过年。到那时,家里总要设法买上几斤猪肉烧豆腐果,结果每次肉还未烧烂,我就要偷偷地吃上几块红烧肉,先过馋瘾。

直到我上大学以至参加了工作后,我仍特别迷恋着红烧肉。不用说三年困难时期,每人每月只有二两肉的供应计划,平日吃点炒肉丝都很稀罕,成年到头哪能尽兴地吃到几次红烧肉?就是1964年赴安徽寿县工作期间,工作队规定要与社员"同吃同住同劳动",而当地社员连山芋稀饭都难以为继,又哪里能吃得上红烧肉?

记得当时我所在单位的领导何其芳很体恤我等一批大学生,遂对我们说:"工作队的纪律谁也不能违反。但长期不吃肉,连我都很馋,何况你们年轻人?我看这样吧,你们可利用每月休假到城里洗澡时,上县招待所买点红烧肉解解馋"。如今我们的老所长其芳同志已经逝世多年了,我们实在难忘他的这段普通而又有人情味的话语。

直到1974年,我从北京调回省里工作不久,参加了普及大寨县工作队以后,虽然当时吃顿红烧肉已不大困难,但工作队的同志们似乎仍然感到半个月不吃红烧肉就特别难受。每有机会上县城,总要各自买上一斤猪肉,红烧了美美地吃上一顿。以至如今,当我患上高血脂病,不能尽兴吃肉之后,我仍不免十分怀念当年那尽兴吃肉的好时光。

不知是因为肉多嫌肥的缘故,还是其他什么原因,眼下的许多年轻人都对红烧肉流露出不屑一顾甚至嗤之以鼻的神色。我曾跟儿子打过几回赌:他只要能吃下或吞下一块半肥半瘦的红烧肉,我便输他一块钱。等到每斤肉涨到三块钱时,他才肯答应拌着饭吃一块试试看，结果未等吃了一半还是哇哇地吐了出来。看着儿子像吃药似的吃红烧肉，想想我辈为吃红烧肉而付出的辛劳，每每我心里总有一种难以言说的复杂感情，滋味特别地不好受。

红烧肉的故事，自然不只在我身上，在我家发生过。谈到红烧肉，我不由地又想起了著名作家陆文夫的一篇写吃肉的小说。如今十几年过去了，小说篇名已忘，然而中心故事情节却还依稀记得：时值三年困难时期，某单位食堂好不容易养了一头肥猪，年终宰杀烧了一大锅红烧肉，给大伙儿改善伙食，万万未料到这锅肉却引发了一场令人哭笑不得的悲喜剧。

早就听说，红烧肉已成为上不得台盘，上不了档次的大众菜肴了。据行家说，如今大凡举办像点样子的宴会，只上生猛海鲜、鱼翅、哈士蟆等名贵菜肴，谁上大鱼大肉便被看成"土老帽"了。但是，有一些大人物仍爱吃红烧肉。

看来，红烧肉自有红烧肉的道理。

编余絮语录

话说作家的书写方式

作为一名具有 20 年编龄的老编辑，我有幸经常接触一些来自全国各地的老中青作家们，拜读他们的书信和书稿。

每有余暇，阅读、欣赏这些作家们的书信、书稿，便成为我的一种独特的职业享受。中国文人向来就有注重书写的文化传统。而书写创作本又是作家个性的直接表现。仅凭字迹，我便能大体判断出那篇作品出自哪位作家的手笔。而透过眼前的各种字体，在我的眼前也便映现各位作家的音容笑貌、个性特征。

王蒙的洒脱，刘绍棠的浑厚，刘心武的深沉，张洁的泼辣，汪曾祺的平和，林斤澜的怪谲，李国文的严谨，谌容的老到，陆文夫的散淡，高晓声的幽默，王安忆的娟细，贾平凹的拙朴，叶兆言的机敏，苏童的秀灵，大体只要读过他们的几份手稿字迹，便能悟出几分了。

只是近几年，作为编辑阅读作家手稿的快感与机会，似乎正在日渐减少。原因是已有许多作家告别了用笔书写的时代，而改用电脑写作。据我所知，不仅像王蒙、刘心武、张洁、谌容、陈建功、张抗抗、朱苏进、叶兆言等作家已采用电脑写作多年，就像艾煊这样年过70的老作家也已熟练地掌握了电脑写作。

诚然，作家的书写方式是在随着时代和社会的递嬗演进、科技生产力的发展而不断地改变着。从几千年前的烧龟甲、刻竹简，写布帛、纸张，从毛笔、钢笔、圆珠笔，直到如今的电脑写作，无疑均是一种进步，一种现代文明。

电脑写作的最大优越性，是加快写作速度，减少抄写、复写的诸多麻烦。在我看来，艾煊之所以在年届70之后，散文创作佳作迭出再度辉煌，在一定程度上或许正是改用电脑写作，大大加快写作速度的缘故。难怪他说电脑能"促进文思"。

电脑不仅可写作，且能玩出各种花样。一次在陈村家里，我就亲眼目睹他灵巧快捷地操纵起那台电脑演习各种性能。而那台看似简单的电脑，在他手里不仅能写字，且会储存电话号码、电传稿件，写累了还可与爱女玩电子游戏。据说，浙江的李杭育更是一个电脑音乐发烧友。前不久在他家里，他未及摆弄他的电脑，却说及他近几年小说未写，倒利用电脑写了一本音乐理论的专著。

像一切现代文明一样，电脑写作虽然是一种进步和发展，但在书写方式上却是以牺牲作家鲜明个性为代价的，假如大家都以电脑写作，而不见作家手迹，那么，编辑手里的电脑打印稿，除了作家的名字，只怕今后谁也无法判断作家手稿的真伪，自然也更不易从手稿字迹研究作家的个性特征了。从这点看，大家都用电脑写作未尝不是一种遗憾。

所幸的是，即使是现在，也不是所有的作家都愿意采用电脑写潇洒的条件，只好把邀二三挚友品茗、抽烟、清谈一番，当作醉心的潇洒。

可见，潇洒的方式实在丰富多样，潇洒的含义实在宽泛得很，无论是重物质的，还是重精神的，或是物质、精神并重的。

作家则不然。作家的潇洒始终离不开创作，离不开自由自在、无拘无束的创作状态，离不开自己的作品。总之，离不开对自由精神的渴望与追求。如果，一个作家只追求挥金如土的物质享受，只沉湎于声色犬马之中不能自拔，那么，何谈作家的潇洒？

然而，不同经历的作家，不同秉性的作家，不同年龄的作家，毕竟有不同的潇洒方式。

叶兆言把写作当作乐事，当作生命，他不善跳舞，也不倾心于口福之乐，大约也不喜"筑长城"、打扑克之类的游戏，他唯一感兴趣的是坐在书桌前摆弄那台中文电脑，然后潇洒地向读者奉献一部又一部新作。

史铁生把写作视为一种至高无上的精神追求，他的《我的遥远的清平湾》《命若琴弦》及《我与地坛》等篇章，淋漓尽致地表现了作者对禅宗、哲理的高品位的精神向往。他的身体虽然伤残了，但精神追求上却格外的强烈、执着。

王朔抱着"过把瘾就死""千万别把我当人"的玩笑态度，一会儿玩小说得了个独领风骚的先手，一会儿又玩电视剧，把众多观众引得颠颠倒倒的近似疯狂程度。他在特有的调侃中把文学玩得何等潇洒！

苏童的潇洒则介于兆言与王朔之间，他把写作当作生活的一种方式，既能先玩先锋文学，随即又能机灵地向通俗靠拢，切入生命的底蕴，使作品放射出文化的意味。他可以一边在斗室之内轻松地写作，一边走进歌舞厅、或连夜"筑长城"不止，使自己在放松的氛围中潇洒一回又一回。

贾平凹与王安忆都是高产作家。他（她）们能在不断蜕变中翻出许多新花样，把读者搅得眼花缭乱，应接不暇。难怪有人把平凹称为"文坛怪侠"，把安忆视作江南才女。他们把文学侍弄得如此服帖，实在够潇洒的了。

武汉的池莉可称为"新写实"的女将。她尤善于以写实的笔法，把武汉市民的风俗生活和生存状态写得有声有色，淋漓尽致。可以说，在写作中，她既摆脱了题材本身和主观情感的困扰，又打破了来自某些文艺政策的束缚，因而在烦琐的市民氛围中显示了少有的潇洒。

比起他们来，谌容、张洁、李国文等社会性责任感甚强的作家，固然从《人到中年》《沉重的翅膀》《月食》创作起，就充分体现出少有的厚重和难得的气魄，但他（她）们毕竟以自己的胆识与自信，冲破了沉重的禁区，因而，写作之余，她们仍能在舞场中翩翩起舞，在大庭广众的场合，嬉笑怒骂。这岂不是又一种潇洒！

当然，最能说明作家的潇洒的还应有王蒙先生。历来我们有过会当官的官人，也有过会写作的作家。如果让当官的来写作，或是让会写作的来当官，则每每弄得捉襟见肘，破绽百出。唯有王蒙身兼二任两不误，把个官场与文场弄得顺顺溜溜，服服帖帖。他能一边当官，上下左右、游刃有余地应对着各种复杂关系，一边又从容地炮制出那么多诗歌、散文、小说、评论和理论研究文章，让他的名字和照片频频出现在官场和文化报刊之上，这不是最大的潇洒是什么？

眼下，王蒙在完成从当官到当作家的安全着陆之后，只见他忽而天南海北到处转悠，忽而又抛出那么许多才气横溢的作品，这可否说是作家潇洒的最高境界呢？

看来，作家的潇洒必须建立在作家对创作的真正挚爱和不断地推出高质量的新作之上。

目前，在商品大潮的冲击之下，正有不少作家投身到茫茫商海之中。如果"下海"的作家从此流连忘返，那诚然是一种选择，一种权利。但如果还想当一名潇洒的作家，那就得从王蒙先生的潇洒中得到应有的启示。

无论如何，我相信，如果一个作家，哪怕是位卓有才华的作家，长时间进入不了创作状态，整天周旋于官场之间，以至得心应手，乐此不疲；如果一个作家终日沉浸在茫茫商海中，出入于灯红酒绿的歌舞厅、豪华宴席之上，而忘却作家的根本职责是向读者向社会不断奉献自己的佳作，那么，尽管这些作家自觉是多么潇洒，我们只能说，充其量只不过是官人的潇洒，商人的潇洒，又与作家的潇洒何缘之有？

作家的潇洒，原系指作家创作过程中一种无拘无束的自由心态。过去，我们往往感受到、注意到外部社会环境对这种自由心态的干扰，现在，在商品大潮的冲击下，是否也应该从作家自身的角度反思一下呢？否则，作家的真正潇洒只怕是断难实现的。

活着与活法

无论是读余华的长篇小说,还是看张艺谋的电影,《活着》的主人公福贵的人生命运及其家庭的悲欢离合,都给人以一种特别而强烈的启示:活着就好。你说福贵及其一家浑浑噩噩也好,你说主人公达观韧性也罢,反正都难以改变读者对人物的这一印象。

正应了知名女作家池莉的一篇小说的题目——《冷也好,热也好,活着就好》。

当然,像福贵那样活着毕竟只是活法的一种。不消说,外国有多少人有滋有味的活法,有多少人受苦受难的活法,我着实也不甚了然。即是当代中国人,也仿佛随着改革开放的深入、市场经济的活跃,而逐渐出现了、容忍了活法的多样化。

活着与活法在当今似乎已成了一种十分时髦的词汇。君不见,在学校若是老师管教学生,在家庭若是家长数落孩子,没准常会被学生、孩子的一句反诘弄得干分狼狈:你有你的活法,我有我的活下自己的活计，静悄悄地说话做事，生怕打搅了孩子，并随时嘘寒问暖，伺候左右。在不少人家，即使家里有电视机，也因孩子而只好停开。

那情景委实令人感动，可孩子们都往往浑然不知，有的甚至还觉得父母的百般呵护纯属多余。

显然，占据这幅家庭苦读图中心地位的人物是正在学习读书的孩子，而家里的其他人物，诸如父母、爷爷奶奶、外公外婆都成了陪衬。

及至孩子有了职业，有了工作，那情形便会发生很大的变化。倘若父母和孩子不是从事教师职业或其他文字工作，家庭里的读书气氛便大大减弱、冲淡了。此刻，家长和孩子顿时都仿佛获得了一种难以言说的解脱与轻松。

在 20 世纪 70—80 年代我儿子读书期间，我们家自然亦不例外。

我的家虽然算不上是什么标准的读书人家，可在家庭读书方面自有一些独特的苦楚与乐趣。

我长期供职于一家文学杂志社，从事的又是文学编辑和文学批评工作，断然少不了要每天阅读书报稿件的。不过，这时的读书与青少年学生时代毕竟有了很大的不同。

儿子是刚参加工作不久的青年厨师，他读书则全凭兴趣所致。做父辈的出于对儿子的长远发展计划，有时不免唠唠叨叨地劝说他在工作之余，多读些专业书籍或是大学自修教材，不料他对这类书籍全无兴趣，却不厌其烦地抄起我书架上积满灰尘的《马恩列斯论沙皇》，或者干脆自己掏钱买上几本《世界军事》《海外星云》之类的报刊。

已从工厂退休的妻子的读书习惯又与儿子不同。她在家务之后，喜欢翻阅一些《中国服装》或《扬子晚报》之类消遣性的报刊，读书兴趣偏重于实用型和娱乐型。

倘要对家中三人的读书做出区别，则明显可见的是：读书于我乃是一种习惯，读书于妻乃是一种消遣，读书于儿则是一种爱好。自然共同之处也有，那就是此时家庭读书都没了昔日被逼迫、被强制的意味。

一家三口，不同的读书习惯、读书兴趣，难免有时要发生碰撞和不快，但也不乏互补和乐趣。我想干涉儿子的读书方向却每每招来他的抵制；而儿子阅读文学作品时偶尔迸发出的智慧火花，又往往给我以启迪和灵感。而每当此时，便是我家最融洽、最愉快的时刻。

自古以来，读书原有不同的方式、不同的习惯、不同的目的。相比而言，家庭读书大约要算最宽松、自由、灵便的了。比之学校，它少了一份功利性和计划性；比之书斋或图书馆，它又多了一点温馨与趣味。

或许，家庭读书之乐就在于这种碰撞与互补之中，在于这一点温馨与趣味里？

编余絮语录

嘉峪关随想

从兰州出发经过近千里的长途疾驶，我终于来到了嘉峪关，登上了向往已久的嘉峪关城楼。

离开新兴的工业城市嘉峪关市，客车行驰20多分钟，我们便从两山之间依稀地看到了这座慕名已久的天下第一雄关——嘉峪关楼，随之便是柔远楼、光化楼和文昌阁。登上嘉峪关楼，这城池的全景尽收眼底：沿着带有中国传统建筑特色的柔远楼和光华楼的四周筑有灰砖的城墙，而城墙的东西南北角各建有一个角楼。角楼虽小却高于城墙，显然是为了便于观望、观察敌情而设的。

倚着西南、东北的角楼便是明代修建的长城。但这长城与沿丝绸之路上所建的其他长城一样，一律都是黄土和沙石垒成的，高不过2米左右，厚不过几十厘米，自然说不上是什么钢筋水泥般的防御工事，但若抵挡、阻拦古代骑兵的侵扰，大约还是绰绰有余的。

嘉峪关系古代西域通向东亚的军事要冲和商业通道。建关的首要目的自然是为了防御、抵挡外族的入侵。大约正因如此，在柔远楼和光化楼的正前方又建了嘉峪关和文昌阁，两楼之间都建了一个能容纳数百人的瓮城。我不由地猜想，这瓮城或可藏兵，或可起到关门打狗的作用，颇似南京中华门的瓮城。

面对眼前的关隘，我禁不住想起了与之相连的天下第一关的山海关，和我所居住的天下第一城墙的南京城。比起山海关来，也许嘉峪关算不得雄伟和坚固；比起南京城墙，也许嘉峪关的城墙更显得古老和饱经沧桑。我曾纳闷于此，但待我登上嘉峪关城楼，举目四顾，只见南面连绵不断的祁连山，北面莽莽苍苍的黑山，还有四面那满目的沙石黄土，似乎都是在提醒着、回答着我的疑问：古人在这茫茫的戈壁滩上建造这样一座城关该是多么艰难困苦！

还在回程归途中，我即迫不及待地翻阅关于嘉峪关的文史资料。读了《嘉峪关市文物志》始知，从嘉峪关正式建关到建成一座完整的关隘经历了从明洪武皇帝到嘉庆皇帝长达168年的漫长岁月。如今，参与建关的将领、军士、役夫都早已灰飞烟灭，几无踪迹。而那饱经沧桑的关隘及周围的沙丘、山脉却仍在默默地诉说着当年的艰辛。

从嘉峪关隘建成到如今已有四五百年了。历史不会站出来说话，历史却能引起后人的遐想与思索。嘉峪关归来已经一星期了，可是，嘉峪关、山海关、南京城墙仍然萦绕在我的脑际之间，久久不能忘怀。

我叹服我们祖先早在2000年前就构筑了长城的伟大工程，几百年前就修建了嘉峪关和南京城墙，并以这些伟大工程抵御了外敌的入侵，留给子孙后代如此丰富的文化遗产。

然而，透过这些关隘、长城及其所代表的文化，我也不无担

编余絮语录

忧,也不时感慨:随着科技的发展和现代文明的进步,关卡既不能真正御敌于国门之外,更阻隔不了商业的交往与友情的交流。至于思想意识的侵袭则就更是远非古代关隘所能阻隔得了的了。

在当代开放的中国,作为现代中国人,当我们在参观、凭吊中国古迹时,是否要学会作如是的思索:我们在努力用更先进的思想意识抵御外来影响的同时,是否更要加强与外族与外国的交流与交往呢?

我相信,古老的嘉峪关将会长久地屹立在祖国的大西北,我也相信,现代中国人必将会从古老的嘉峪关获得新的启示。

紫金文库

街名趣谈

一次从北京来了一位作家朋友，要我陪他在本市转转。我本想带他去看看中山陵、明孝陵，或是到玄武湖、莫愁湖去领略湖光山色的，可他偏偏指明要看看南京的街道和一些著名的古代街名。

这下，就连我这个在南京居住、生活了30多年的老南京也不免着实迟疑犯难了。如同"不识庐山真面目，只缘身在此山中"一样，说实话，我对南京的街道名称来由及其演变所知实在有限，这回只怕真要露怯了。

打那以后，我遂有意识地读些有关南京的文史典籍，特别注意南京街道与街名。于是，我这才领悟到那位外地文友的用心所在。原来，城市与街名的背后，着实隐藏着丰富的历史典故和民间传说，包含着帝王与百姓，名人与凡人的有趣故事，概括着民情风俗的演变轨迹。

委实，南京街道的命名本是丰富多彩而又趣味盎然的。

相当多的街名与名人有关。中山路因孙中山先生而命名,洪武路因明代开国皇帝朱元璋的年号而得名,这已是人所共知的了。而更多的以名人居所或活动地而取名的街名就显得有些陌生了:钓鱼巷因明武宗在此钓鱼而得名,王府园因朱元璋称吴王时居住于此而得名,马府街因郑和(姓马)故宅而得名,邓府巷因明开国工程邓愈居此而得名。此外,还有常府街、许家巷、半山园、程阁老巷、状元巷等皆因名人居所或活动地而得名。

与名人效应相映成趣的是,因所在地生产经营、库存物品项目而取名的街道。棉鞋营因明兵工厂生产军需棉鞋而命名,凌庄巷、绒装街因明时经营帽绫、帽儿而命名,鸡鹅巷、羊皮巷、鱼市口、扇骨营、香铺营、明瓦廊、估衣廊因经营鸡鹅、鱼类、羊皮、扇骨、香类、砖瓦、衣饰而命名。与因名人文人而得名的街名相比,这类街名则充满了一种世俗生活的鲜活气息。

此外,南京还有根据一些地形地貌的特点而取名的街道。据传三国孙吴时,诸葛亮出使东吴途经秣陵,登上石头山,观察南京的地理形势,曾做出"钟阜龙蟠,石头虎踞"的著名论断。于是,清凉山附近的两条街道遂取名为龙蟠里、虎踞关。而建邺区的月牙巷、螺丝转弯则因形似月牙、螺丝而得名。

大凡是现代大都市,似乎都有一些以山水江河或主要省市命名的街道。南京亦不例外。不过,令人奇怪的是,南京取名省市名称的街道甚多(湖南路、湖北路、云南路、宁夏路等,北京路、上海路、广州路、汉口路等),取名江河的街道也有(长江路、珠江路),似乎唯独没有发现以山脉命名的街道。

给街道命名,这是一种历史积淀的过程,又显示着现实时尚的衍化轨迹。街道的命名并不是一成不变的,而街名的变更大都反映了时尚的递嬗。南京东南区的中华路,孙吴时,被称为驰道;晋成帝时,因这条路直通朱雀航,又名朱雀街;1932年拓展拉直道路时,因其正对中华门,遂取名中华路。

为街道的命名并不单纯是官方的权利话语,文人的名人效应,亦不可低估。说到底,它乃是官方与民众、文人与百姓共同创造的文化现象。在给街道命名的过程中,无疑存在着权利话语的影响和文人的名人效应的作用,如前所说的中山路、洪武路的命名,三山街、杏花村的命名即是。但与此同时,大众的情绪和社会的民情风俗也在制约着街道的命名,并在命名过程中鲜明地体现着民众与百姓的情感倾向与道德批判。

凡是南京人大约都知道,紧邻市中心新街口附近有一条并不起眼的小巷——破布营。这条街名与市中心的高楼大厦,与取名中山路的中心干道显得颇不相称,但这条街道的命名,却与取名"裤子裆""虫人街""鬼人坊""灵床巷"一样,好像各有一则很不雅观却又颇有趣味的传说。原来,破布营本来叫泼妇营,系针对明代中山王徐达那位凶狠泼辣、醋性十足的坏女人而取名的。明乎于此,每次路过破布营,我便不由地想起那凶悍狠毒的泼妇的故事。也许,说到底,街名与人名一样,不过是一种符号与标记,只要取得生动形象,富于纪念意义和象征色彩,读起来又好记好听,朗朗上口,大约就不失为一个好的街名了。

论说起来,我在南京居住的30多年中间,曾搬过五次家,横跨了南京的三个区的地段,如果再加上读书与工作单位所在的地域,我所走过的街道也不算少了。然而,古老的南京究竟有多少街名,这些街名的背后又隐藏了多少典故、传说和故事,对我来说,至今仍然是个解不透的谜团。岁月流逝人易老,直到临近花甲之年的时候，我才忽然悟到，探索南京街名，解开街名的谜团，对我竟有那么大的吸引力。

据说，近几年来随着城市的扩建和改建，已有许多古老的街道被推倒铲平，同时又命名了一些新的街名。那么，即使我有心访古，我还能寻找到那些沾染了历史痕迹又充满意趣的街名吗？

岁月流逝，世事沧桑。倘若那里的一切已是面目全非，踪迹全无，或许真不如不去为好。

聚会随想

人生难得几回聚。这种上了年纪又颇有人生阅历之人所常有的人生慨叹，并不只是属于战友久别重逢。前几日，当我们这些当年的莘莘学子大学毕业30周年之后再次相聚时，就有许多人也不由地发生了这样的慨叹。

与战友的重逢相比，学子们追忆的并非出生入死的战斗故事，和军民相依的鱼水之情，而是当年读书时的种种艰难情景：从聊以充饥的一块烧饼、一碗阳春面、一根胡萝卜、一杯酱油汤，到寝室、教室、食堂三点一线式的单调生活。不是我们都已年过半百，喜欢讲述那些鸡毛蒜皮的琐事，盖因那段学生生活的艰难给我们留下了太深的印象。

老友的聚会，离不开叙旧，更离不开对别离后生活道路的回顾。30年来，同学们分散在京沪宁等不同的城市、不同的工作岗位上，却面对着一个共同的话题：参与人生竞争与社会竞争。尽管，有人升迁，有人落伍，有人得意，有人落魄，但这一竞争结果，毕竟再也不是在校时同学间政治关系、社会地位的延续。昔日得意的，未必继续得意，眼下得到升迁的，却又往往是昔日不显山不露水的同学。仿佛在冥冥苍穹之上真有一个主宰人生命运的上帝。

当然，与一切聚会一样，同学的聚会，一切的叙旧忆昔，最终总会落实到现实的生活境遇中来。相互间问一声有几个孩子，道一句抱了孙子没有，便觉十分亲切与温情。至于同学间眯起眼睛打量对方花白的头发、发沉的身子，引起一阵阵唏嘘感叹，自然也便在所难免了。

促膝长谈之间，也有同学喜欢问及个人收入及家庭经济状况的。而每当此时，我们几个还栖身在文艺研究领域里的同学便总觉得有些汗颜脸红。原来，与从事其他工作的同学相比，我们的经济收入委实低了一截。

聚会使分别30年的同学间的相互思念之情得到了慰藉，也使人与人之间沟通与理解的愿望得到了满足。却也如同所有的聚会一样，又给参与聚会的同学留下了一些难舍的遗憾。如果说，当年离开学校走上社会时，本就潜存着诸多不公平的因素，或因机遇不一，或因自身的原因，同学们并不处在同一的起跑线上，那么，如今的同学在经济体制转型时的激烈竞争中，自然也便不可避免地出现了新的差距、新的不平衡。

但愿谁也莫要把社会上的无情竞争带到同学的聚会中来，但愿谁也莫要把同学的聚会当作人生的竞技场才好。天底下本没有不散的宴席，人世间也没有无遗憾的聚会。

也许生活就像那变化莫测的万花筒，也许每个人的生活道路就像那七曲八拐的溪水。不必怪罪生活的变化莫测，也不必责难小溪的曲里拐弯。早已度过人生不惑之年的同学们应当能够参悟透这人生的真谛。如此，参加聚会的人方能愈聚愈有意思。

　　什么时候人们聚会时，才能多谈些友情，少谈些金钱；多讲些精神，少讲些物欲呢？送走了参与聚会的同学后，我在自己的心里不禁又一次这样企盼着，呼唤着。

编余絮语录

老人说梦

在我看来,梦和梦想本属人的天性,亦是人的权利。人在漫长的人生旅途上,总不免会伴随着变幻莫测、丰富多彩的梦想,直到生命的终结。大凡是人,不管是老少妇幼、穷人富人,也不管是古人、今人,还是中国人、外国人,大约都有过做梦的经历,或美梦,或噩梦,或长夜之梦,或短暂之梦。文学家可能借助于诗文书画编织出美丽动人的梦境;占据草根百姓心头梦境的也许不外乎柴米油盐的困窘和亲朋好友的情谊,而亿万富豪的梦里则很可能是生意场里的竞争与博弈。

作为一个年逾七旬的古稀老人,我已实在记不清平生究竟做过多少回梦了。依稀间只记得,童年时虽家贫,但做梦却也不少,且大都涉及乡场嬉戏类的童年趣事;青年时的梦境,均大都有关未来理想和青春恋情;壮年时常为家事和工作效果,一向很少做梦;未料想退休之后,年过七旬,近来倒常有梦境缠绕,摆脱不开。真个是应验了那句民间老话："日有所思，夜有所梦。"

老人本爱忆旧，近日所做之梦，委实难免大都与往昔人生遗憾有关。人到晚年，忆起往事，我的最大遗憾便是，毕生原想做一名有所成就的学者，却空耗十年的宝贵时光，最后学者梦终成泡影，转而无奈地走上了编辑之路，并在这条路上跋涉了整整30年。这情形颇如一位哲人所说，我原想进入这一房间，到头来却偏偏误入另一房间。每念及此，我往往只好在梦中追寻文学新的故旧友好，反思那段难忘的历史。此所谓十年蹉跎路，难寻学者梦。

如果说，第一个梦是人生事业与离乡梦，那么，第二个梦便是思亲怀乡梦。人到老年，思亲怀乡的心绪不免时常袭上心头，情深难抑时，除了写些思亲短文，有时也回乡探望乡野旧宅，借以抒怀。前些时偶感进食不畅，遂想起老母、大妹均因患食道癌离世，心中犹有不安之感。当夜忽地便梦到亡故老母和大妹托梦于我，嘱我及早诊治，免除病患。我本是不信鬼神的唯物论者，现如今，也不能不在梦境的催促下，为之心动犯疑。

现时的第三个梦，是为家庭现实困窘状况所催发的。原来，家中年近40、人到中年的儿子，一向身体心理羸弱，个性内向，不堪现代生活重压，郁郁寡欢，数度失业在家，致使小家分裂，孙子失去母亲的呵护，全家的生活重担遂只好由年过七旬的我和老伴勉力承担。儿子心理和身体需要调理，即将小学毕业的孙子虽然身心壮硕，却并不太懂事，学业全靠家教督促，生活更需奶奶帮助料理。一时间，我和老伴不时便有不堪重压之感，却又苦于无法解脱。心结难解，梦境也便应运而生了。梦里呈现的，无非是倘若老人离世后，儿孙即将面临的艰难情状。

梦想往往是丰富多彩、变幻莫测的。有时让人极度向往，万分兴奋，有时又令人惊恐万状，悲情难抑。梦想，就词义来说，或许本属中性词汇，它可以成为令人向往的美梦，也可能转为让人躲避不及的噩梦。梦想又似乎总会伴随着正负两级：理想与空想。沿着梦想之路步入正路，便是让人心动的信仰，甚至是伟大、崇高的理想；从梦想陷入浮夸或狂妄，便是狂想与空想。前者属于尚可冠以伟大崇高的褒义之词，而后者则常常使人陷入泥潭，甚至使国家坠入巨大的灾难。作为一个20世纪60年代走过来的老人，我永远也忘不了伟大、崇高的理想；从梦想陷入浮夸或狂妄，便是狂热与空想。前者属于尚可冠以伟大崇高的褒义之词，而后者则常常使人陷入泥潭，甚至使国家坠入巨大的灾难。

陵园随想

在一个城市住久了，大凡去过的地方便懒得再去，唯独南京东郊风景区却有些不同。每年我都有机会陪外地朋友去，每年又都想自个儿单独去。且常去常新，去过了还想再去。究其原因，大约总与中山陵、明孝陵的魅力不无关系吧。

作为古都的南京，究竟有多少陵园和陵墓，只怕是谁也难以说得清楚。某些历史上的匆匆过客和短命皇帝死后葬在哪里早已踪迹难寻。而征之有据的陵园和陵墓则有好几十座，诸如东郊的明孝陵、中山陵，南郊的南唐二陵、雨花台烈士陵园，此外还有东吴孙权陵墓、南朝陵墓、明初开国功臣徐达等大臣之墓。在诸多陵园和陵墓中，东郊的中山陵、明孝陵自有着独特的地位，有着难以读透的丰富内涵。以至每每独自面对庄严肃穆的东郊二陵，连我也搞不清是在缅怀历史，探寻二陵的文化异同，还是沉浸在陵园建筑的遐思里，欣赏那美丽如画的风景。

是的，在具有5000年文明史的中国，过多的名人陵园和陵墓，也许曾经是一项沉重的负担，但如今在商品社会里，毕竟大多数人都已明白，这些陵园和陵墓经过开发和挖掘，却已经成为一种难得的资源和财富。

无论如何，这些历史悠久的陵园、陵墓，总要比眼下充斥在某些旅游点那些伪造的阴曹地府展、蜡像馆之类的赝品，有着不可比拟的价值。难怪人们对这类旅游组织者啧有烦言：原来，某些旅游组织者求的是钱，拜的是赵公元帅。而游客前来陵园，往往求的是真，讲的是信，仰慕的是精神，追求的是自然本色。

人们到明孝陵、南唐二陵去，自不同于去商场购物，不同于到音乐厅听交响乐，它表明人们对探寻历史的渴望，对当时社会的政治、经济、文化的反思意趣。作为封建帝王的陵园，南唐二陵、明孝陵虽然屡遭战乱的破坏、盗墓者的肆意挖掘，所剩者寥寥，但透过那残存的地上和地下的建筑，人们仍然依稀可以从中得到探寻社会历史的乐趣，获取某种有益的启示。

人们到中山陵园、雨花台烈士陵园去，不同于到风景区去旅游，它显示了人们对革命导师和先烈们的深情缅怀，对自由民主精神的热烈向往。作为结束封建王朝开辟民主共和制的第一任总统，作为为国家、民族最高利益而英勇献身的革命先烈，无论是中山陵园还是雨花台革命烈士陵园，理应都得到万众国民的瞻仰和纪念。当然，作为一种文化形态，陵园本应具有更为丰厚的内涵。除了社会学、历史学的意义之外，陵园当还含有建筑学和旅游资源方面的意义。

近几年来，外地人来拜谒南京陵园的愈发多起来了，而常去陵园的南京人，也正有日见增多之势。盖因陵园的人文风景和绿色植被实在有着迷人的魅力,人们在现代社会的快节奏的劳作之后,自然十分企望在如此美好的陵园环境度过短暂的休闲时刻。这种微妙的变化预示着现代社会对陵园文化的拓宽:陵园已不再只是名人、圣人的安寝之所,也不只是后人精神向往的圣地,它还应是现代人休闲憩息的地方。

不过,在我看来,作为文化和精神的圣地,陵园的这种休闲功能,切不可与声色犬马之类的歌楼酒肆等商业文化靠得太近、贴得太紧。近几年来,有人在陵园里搞妖魔鬼怪展,举办宠物展,无疑是对名人和圣人的嘲弄和亵渎。但愿在当今滚滚商潮的冲击下,我们别忘了保留那么一块纯净的圣地。

编余絮语录

留住那片绿色

大凡外省人到南京，都会惊异于这里的绿化之美。而长期生活于南京的居民，则无论自觉与否，也大都会受惠于南京的绿化之美。

就连古今的文人墨客们也每每在诗文中屡屡赞美南京的绿色。如果说，唐代诗人杜牧的"千里莺啼绿映红，水村山郭酒旗风"可算是吟咏南京之绿的佳作，那么，今人袁鹰的散文《且说六朝烟水气》则可称作是深谙南京风景之美的名篇了。

古今的平民百姓喜欢南京之绿，古今的文人墨客吟哦南京之绿，委实并不奇怪。盖因绿色包容着多种丰富的内涵。

假如你登上紫金山巅，或是站在金陵饭店的旋宫里，放眼远眺，你便会发现，整个南京城仿佛正漂浮在绿色的海洋中。除了星星点点的民舍，拔地而起的高楼，或笔直或弯曲的街道，其余的陆地几乎均被绿色的植被所覆盖。

绿色，象征着生命的起源与恒久，还勾连着、演绎着历史、文化、地域和人生。

我拜谒中山陵园和雨花台烈士陵园，置身于大片松柏汇成的绿的海洋中，顿时感到四周的绿色分外壮丽。中山先生的精神和烈士们舍生取义的人生，拌和着浓郁的绿意，几乎净化了、驱尽了人们心头长久积存的烦恼和灰尘。

我游览玄武湖、莫愁湖公园，面对满园郁郁葱葱的梧桐与垂柳，不由地便感受到那片绿色格外秀丽。以至每每进入公园，游览者便大都先有几分陶然醉然之意了。

而清凉山、栖霞山的绿，呈现的便是一种幽静之美。这里是文人墨客们常去的地方。盖因清凉山、栖霞山那满山的绿色与林中小径，以及那幽静的氛围，与文人墨客们的气质委实太相契合了。

中山植物园之绿更是别有一番情致。这中国第一所植物园，占地 2500 亩，种植着世界各地 3000 多种树木花草。生长在这里的植物，或茂盛，或扶疏，或高大如盖，或矮小如草，真可谓千姿百态，丰盈万方。

即使我步入市中心南大、东南大学的校园，我也会不由地为校园里的那一棵棵冠盖如伞的法国梧桐及其他花草所陶醉所吸引，因而常从心底发出阵阵赞美。

已在南京生活了 30 多年的我，可算是尽情享受过绿城的好处了。少年时代，我曾爬树捉过金壳螂放飞；青年时代，我曾在绿草地上读书休憩。炎热之时，我曾躲在绿荫丛中乘凉；寒暑假里，我曾坐在绿色草坪上观看电影。

南京人自然十分明白，一旦离开了绿色植物的遮掩，将会过上什么样的日子。大约正因为此，许多南京人也不免为近来拓展道路、修建公寓楼而伐树毁林的行为所深深担忧。我想，即使是万不得已伐了树，毁了林，南京人也会在心中永远留住那片绿色的。

酷暑降临，我相信，居住都市的人都会在心中发出如此呼唤的。

旅行在戈壁滩上

在旅途上，在长途跋涉时，团队旅行本极易产生渴望交流和倾诉的愿望，有时甚至会产生一种难以名状的、寻求发泄的情感要求。何况，旅行团队是行进在几乎空寂无人、寸草不生的茫茫戈壁滩上。

8月26日，当我们这些长期生长在水草丰盈、人口稠密的南方人，随同参加全国20多家文学期刊主编研讨会的"老总"们乘坐的大客车从陇东的黄土高原进入酒泉地区的戈壁滩，立刻就被眼前的景观所深深吸引住、强烈震撼住了。

只见连绵数百里一望无垠的戈壁滩上，除了偶尔有些地段生长着一些沙蒿、芨芨草之外，其余各处均是清一色的沙石沟坎，荒漠而苍凉，寂静而悠远。要不是那条通往新疆的312国道上偶有修路工人和过往卡车出现，我真有些怀疑这茫茫戈壁滩上到底是否还有生命存在。

编余絮语录

　　我正沉浸在片刻的惊愕中，邻座的《飞天》编辑部的李老总附耳告诉我：这戈壁之意，原本就是寸草不生嘛！是的，在这广阔的戈壁滩上，似乎除了客车左前方尚有连绵不绝的祁连山陪伴着那默默站立了近千年的长城残垣，还有被风雨侵蚀几近倒塌了的烽火台，究竟有多少生气呢？

　　尽管，我等一行在进入戈壁滩时，曾有人学着眼下港澳影视及广告的腔调，调侃地喊了句"哇，好漂亮！"以至引起一阵哄堂大笑，但经过长途跋涉之后，长久置身在一种单调、寂静的环境里，毕竟困倦便会渐渐袭上心头，使人沉入昏昏欲睡的状态。

　　突然，李老总用悦耳的口哨声吹出了南方里下河地区的民歌"九九艳阳天"的小调，和带有边疆风味的"金平似的小山"的民歌，接着便引发其他的一些喜欢文艺的老总们唱起了一支支情歌。顿时车厢里活跃了起来，沉闷的空气被一扫而光。

　　被人戏称为来自云南边陲的屠半仙和来自广西的笑星谢老总更是异常活跃，竟忍不住向大家讲起了一则短短的笑话故事，真把大伙儿逗得东倒西歪、前仰后合。当然，因为在座的老总们也有两三位是女同胞，他们讲的笑话，虽也有荤有素，毕竟过分带"彩"的故事还得等到回了宿舍后才能在男性中间放肆地讲开去。

　　情歌和笑话过后，有人不约而同地唱起了曾经红极一时的歌曲。大约是因为在座的老总们大都已是四五十岁的人了，且大都有着共同的生活经历，此刻只要有一人开了头，其他人便跟着哼唱起来。就连我这个平素不大喜欢唱歌的人，竟也情不自禁地跟着大伙儿哼了几句。

　　在戈壁滩上行走了七八小时之后，客车停下让大家小憩方便一下，老总们迎着落日的黄昏，或寻找可资纪念的石头，或站在漠漠沙石前摄影留念。我终于找到一块染有血红花心的石头，打算托人带给远方的朋友。

不知为什么，我竟没来由地相信，大凡来过戈壁滩的朋友定能领略、解读这来自戈壁滩上的石头，还有戈壁滩上那阵阵的歌声。

漫步鸡鹅巷

家住长江路，我常喜欢在傍晚时分，沿着洪武路向北漫步，走进一条僻静逼仄的小巷——鸡鹅巷，在高楼林立、车水马龙的珠江路西段一带，充其量这只能算是一条小小的陋巷了。

比鸡鹅巷更破旧的是 34 号的几间民居建筑。透过高高的围墙和稀疏的铁丝网，所能看到的只能是斑驳的青砖，还有暗红色的木窗。室内既无灯光，又无人声，仿佛这里已成了城市中心的一个被遗忘的角落。

每每漫步于此，我不免心生纳闷：这里既无人居，又长久不拆，是否属于名人故居，抑或牵连着某段历史文化呢？我知道，作为六朝古都的南京，它的某些毫不起眼的小巷，往往联系着历史积淀，散发出文化气息，那是并不奇怪的。

翻看老友绍成兄主编的《南京地名源》，找到鸡鹅巷条目，我的疑问便也逐渐冰释了。原来，明清时期，鸡鹅巷与鱼市街、估衣廊等共同汇聚成当时的集贸商业街，鸡鹅巷便是当时专营鸡鹅等家禽的市场。而今人声稀疏，鸡鹅早已不见踪影，只落了个俗气的街名。

不过，鸡鹅巷毕竟出过两个名气不小的恶人：一个是明代奸相马士英，一个是大名鼎鼎的军统特务头子戴笠。300多年前，马士英因拥戴南明小朝廷有功而官居要职，并趁机卖官鬻爵，大发国难财，最终只能身败名裂，家道败落，昔日的繁华相府而今早已不见丝毫踪影。

与马士英的命运不同，戴笠创立的军统巢穴却历经几十年的风雨剥蚀保存下来。我抽空乱翻闲书时，读过不少文史资料丛书，其中尤其对记载当年军统、中统特务组织的真实情况颇感兴趣。当时鸡鹅巷即在我脑海中留下一些模糊而又可怖的印象。只可惜，时至今日，我已记不清爽，这巢穴里抓捕过、审讯过哪些著名的共产党人和革命人士了。

也许奸相马士英豪宅的踪影本不值得人们追寻，戴笠的特务巢穴也不值得保存。让他自生自灭亦无不可。只是，每日傍晚，夕阳西下，我站在即将落成的新世界大厦，和紧挨着鸡鹅巷拔地而起的长发大楼边上，不由地对着默默无言，又即将坍塌的鸡鹅巷34号旧居，仍要生出一些淡淡的遐想和疑问：等待犹豫什么呢？为何还不动手拆迁？

如此，我曾请教过一位旧居Z君，他告诉我，在这条简陋的小巷里，还曾走动过徐悲鸿与蒋碧微的身影，演绎过他们浪漫的恋情故事，于是，我不得不对它格外另眼相看了。

中国是个历史悠久的文明古国。在绵长的历史长空之中，真不知有多少名人（包括好名人与坏名人）闪烁其间。就在当下日新月异的城市建设里，已有不少名人的故居被推倒碾平，何论大特务戴笠呢？

  漫步鸡鹅巷，神游在历史的氛围中。无论34号旧居是拆迁，还是坍塌，抑或是重建、保留，鸡鹅巷所代表的那段历史总会留在我的记忆中，虽然逼仄的鸡鹅巷毕竟难以与宽阔的中山大道相比拟。

  我走过北京宽阔坦荡的长安大街，经历过巴黎香榭丽舍大街的繁华与喧闹，如今独自漫步在鸡鹅巷，追思小巷湮没的岁月，真是别有一番滋味在心头。

耄耋老翁校园寻觅

如同前人所说,光阴似箭,日月如梭。仿佛就在眨眼之间,我已步入了耄耋之年了。虽然,不时地我也常常忆起青少年时与小伙伴们在乡场上、在校园里嬉闹娱乐的时光,中年时为学业、生计和事业而奔波忙碌的情景;甚至退休后,在为读书、写作、健身、旅游,与老友聚会之同时,也不免常为儿孙操劳费神,但如今,我终于不得不为自己今后如何打发和安排剩余日子而做些思索和筹划了。

显然,对于年逾耄耋之年又多病缠身的老人而言,要想长途旅游,或打球健身,都已不大可能了。当年与我一道喝茶聊天般闲适聚会的老友,也已有多人离世,即使尚在,也大都行动不便,很难觅得良机欢聚聊天,共享休闲之乐。看来,我委实需要冷静下来,仔细思索一下今后如何安度晚年了。

尤其是,自打去年老伴病逝之后,我便开始寻思:怎样才能找到既能健身又能与老人随意聊天叙谈,既有良好自然环境,又兼有

编余絮语录

一点文化气息的场所，最终能帮我走出失去老伴的老年孤独呢？

我知道，我这是给自己也给家人出了一道十分难以排解的难题。在当下中国，面临这一困惑难题的老年知识分子，尤其是文化老人，实在是为数不少。大约都会面临这一困惑和难题。

早在前两年，每逢晴朗的清晨，老伴便会常常陪我爬山登上北极阁公园，眺望金陵风景，然后练练腿脚。而自打去年9月老伴病逝之后，我欲再登北极阁，常常爬到半截，便腿脚乏力，知难而退了。往往是，当我退到东南大学西门边时，便发现有不少老年人进出此门，于是，我随众而入，刚走过榴园宾馆，眼前便可见东大田径场内，聚集了颇多的中老年晨练者，或跑步练走，或打篮球网球，或聚会炫技比武。我顿时感到，这儿的气氛似乎真个是老人晨练健身和聚会聊天的好场所啊！

只消在东大田径运动场和校园进出大半年，我就觉得，我终于找到了晚年向往的最佳场所，解开了长久郁积于心的难题。曾记得20世纪50年代末，我在南大校园里读了五年大学，似乎从未进过东大校园，未料想时过50多年之后，到了人生晚年，我却在东大校园和田径场上，找到了适宜自己晨练健身的场所，和暂时逗留的精神乐园。

就这样，大半年里，我在田径场上晨练健身，在校园里闲庭信步，观赏校园人文景观，品尝校园文化的别样滋味，不觉间，竟逐渐沉浸到享受校园老人文化的特殊氛围中了。每日清晨，我置身在校园里，顿时感受到一种特别的温暖与愉悦。

我喜欢校园里充满了生气和活力的氛围。在清晨的田径场上，且不说一些中青年男女或打篮球网球取乐，或以跑步快走健身，就是七老八十的老头老太也能边说边笑、轻松自如地漫步在田径场里，走上十圈八圈，最让人喝彩的，乃是一些中老年男女在单双杠边炫技比武，这不免让我这耄耋老翁更是好生羡慕，自愧不如。而我只能在田径场走上二三圈，在双杠上悠荡几下，练练胳膊而已。

我欣赏校园里独特的自然和人文景观，还有宁静安祥的气氛，校园里有造型别致的礼堂、图书馆和科学家雕塑等几近百年的建筑，有高大壮硕枝干如伞的法国梧桐站立在道路两侧，还有校园西北角那颇有文史价值的六朝松与梅庵古宅；与此景观相匹配相比美的，则是校园里那温馨和谐的氛围，几无半点喧闹纷繁的杂音。这景色这氛围，更让我这素来喜静不爱闹的耄耋文人，颇为钦羡不已。尤其是早晨七时许，当大学生们背着书包出入校园时，更让我想起了50多年前，我出入南大校园时的情景。

我期盼在校园里与老人们闲聊叙谈，甚至乐于倾听一些老人善意的争执。作为一介书生与文人，我本一向好静不爱闹，老来孤独，但依然不愿出入喧哗场所。近年来，老伴离去，家中只有儿孙三人，为了排解老人落寞心态，我自然更需与老友倾心交流、沟通。

来到东大校园不久，我就发现，这里正是我要寻找的适宜与老人交往聊天的场所。在校园里，我结识了不少老人，尤其是东大的一些退休老教授，谈天说地，说古道今，话语相近，颇谈得来。即使偶尔间看到一些退休老人发生争执，我也从不插嘴参与，却常在一旁发出善意的微笑。

我相信，这就是我与东大校园的缘分，也是我与这些退休老人的缘分。虽然，年轻的时候，我读的是南大，到人生迟暮的晚年，我却更投缘于东大校园。

显然，东大校园，不仅只是适宜我老年健身的场所，也是一个耄耋老翁摆脱孤独落寞心态，结交聊天老友的良好空间。我十分庆幸，在人生晚年，还能找到这样的场所和空间。

在东大校园里，我找到了健身的场所，又找到可以聊天叙谈的老友，论说我该满足了。可未料到的是，我在校园里，又巧遇了意料之外的石友，那便是躺在一棵棵法国梧桐树下的雨花美石。

这话说来不免有些蹊跷，可对我而言，却并不奇怪，一生以书为友的我，也一向颇喜爱观赏美石。早在退休前后，每逢外出旅游，在武夷山、张家界、九寨沟等地闲逛，一遇到可意的石头，总会随手拣拾几块带回家中。有一次，偶遇一块重达十来斤的石头，我竟不顾疲劳地背负回家。在读书写作之余，还常找出来端详品味一番。自从老伴走后，寂寞难耐，我还特地写了一篇《以书为友 与石为伴》的短文。

说起这回我在校园与雨花石的巧遇和相识，也可说是一种缘分吧。那是老伴病逝不久，每日清晨，我无力攀登北极阁，改到东大校园散步健身一小时后返家时，沿操场西南角走向南大门，一路上我兴致勃勃地欣赏着道旁一棵棵法国梧桐树。偶尔间，我也会坐在路旁凳上稍息片刻。

正是在石凳上小憩的当儿，我随意瞥了一眼周边树下的雨花石，竟被那些色彩形态各异的雨花石深深吸引住了。

之后的几个月里，每次从校园归家的路上，我几乎都禁不住要蹲下身子仔细看几眼，我的雨花石朋友。有时还忍不住拣上几颗美石，带回家中，养在水里，并每天都要检视品味几回。此时此刻，那浸在水里一盘盘、一盆盆的雨花石，似乎真个成了我割舍不掉、难分难离的亲密朋友。

从此，我的晚年生活和人生，仿佛真个像是变了样，增添了异样的色彩，增多了许多乐趣。一天之中，我往往要仔细端详、品味我的雨花石朋友好几回，并乐此不疲，从不生厌。

　　作为一个耄耋老翁，我当衷心感谢东大校园。她不仅为我找到了老人适宜的健身场所，帮我重温了久违了的校园氛围，寻觅到一些可与我倾心交谈的新老朋友和美石伴侣，进而还排解了我长久郁结于心的精神孤独。但愿古老又现代的东大校园，美丽又清静的东大校园，切莫像有些单位那样，竖起"谢绝参观"的木牌，以防校园安全为由，将我们这些年迈老人拒之门外吧！

编余絮语录

美丽的街名

久居南京者大约都知道，在新街口闹市区有一条破布营的小巷。街名虽然取得粗俗了些，却也包含着明代开国大臣徐达家里那个泼妇的有趣故事。当然，如同破布营一样粗俗的街名还有一些，诸如"裤子裆""鬼人坊"等。

然而，与这类粗俗的街名相映成趣的是，南京还有一些美丽的街名，却未必有多少人知道，譬如彩霞街、琵琶巷、月牙巷便是。

街道的取名方式本是丰富多彩，十分有趣的。如果说，破布营、裤子裆一类的街名是写实的粗俗的，那么，彩霞街、琵琶巷一类的街名则多少带有写意和浪漫的意味。

原来，位于南京西南区的彩霞街，在古代系为经营农副产品的集市所在，因穿草鞋的农民经常出入这里，故本名为草鞋街。后来，因商人纷纷在此开店，商店门前挂有五彩缤纷的幌子做广告，这些幌子随风飘荡，煞似彩霞一般，于是，就连一向务实的商人也突发奇想，把草鞋街改名为彩霞街了。

琵琶巷位于南京东南，秦淮河东侧，南起长乐路，北至钞库巷。明时，此街面上铺有长条石路面，下雨了，来往夫子庙的人员穿着坚硬的油钉鞋在这条巷上行走，鞋钉拍击石板，伴随着石板下面的流水声，就发出噼噼啪啪、叮叮咚咚的声音，于是就有人取其声音命名，称其为琵琶巷，并终于得到公众的认可。

彩霞街的命名取其色，琵琶巷的命名取其音，月牙巷的命名则取其形。月牙巷南起安品街，西至仓巷，因此巷形状弯如月牙而得名。虽然此巷的命名并无多少深奥典故，但此巷内原有一座宋代寺庙（封崇寺）却颇有名气。

当年该寺每年施舍的腊八粥几近香溢全城。只可惜抗战胜利后毁于天灾，如今那寺庙的踪迹以及腊八粥的香气大约早已消失殆尽了吧！

除了彩霞街、琵琶巷、月牙巷，南京只怕还有不少美丽的悠久的街名，诸如长干里、桃叶渡、杏花村、乌衣巷、丹凤街，等等。几乎每一条街巷的命名与流传都依附着包含着一个民间传说、一段悠悠缠绵的历史。

现在休闲已成为一种时尚和热点话题，那么，南京人不妨也去访访这些有着美丽名称的街巷？

不过，岁月流逝，世事沧桑，倘若那里的一切已是面目全非，踪迹全无，去了又有何益？真不如让那些美丽的街名永远保留在人们的心中呢。

编余絮语录

名城·名河·名街(巴黎印象)

在巴黎逗留的几天里,无论忙于参观,还是购物,总也离不开那条穿城而过的河流——著名的塞纳河。

河流是生命的源泉,也是城市的诞生地。大凡是著名的城市,总有一条著名的河流与之相伴,难以分离。

世界著名的大都市巴黎,倘若离开了美丽的塞纳河,将会是怎样一番情景,恐怕谁都难以想象。对于久居南京的人来说,大约就像长江和秦淮河一般,须臾不可分离。

塞纳河聚集了巴黎的许多人文景观,也聚集了法国古往今来的许多精华所在,游览名城便应当从名河开始。参观巴黎市就应当从塞纳河起步。

建于 16 世纪举世闻名的埃菲尔铁塔便坐落在塞纳河边。据说塔成之后,以左拉为首的作家、艺术家曾以破坏巴黎景致为名上书要求炸塔,幸亏当局未允,这 320 米高的铁塔才得以保存了下来。

足见艺术家与科学家歧见之深。

　　文学大师雨果的不朽之作《巴黎圣母院》除了使美丽的吉普赛女郎艾斯米拉达和钟楼怪人加西摩多成为不朽的典型形象之外，也使巴黎圣母院成为不朽的教堂。而此刻沐浴在夕阳余晖下的巴黎圣母院也已成了塞纳河边一道不可或缺的景观。

　　塞纳河上架有许多古朴或精致或现代的桥梁，这些桥梁的桥头堡上大都建有人物和动物的雕塑，从游船上眺望过来，这些美妙绝伦的雕塑，不免使人想起那些著名的雕塑家和法国悠久的历史。

　　从塞纳河游船上观赏两岸风景简直是一种艺术享受。两岸的街道上绿树成荫，车水马龙，川流不息。

　　两岸的建筑除了古典式、艺术型房屋、教堂之外，也不时点缀着一些现代办公楼，但似乎都高不过五六层。唯有密特朗执政时建造的法国图书馆鹤立鸡群，耸立在塞纳河边，特别令人注目。

　　时值暑假期间，从西班牙、葡萄牙、比利时等国来旅游的学生们与我们同船游览。活泼好动的学生们想与我们攀谈，但为语言所阻隔，也只能拍照留影、互赠些小礼品作为纪念了。当他们一群得知我们来自遥远的中国时，都友好地笑了。同行的陆华君是报社记者，他似乎有特别的采访本领，虽然他也不懂外语，但他手里的相机便时常成为他与采访对象沟通的工具。

　　伴随着名城与名河，国际大都市里也总有些著名的街道。巴黎市名扬四海的街道便是香榭丽舍大街。大街宽广如北京的长安大道，街道路面却是由古老的石头拼砌而成，既平坦又古朴，给人以宽敞熟识的感觉。街道两面都是一些名贵商店，专门买卖高档商品。人行道上书报亭林立，陈列着琳琅满目令人眼花缭乱的书报杂志和花花草草的图片画册。街道两侧设有一些长条木椅，专供走累了的人们稍事休憩。看来巴黎人为客人想得实在周到。

在巴黎的那天上午,我们漫步在香榭里大街,既不进商场购物,也无法与巴黎人攀谈。但从大街的这一端走到另一端,突然见到屹立在眼前的凯旋门时,仿佛顿时悟到了什么,理解法国文化所给予人类文化奉献的一座座丰碑。

是的,名河与名街本都是名城的历史见证,也是名城的最好注释。走近了名河与名街,自然也便走近了名城的内核。

紫金文库

难忘兰州牛肉拉面

早就听说兰州牛肉拉面特别好吃了,可一直无暇问津。直到前些时与《上海文学》周君赴兰州开会,因飞机晚点误了晚餐时间,我俩点名要吃牛肉拉面,这才得以遂愿。

接待单位本要领我们去兰州名馆去品尝牛肉面的,可我们实在怕给主人添麻烦,坚持就在附近的一家小餐馆吃面,热情的主人也就应允了。

我与周君在庆阳宾馆附近一家面馆坐下大约刚有十分钟,面馆伙计即为我们端来两大碗热腾腾香喷喷的牛肉面,两小碟薄片牛肉。面汤上飘荡着绿色的青蒜末和红色辣椒末,光看一眼,闻一下,就引起我俩强烈的食欲;及至狼吞虎咽地吃完那两大碗牛肉面,我俩早已是大汗淋漓,快意满足了。只可惜,那天吃得太急太快,自然就算不上是品尝,更可惜的是,我俩未到铺里去观看那位拉面师傅的绝技。

编余絮语录

在兰州赴敦煌1000多公里的漫长路途上,我俩一直盼望着再有机会领教牛肉拉面的滋味,终因随团队旅行,不好提议吃小灶而未能遂愿。当然,就主人来说,也许觉得若只招待我们吃牛肉面,岂不怠慢了客人?

要说沿途再未吃过可口的面条,那倒也未必。即在敦煌的灵岩宾馆,我们就吃过一种非常有特色的宽心面条。那面条宽约一公分,长达一米左右,盛在一尺六寸左右的大盘子里,面上浇着块状牛肉和肉卤。每人吃起来,都得站着用筷子高高挑起,因面条太长,便常常与他人相搅相缠,因而,每个吃面之人,便显得手忙脚乱,乐不可支。于是大家遂戏称此宽心面条为创吉尼斯纪录之最也。

我是一个地道的南方人,平素向来以大米为主食;即使不得已偶尔吃点面食,也喜欢吃些连汤带水的面条或水饺。我又是个走南闯北见过不少世面的人,若以面条而论,我吃过北方的炸酱面、打卤面,也吃过南方的阳春面、肉丝面,还有云南的过桥米线、四川的担担面、山西的刀削面,等等。

我知道,这些各具特色的面条不过反映了所在地区人民的生活习惯,或者说,代表着不同地域的饮食文化而已。严格意义上说,或许并不宜给予水平高下的评判。但就我而言,我总觉得,阳春面过于单调,炸酱面过于干巴,打卤面略显酸楚,担担面略显辛辣,刀削面韧有余而绵不足,宽心面长有余而汁不足。

唯有这兰州牛肉拉面,有汤有汁,有韧有绵,不浓不淡,不艳不俗,辛辣中伴有鲜美,清淡中不失荤味,实为面条之佳品也。

如此佳品出现于大西北的兰州盖非偶然。面对连接欧亚大陆的丝绸之路,遥念古代曾经辉煌的历史,我不禁想到:这或许正是一种中和之美、融汇之美吧。

于是，旅途中我们一直盼望着再有亲近兰州牛肉面的机会。所幸的是，这次出差的归途上，我们一行在兰州机场附近，终于又寻访到一家专业兰州牛肉拉面馆，并再次重温了牛肉拉面的鲜美。而且，当我特地到厨房观看了制作拉面的绝活之后，便更相信，我对兰州拉面的评价与感觉实在并非虚妄的判断，或只是一己的死癖。

从兰州归来已有一段时日，我始终忘不了价廉物美的兰州牛肉拉面。每有吃便餐的时候，我总爱选择兰州牛肉拉面，并总爱不断地向别人推荐。

难忘老宅

是的，人老了不免总喜欢忆旧，而忆旧又必然难忘曾经长期居住的老屋。那是因为老屋不仅牵连着时代历史，更包孕刻骨难舍的亲情与友情。退休几年来，除了情系梦绕家乡的老屋之外，我也常常思念、看望迁居南京后居住了20来年的石鼓路262号那座古老旧居。于是，经常趁着去省中医院看病拿药的机会，不知不觉地就走进了那座故宅旧居。这不，前几日在省中医院看病之后，我不禁又一次不由自主地便信步走进了那座百年老宅。

我清楚地知道，我去那里，既不是为了探亲访友，也不是到市场购物，而是去看望那几间即将坍塌的老屋。盖因那是我刚解放那年随父母入城后，居住了20多年的旧宅，那里贮藏着我青少年期间20多年的记忆，包括学子读书时的兴致与烦恼，平民子弟的清贫与快乐。因此，自打退休之后，我对这座老宅的屡次寻旧，自然也就多少包含着一种老人忆旧的意味和恋旧的情结。

然而，最近我从中医院出门，沿着汉中路东段，折向牌楼巷，一走进石鼓路262号附近，呈现在我面前的这座古老旧宅，俨然已成了地道的垃圾场。在周边金斯利等高楼大厦的映衬下，称它为现代贫民窟，恐怕也一点并不为过。目光所及，只见从260-264号临街门口，到处堆放着陈旧的书报杂物，而260号墙边那条渣土小巷里，那便是散发着阵阵垃圾粪便般的恶臭。待到我试图走进262号那条昔日十分熟悉的门洞时，竟陡然发现门厅里早已被砖砌的简易房塞满，只留下一条逼仄的过道。再往里走，原先房东盛家的堂屋，和后进我家住的天井及堂屋，都已堆满了砖砌的花坛和杂物，除了那道青石门槛依旧保留之外，一切都变得杂乱和陌生。原先喧闹的宅院，如今已变得几近人迹杳然，除了门厅和后进的堂屋仍有人影晃动，其余各户都已是铁将军把门，空无足音了。

可我记忆中的旧宅，我心中的老屋，那半个世纪之前的石鼓路262号大院，并不是这样破烂肮脏的。1962年前的七八月间，当我母亲把我从丹徒乡村间，带入南京石鼓路262号之时，在一个十岁农村少年的眼里，这里的一切竟是那般的宽敞明亮。那用石块铺就的马路，虽不如柏油路那般平坦，但比之农村小径却要宽阔得多，那时节老宅虽无自来水可用，吃水要到汉中门大街去挑，但我家老屋天井里的那口水井，倒也为炎夏时的夜晚纳凉，提供了不少方便。

这座前后四进的老宅里，曾经住过不少人家，第一进的两间老屋里住着房东盛家的兄弟两家人，记得盛家老太太跷着小脚到各家收取些房钱，而刚解放那会儿，我家所住的第二进东厢房大约15平方米的房钱，也只不过5毛钱左右。往后，老太太去世了，待实施公私合营，房东盛家大约连这点房钱也被公家代收了。盛家祖先原是清代官员，隐约间记得，刚解放时，他家常喜欢将头戴花翎官帽的祖先画像挂出来晒晒太阳。可谁也料不到，解放初期盛家的后人，虽然人丁不少，却也未见兴旺，好像一大家子五六个孙子（女）辈，只有长孙考取徐州医学院，其余后辈诸子女也只好沦为平民了，再往后，终于星云流散，不知所踪。这大约就是历代破落的官宦人家，都难以避免的悲剧命运了。

我所居的第二进房舍面积大约有15平方米左右的样子，另加颇为宽敞的堂屋和天井，东西两厢分别住有徐、韩、张、蔡姓四家，我家则是刚从农村迁居城市靠做小生意艰难糊口的贫寒之家，一板之隔的韩家男主人是从苏北迁来的码头工人；我家对门的张先生似乎是在市政府部门供职的普通干部，而蔡家的男人则是一名漆工。依我青少年时的眼光，住在老宅里的四家住户，皆属社会底层的平民百姓，过的都是普通市民的寻常日子。生活拮据，日子紧巴，自不待言，而给我印象最深的，却是小市民的无聊纷争，每每为一丁点小事，常会闹出叽叽喳喳、风言风语的纠纷。尤其是对门张家老太尤喜欢拨弄是非，传布流言蜚语。为此，我曾编过一句顺口溜："张家长、李家短，别人家事我偏管！"这大约可算是我学生时代对小市民生活状态的一种直接观感吧。

不过，平心而论，长期置身于小市民生活圈子，除了讨嫌市民的流言蜚语，多管闲事之外，却也有事能感受到普通市民的温情与叮嘱。这大约是我过了不惑之年，住在机关宿舍，尤其是进入90年代，搬迁到单位住宅，感受到现代人的心灵疏隔，邻居间几乎老死不相往来之后，方才能体会到市民生活的某些可爱和值得留恋之处。或许，这是生活阅历赐给我的教益，或许只不过是恋旧怀古情绪的反映而已。记得，前几年我趁去中医院看病，顺道去看望当年的邻居韩家老太太，当年只不过大我十来岁左右，正值家庭主妇的年龄。她对我热情招呼之外，还特地送了一些人参让我调养身体。而这次去探望时，她已不见踪影，不知是外出有事，抑或已经搬迁了，此刻想起往日旧事，不免心中添上一阵惆怅之意。

尽管留在我记忆中的石鼓路的日子，是清苦贫困的，但在青少年十几年的读书生涯中，却也不乏快乐时光。那时我家父母兄妹五人，只有父亲一人挣得微薄收入，寻常日子里，常靠喝玉米糊、吃菜稀饭度日，难得开荤吃上鱼肉鸡蛋，更不知牛奶面包为何物。可贫困并不能剥夺青少年特有的乐趣——我在石鼓路262号的旧宅内，照样打扑克、下棋、捉蟋蟀、抽陀螺，甚至在地板上打乒乓，有时还自制矿石耳机，津津有味地收听体育比赛实况。每逢盛夏炎热难耐之时，我和哥哥也不时会提上几桶清凉的井水，洒在天井里，或大门口的竹床上，以便家人纳凉歇息。

特别是上中学那会儿，情窦初开，有时也会对邻里颇有好感的女同学暗中多看几眼，甚至想与她说上几句话，但性格腼腆内向的我，却从来未敢主动搭讪，表示过半点心意。直到我大学毕业，分配到北京工作，我还清晰记得她少女时的模样。那月莲般的面庞，曾经在我心里留下美丽的遐想。只可惜物是人非，人海茫茫，世事变迁，如今我白发满头之际，却再也找不到当年的踪影了。看来，这终身的遗憾，只能埋在深深的记忆里，留给自己独自品尝了。

时代和社会就这样锻造着、影响着石鼓路262号的市民，故宅里的市民们就在这样的时代氛围里过着纷乱又贫困的日子。但生活毕竟还在缓慢地改善着、前行着，而我印象最深的改造，便是20世纪50年代末，故宅里终于装上了自来水。我们终于再也不用挑水吃或整日围着水井打转。仿佛记得，那年房东盛家大孙子大保过20岁生日整个宅里的居民房客都去聚餐庆贺，我代表我家出席聚会，因那时正处于困难和饥饿的时期，那天酒足饭饱之后，刚回到家，我竟吐得一塌糊涂，狼狈不堪。

就这样在吵吵闹闹、叽叽喳喳的市民圈子里，在轰轰烈烈又近于疯狂的时代氛围中，1959年夏我考上南京大学，住进了学校，而每个星期日依然要回到石鼓路262号的百年老宅，淹没在普通市民纷纷扰扰的生活圈子里，感受着市民生活气息。尽管从内心已经愈来愈不适应这样的生活，但一时间依然难以摆脱。直到1964年夏，我从大学毕业分配到北京工作，也算是长远地告别了262号的日子。即使那时，因老父仍在这里居住，我偶尔回宁探亲，仍然需要回到石鼓路，领略市民生活气息。

恍惚就在这一瞬间，石鼓路262号的故宅已经走过了100多年的时光，而60多年前那个从乡间田野走进城里，又在故宅居住了近20多年的青少年，此刻也已成了古稀之年的长者，眼观这座既熟悉又陌生的故宅，当年的房东、房客都早已星云流散、毫无踪影。在周边高楼大厦的映衬下，面对这座破败不堪即将坍塌的故宅，我不免有些犯疑：近几年来，南京城里的地皮几乎开发殆尽，为何对这座古宅却又手下留情呢？倘若说这是属于值得保存的古建筑，为何又不重新修葺；若不是，为何又不及时拆迁？身为新世纪的文化人，我多想解开这古宅历史之谜与现实之谜，然而，我能够吗？也许对此弥漫在这座百年古宅的谜团，我就是终其一身也难以弄得清爽，但对于我在石鼓路262号居住的那段日子，只怕必定是终生难忘的了。

所有这一切，当时对我这个刚从农村走进城市的农家子弟而言，也许从无贫寒受辱的感觉，更无不堪忍受的剧痛。这在贫富悬殊不大的五六十年代，自不待言。事实上，很长一段时间内，社会的风气，似乎从来都是愈穷愈光荣，愈富愈遭歧视的。以至如今想来，有时，我依然迷糊不清，这究竟是对是错。

随着改善民生调门的高涨，居住在石鼓路的老居民，包括新近入城的农民工的新居民，其居住和生活条件，终究应该得到迅速改善的。石鼓路262号那座百年古宅的历史命运，也许早该掀开新的一页。我留恋石鼓路那段艰难困苦的日子，我更期盼石鼓路262号的新生。

编余絮语录

品味一代球王的人生大戏
——一个老追星族眼中的庄则栋

新年伊始,一代乒坛巨星庄则栋带着昔日的辉煌和遗憾,离开了人世。我知道,他的离世在天际、在星空,也在我的心中划过一道深深的印痕。尽管我们并不熟识,更无交往,但无论是在中国乒乓史上,或是我终身的业余乒乓爱好中,庄则栋这一名字,都有着不可磨灭的影响。

其实,早在20世纪50年代末期,我即有幸在南京中山东路体育馆,见识过庄则栋青少年时期的乒乓英姿。那大约是1958年前后,他随同北京青少年乒乓队来宁与省青少队打比赛。那时出现在我面前的庄则栋个子不高,浓眉大眼,言行间,俨然一副憨厚朴实的样子。打起球来,左右开弓,双面起板,步伐轻灵,颇有一股虎虎生气,这让我这个与他年龄相近,同样喜爱打乒乓的青年学生顿时钦羡不已。甚至可说,正是庄则栋的乒乓人生引导我终身的乒乓爱好,相伴我走过了大半的人生之路。进而随着在乒坛的显赫成绩,更使他成为国内外乒乓迷心中崇拜的偶像。

庄则栋逝世于大年初一的傍晚。他的离世立刻引起全国各界人士的极大关注，也引起我这个乒乓迷和庄则栋的老辈追星族的震惊与悲痛。这当然不只是因为他对乒乓球运动的特殊贡献，更在于他因乒乓球运动而展开的传奇人生。当然，这也不只是对个人体育爱好的怀念，更是包含着对庄则栋体育人生的思考。他的逝世实是令我辈体育迷和乒乓热爱者所难以忘怀，也难以接受的。

庄则栋的病故，之所以引起那么多国人的不胜唏嘘感慨，甚至扼腕叹息，在我看来，乃是因为庄则栋的人生之路，本就像是一出跌宕起伏的人生大戏。戏中有高潮，也有低潮，有喜剧元素，也有悲剧意味；有家庭的温情，也有国事的兴衰；有个人的选择与追求，也有时代的局限与悲鸣。透过这出人生大戏，我们当能读到的，绝不只是那一只只小小的乒乓球，或是那一块块乒乓球拍，和一张张乒乓球台。庄则栋的离世，绝不只是一位乒乓奇才的人生悲喜剧，亦多少寄寓着时代与社会的历史变故。

不消说，庄则栋的乒乓球技和他从事乒乓运动中所取得的突出成就，那是盖世无双、无人可比的。他不仅以超人的两面攻球技术赢得了球迷们的喜爱，还创造了世界杯男单三连冠和个人荣获男单和男双最多的冠军头衔纪录。他可谓是中外乒乓史上叱咤风云、创造奇迹的乒坛精英和一代球王。

也不消说，在20世纪60—70年代中美敌对情绪甚浓的气氛中，庄则栋能在日本世乒赛中，对美国队乒乓选手科恩赠送小礼品主动示好，从而为改善中美关系，推动中美乒乓队友好访问，并进而开创了小球推动大球的政治神话。这位乒坛奇才以自己的朴实与机敏为打开中美的乒乓外交，作出了突出的贡献。著名书画家范曾为病危中的庄则栋题字"小球推动大球,斯人永垂不朽",实非过誉之辞。

作为乒乓高手,庄则栋无疑是十分成功的;作为兼职的社交和社会活动家,庄则栋也是颇为称职的。

随着庄则栋的离世,他所演出的跌宕起伏的人生大戏也该谢幕了。然而,这出人生大戏留给人们的思索却是长久难忘的。作为这位乒坛大师的忠实的追星族,我曾为他的成功而欣喜不已,亦为他的悲怆结局而扼腕叹息。

斯人已去,且让我们为他的在天之灵,献上衷心的祝福。

且说面子

早就听说,在沪宁国道公路两旁的餐厅常有宰客的事儿,没想这回真的也宰到了我们的头上。

不久前,我等一行 10 人路过南京郊区摄山乡,在某饭店用餐因为开首曾进甲饭店看过而最终却在隔壁的乙饭店用了餐,于是饭后便被甲饭店的某个长发青年扣住纠缠了近一个小时。

我等一行人都对自己在沪宁国道上的被扣作人质气得七窍生烟——要不是顾及自己的身份和面子早就与他干上了——然而,那个长发青年却振振有词地要向我们讨个说法:进了他的店堂却在隔壁饭店吃饭,这就伤了他的"面子"。既伤了他的"面子",就不能一走了之。

最终,我们为他的"面子"付了两包"红塔山",方才放行;而他自己则为了"面子"被乡里警察追究得落荒而逃。我想,若不是见我们人多势众,他的"面子"的开价至少也得 3 位数之上。

编余絮语录

在乘车回宁的路上，我很长时间都摆脱不了"面子"的纠缠，直到深夜坐在书桌前，仍在想着那令人心烦意乱的"面子"。当然，这时在我脑际出现的已不只是那个长发青年的"面子"，而是各色人等的"面子"了。

中国人似乎都特别爱"面子"。从帝王将相到草头百姓，从大款大腕到寒酸的文化人士，从冉冉老翁到时髦青年，大约都概莫能外。

只不过各种阶层的人物自有不同的爱"面子"的方式罢了。譬如，大款大腕们为了争强好胜、显富摆阔动辄以千金万元买得一歌一笑，当然是不可与我们在饭店里遇到的那个长发青年同日而语的。而寒酸的读书人碍于"面子"不愿上街叫买叫卖，自然也迥异于王公国戚们的绅士派头的。可见，"面子"与各人的身份高低，与金钱多寡实在不无关系。

"面子"，是人人挂在嘴边常用的词，却又一时不易说得清道得明。若要说，"面子"即脸面，即自尊心，则"面子"又人人都要，万万少不得的。"人要脸树有皮"。不要脸，何能为人！在中国的口头话语中，若要骂某人不要脸，那人便断然不能容忍，即使不像外国人那样提议决斗或是上法院控告，那也要反骂或是反击的。

但在更多的情况下，中国人的"面子"往往是一种扭曲了的自尊，是一种虚荣心。如果任其超越界限，无限膨胀，则必然会发生"死要面子活受罪"的情形。

这情形表现在平头百姓身上，便是那令人困扰的人情债往往搞得一些人家走投无路以至揭不开锅的地步；表现在一些现代青年身上，则常会为了保全"面子"而大打出手，甚至不惜捅刀子放血。

不过，眼下更令人瞠目结舌的，还是在商品大潮的冲击下，某些人只要钱不要脸的种种情状,诸如泼皮牛二的任意宰客等。在这些人眼中,良心、道德等好像都已不值一提,遑论"面子"?因此,即使干出许多违背良心、道德,又不要脸的情事,非但脸不红心不跳,反倒心安理得、振振有词,以至久而久之,不少人都已习以为常了。

难怪鲁迅先生60年前就尖锐地论及"要面子"与"不要脸"之间本无不可逾越的鸿沟:"中国人要'面子'是好的,可惜的是这'面子'是'圆机活法',善于变化,于是就和'不要脸'混和起来了。"

末了,忽而又想起了摄山乡饭店里那位死要"面子"的长发青年。我真担心他会为自己的"面子"付出过分沉重的代价。当然,也许什么也没发生。不过,即便如此,我们相信,他的"面子"观迟早会给他带来麻烦的。

要不,我们国家的"面子"又往哪儿搁?要不,个人的"面子"岂不从自尊、虚荣肆无忌惮地走向抢劫犯罪?

救救国家的"面子"!救救民族的"面子"!

(原载《新华日报》)

且说明星

据说，名人自有名人的效应，而且名声愈大，效应也便愈高、愈明显。这大约是无可置疑的事实。

眼下享有名人桂冠的人实在多如牛毛，诸如名歌星、名影（视）星、名作家、名学者、名记者、名编辑、名服装师、名企业家、名运动员、名模特儿等。而最为走红的则是年轻貌美且又名噪一时的影视歌星和体育明星。

明星之多，固与报刊的热"炒"有关，但在我看来，更与社会转型期间市场经济的不规范直接相连。难怪有些明星十分看重名人效应，原来一顶明星桂冠不仅可以赢得一些青少年"追星族"的顶礼膜拜，而且可以换得巨额的金钱、豪华的轿车，还有如云的美女，如意的郎君。

这比起昔日批判"三名""三高"不许成名成家来无疑是一种社会进步，比起过去名劳模、名英雄人物只知道奉献却不会要价来，真不知要"高明"了多少倍。

然而，正如在当下中国，凡事一热过限度必将出现意想不到的弊端一样，眼下的明星热和名人效应热大概亦不例外。对此，无论是每一个已成名的名人，或是暂时还成不了名人的人，还有注定当不了名人的大多数平头百姓，大约都是不可等闲视之的。

譬如，要不要问一下，是真明星还是假明星？是好名人还是坏名人？本来，真正的名人须得以超常的才华与超常的辛劳，并以超常的成就而取得。

可眼下有些明星、名人既无超常才华可言，又未付出超常的辛劳，更无实实在在的成就可显示，却偏偏喜欢在弄虚作假上下功夫，甚至不惜花钱买舆论通关节，欺上瞒下，骗取名人的桂冠。

又譬如，该不该考虑一下，即使是真明星、真名人，是否出手出言皆与凡人不同而与明星相称？君不见前几年国内的一些大型文艺演出，海报上明明写得清楚，某某大腕明星要登场献艺，结果呢？却是名实难副，大腕们不是临场缺阵，就是随意表演一两个即兴节目，敷衍搪塞了崇拜名人的观众。

看来，无论是明星自己，还是崇拜明星的平头百姓们都已逐渐买了个明白：任何名人效应都是有限的、暂时的。谁若把明星、名人看作是无所不能的神人、圣人，谁就要上当受骗。

社会需要真正的明星，社会应当尊重、爱护真正的明星，而真正的明星更应尊重造就自己成名的社会，尤其是作为社会主体的大众。唯有如此，健康的社会方能造就出更多的真正的明星。

该给眼下的明星热降降温了！否则真不知那些假明星、坏名人，那些缺乏职业道德和文化素养又被宠坏了的明星们会怎样拿腔捏调、讨价还价，甚至任意愚弄百姓，不知轻重高低了。

编余絮语录

近日读报，读到中央歌舞团宣布不要大腕，要艺术家，读到真名人萧乾先生谢绝"名家专栏"，我不由地为之赞叹不已。当一些明星、名人自己大谈并大肆追求名人效应的时候，这是否是一副清醒剂呢？

且说胖瘦

据报载,某市不久前发生了一起国内罕见的消费者千人大投诉的纠纷。投诉缘由是某减肥产品非但不能减肥,相反却越戴越肥。

若不是亲身经历过饥馑年代,或者自己也曾骨瘦如柴;若不是自个儿就是大胖子,或曾饱尝过体胖之苦,大约谁也想不到,时下,胖与瘦竟也会成为一个时髦的话题了。

这也难怪。君不见,在当今中国的城市中小学里小胖崽不正在日渐增多么?君不闻在现代城市里渴望美丽的女性们正在为自己的腰粗体胖所困扰而服用名目繁多的减肥茶、减肥药和减肥酥么?

本来,胖子的增多并非什么了不得的坏事,更不涉及社稷的安危。倘若不是胖得不能出门不便劳作,那么,体胖至少反映了一种生活水平的提高、物质条件的优裕。古人云,心宽才能体胖。大抵是不错的。

然而,现代社会尤其在城市里,人们对肥胖似乎产生了一种特别的恐惧和仇视，以至在对付肥胖、根治肥胖方面真不知费了多少心神，花了多少金钱。甚而至于到头来，花钱耗神之后，仍然落了个哭笑不得、心力交瘁的地步。

论说，对胖瘦的热切关注原有三个不同的层次。当国势衰弱，内战频仍或是饥馑严重的时代，温饱尚不能解决，大多数人大约是不用去惧怕体胖的。真正胖得发愁的贵妇人，毕竟少得可怜。

待到社会稍有安定，经济稍得发展之后，人们对自己身体的胖瘦程度，大约也不用过于分心和操劳的。只要不是胖得或瘦得有碍健康的程度，恐怕谁也不愿意为胖瘦弄得寝食难安，甚至花钱买罪受的。

只有到了社会安定，经济发展，人们有了余钱又有了余暇之后，对胖瘦的关注程度才进入审美的层次。如今的一些年轻姑娘们宁愿少吃少喝、忍饥挨饿，并非缺吃少穿，而是为了追求苗条的身材。而那些不惜花钱买减肥药、减肥带的中年女性，自然也大都是出于爱美的需求。

显然，胖瘦不只是一种个人生理现象，一个人的胖瘦并不完全取决于自己。胖瘦还关乎着社会性、民族性，且与时代的审美风尚不无关系。在中国历史上，唐代因杨贵妃略胖而以胖为美，汉代因赵飞燕略瘦而以瘦为美，早为人们所共知，而据说，在非洲大陆竟也不乏以胖为美的部落和民族。

尽管如此，在目前的世界上，以瘦为美的时尚仍然占据着主流地位。可能正因为如此，眼下在 T 型舞台上，走来走去的都是"骨感"美人。以至在许多服装大赛的舞台上，最走红的现代模特儿，大都是青筋毕露、皮包骨头，细长的胳膊和双腿就好像轻轻一碰就会折断似的。难怪有人称这些模特儿为"饥饿者""火柴棍"和"迷途的孩子"。

为了这种病态的瘦型美,现代模特儿们付出了"惨重"的代价。比起这些模特儿来,或许在中国现代城市里,那些整日价为胖发愁、花钱买瘦的现代女性,也就毕竟算不了什么。

依我看来,对待胖瘦不值得那么大惊小怪、兴师动众。只要不是胖得不能行走,瘦得浑身无力,对待胖瘦的最好态度莫过于随意、自然。虽然,向来有"千金难买老来瘦"之说,但胖者长寿却也不乏其例。即使你相信以瘦为美的信条,也大可不必寄希望于购买什么减肥药之类的玩意儿,治疗肥胖者的最好药方我以为正是运动和劳动。生命在于运动,懒惰是产生肥胖的根源,虽属老生常谈,却也是至理名言。

胖瘦本是难定的常数。就一个人一生而言,时胖时瘦自然也属正常。曾记得,30多年前我就读大学之际,正值我家经济最拮据时期,终日为饥饿困扰,我瘦得剩下一百挂零,那时我是多么盼望长胖啊!可如今年过五旬之后,竟在不知不觉间告别了瘦型身材,而向着胖子行列挺进了。

可而今体重已达150斤的我并不恐慌,也从不服用减肥茶之类。每当妻儿笑我胖得不能弯腰时,我则自嘲地笑答:"男儿自当虎背熊腰嘛!"

也许正应了那句老话:"胖瘦本无碍,何必自扰之。"

编余絮语录

亲近长白山

早就听说,游览自然景区是件既费力又十分疲劳的事情,对于老人而言,更是如此,可是涌向自然风景区的旅游热仍然有增无减。

早就知道,长白山离我们江苏足有2000公里之遥,我的体质又不适应长途跋涉之劳,可是,长白山之行依然对我充满了诱惑力。

得知这次能有机会采风长白山,并了却长期相思之苦,我还是毫不犹豫地决定随队前往,以完成走近长白山的夙愿。

及至饱尝了长白山的自然景观和人文景观之后,我终于相信:吃尽千般苦,勿疑虚此行。古人云,黄山归来不看山。我却要说,黄山归来看长白,尝遍劳苦心也甘。

吸引我急切走近长白山的,自然不仅仅是关于长白山怪异的传说和神话,尽管那传说和神话曾引发了许多中国人的种种好奇猜想,引起了世界关注的目光。

吸引我急切亲近长白山的,自然不仅仅是那首"长白山绵绵山岭"的旋律和杨靖宇将军所率领的抗日联军血染长白山的故事,虽然这旋律和故事当年曾那么深深地激励着每一个有良知的中国人。

只有历尽艰难险阻走进长白山,你才能真正体悟到大自然的生命力和亲和力的伟大。而这体悟是任何书斋生活和学术会上无法得到的启示。

当你置身在天池高峰上,观望那悬挂于火山灰烬上的岩石,你不能不感到大自然神奇的力量能创造一切奇迹;当你进入长白山的地下原始森林,面对那些生态各异的林海的原始形态,你又怎能不感到宇宙确有一个主宰万物生死的"生命之神"在控制着大自然的命运,在演奏着一曲生命的交响曲呢?

然而,在大自然与人类的对应关系中,从来就不仅存在着对抗与对立的关系,而且也体现着人与自然的亲和友好关系。

这种亲和力来自长白山美丽的景观对人的熏陶和感染。走近长白山,面对天池水的深远碧静、长白飞瀑的激越流动、白桦林的多姿多彩,大约谁也不能不从心底升起一种对自然美的崇敬与喜悦之情的。

这种亲和力也来自于长白山富饶物产对人类的奉献。不用说,长白山的鹿茸、野参早已闻名中外,就是长白山的松子、核桃、山梨等野果也着实惹人喜爱。

可见,人类对自然风景区的旅游热的兴起,不仅是对城市喧闹的一种回避,也是对大自然亲和的一种表示。因此,我们就应当自觉地采取各种措施,减少对大自然的破坏,消除与大自然的对抗关系,而代之以一种亲和友好的新型关系,培养起人们热爱大自然的情操。

编余絮语录

说不尽的巴尔扎克

在世界文学界都在纪念巴尔扎克诞辰 200 周年的时候，能有机会亲赴巴黎，参观巴尔扎克纪念馆，自然感到特别的高兴。

巴氏纪念馆位于巴黎郊区，我们一行是在驱车一个多小时问了许多人之后方才找到的。回想起 200 年前的这所巴氏故居的交通情况，我们似乎也就明白，为何当初巴尔扎克要把这里既当作写作之地，又当作"讨债"之所了。

与巴尔扎克后来的名声相比，这所旧居只有 5 间房（其中两间还在地下），开间也不大，实在是够简朴的了，然而周围环境倒也十分富于艺术的气氛和韵味。院子里除了绿树花卉之外，还有两座由罗丹亲自雕塑的巴尔扎克雕像。其中一座即为被夸张的激情澎湃的巴氏头像。

馆长先生是专攻过艺术史且具有博士学位的中年学者，年约 40 左右，中等单薄身材，然而谈吐清楚，彬彬有礼，俨然是一位专家学者型的馆长。据他介绍，巴尔扎克生前曾与许多同时代的大艺术家、大哲学家、大科学家们多有交往与探讨。这使得巴尔扎克动手创作《人间喜剧》前后，已经具有了成为文学大师的素质，站在了时代巨人的肩上，掌握了"独创性思想"。这也使巴氏的创作既有鲜明个性，也有某种丰富性。他是批判现实主义的大师，却从来不乏浪漫主义的气质和科学思想。

原来，在罗丹塑造的巴尔扎克那个硕大的脑袋里，早就贮满了科技时代的"独创性思想"。

接着馆长先生又把我们带到巴氏写作室，详细介绍了巴氏写作与改稿的情况。我知道，这正是同行的作家们十分感兴趣之处。

我们原就知晓，巴氏创作《人间喜剧》之际，正逢他屡次经商失败、负债累累之时。然而，我们却很难想象到，即使在这种情况下，巴氏创作的严谨、认真究竟到了何种程度。

馆长先生利用一幅幅手稿、图片向我们详细介绍了巴氏写作过程中如何修改作品的经过。展现在我们面前的巴氏的密密麻麻的法文手稿显示出，巴氏常常反复修改一部作品，几近十次以上；即使已得到出版社认可，定稿付印时，他仍然要在书稿上作大幅度的修改。

面对这些修改稿，我不禁想起曹雪芹在《红楼梦》创作中"批阅十载、增删五次"的故事，想起中国古代诗人写作时"语不惊人死不休"的种种典故。确实，巴氏修改稿件时的严谨认真几乎到了苛刻地折磨自己的地步了。以至面对巴氏这些已被增删 10 次的手稿时，我内心里不禁要心存疑问：这是那个负债累累的巴尔扎克吗？这是那个大名鼎鼎的文学大师吗？

巴尔扎克常喜欢称自己为"工匠"，然而人们却更喜欢称他为

"不朽的工匠"。在创作上,他有自己的执着追求,更不会放弃自己的艺术标准。也许正因如此,才使巴尔扎克成为一位世界级的文学大师。

近闻国内一些报刊传媒正在热心地"寻找文学大师",难道我们不应该从巴尔扎克成为文学大师的经历中悟出一些引人深思的道理来吗?大师哪里是"炒"出来的呢?

说糊涂

春节期间,我去两位朋友家拜年。一位是作家,一位是官员。两家客厅里都赫然悬挂着那副著名的条幅:难得糊涂。

事情真是无独有偶。近闻文友昆山市文联主席杨守松先生前不久特地在昆山筹资兴建了一座"糊涂楼",并在很短的时间内征集了数百句关于糊涂的题词。

这不由地使我想起了清代著名书画家郑板桥的著名题词:难得糊涂——聪明难,糊涂难,由聪明而转入糊涂更难。

或许我已记不清最早在何时何地什么场合见过郑板桥的这幅题词了,可又好像记得在许多工艺美术品商店里,在历史悠久的古刹寺庙里,在文人的书房里,甚至在寻常百姓狭窄的小屋里,都见过这幅题词。

这条幅在下至黎民百姓上至达官贵人的心里似乎有着特别的分量,在文化读书人和作家、艺术家眼中似乎有着特别的魅力。

编余絮语录

我曾经暗自思忖：这题词的魅力与分量究竟是来自板桥字画的疏朗劲峭的风骨，抑或是题词本身的丰厚内涵？

查之辞海"糊涂"本义是：头脑不清楚，不明事理。但这冷冰冰硬邦邦的十几个字如何能概括得下板桥老人那千古绝唱的题词在各色人等心目中的不同内涵？

对于草头百姓来说，难得糊涂本是安身立命一种生活态度。就大多数而言，在大多数情况下，普通百姓的聪明似乎都用在了如何过好日子，怎样对付柴米油盐的涨价，再有余暇则不妨寻思一下该怎样打发富余的休闲时光，对国家大事疏淡大约并不要紧，糊涂些也不碍事。

对于文化读书人来说，难得糊涂还是一种人生境界与处世哲学。中国有句古话叫做"人生识字糊涂始"。这里的糊涂或许与"难得糊涂"也有某种相似想通之处。自古以来，读书识字总是与明理通达联系在一起的，可信奉这句古话的悖论却也自有它的道理。

看来，有时在聪明与糊涂之间，在难得聪明与难得糊涂之间，原本就只隔着一层薄纸，一经捅破，难得糊涂也便成了难得聪明的同义词。显然，这里的聪明非指一般意义上的小聪明，这里的糊涂亦非指普通意义上的糊涂（真糊涂），而是指高层次的大聪明，大彻大悟式的真聪明。应当说，这里所说的难得糊涂确已进入了带有哲理意味的高层次的人生境界。

当然，难得糊涂的题词者郑板桥可算是少有的难得糊涂者。板桥老人身处大兴文字狱的清代康熙、乾隆执政时期，身为七品芝麻官，除了为民赈灾放粮，尤喜诗文书画，保持洁身自好，既不与同僚争权，也无意邀宠，最终虽不能算是官运亨通，飞黄腾达，倒也可算是善始善终自得其乐了。郑板桥是名留青史影响广泛的历史名人，我想，他的知名度和他的影响，远不是他头上的七品官帽挣来的，而是他笔下的枯瘦奇峭的竹子，还有这"难得糊涂"的条幅所造就。

历史常有相似之处。在当代文坛像这样表面精明、实则糊涂的角色也并不鲜见。君不见，当今文坛之上仍有一些倚仗权势，一言不合便口出狂言要"卸人胳膊""杀人都敢"的"聪明"文人。君不见，文坛之上依然不乏这样的"精明人"：欺上压下，飞扬跋扈；当面肉麻吹捧，背后下刀子；表面温文尔雅，谦恭有礼，内里心狠手毒，称王霸道。

世上人既有聪明与糊涂之分，那么人人都想当聪明人也就在所难免。然而，真正的聪明者难得糊涂者毕竟太少。我们固应时刻提防被那些专门耍弄小聪明的文坛骗子所骗。

新春之夜行文至此，我反复揣摩"难得糊涂"四个大字，不禁又一次想起了在我的有限人生里，在我们民族的漫长历史上，曾经被各类"聪明人"所愚弄的种种惨痛情状，遂有所悟到，假如糊涂如我者，以及像我这样糊涂的人，都不能及时识破这类"聪明人"的伎俩，并与之作有效的抗争，那么我们终究便有沦为"糊涂国"的危险。

显然，任何健康的社会里，都是容不下这么多"聪明人"的。"难得糊涂"不应成为糊涂人和庸人的庇护所。

说骂

傍晚时分，我常喜欢独自到北极阁公园去散步。每从山下拾级而上，而后沿着平台缓缓登高，置身于满目葱茏的花木丛中，眺望着远处的金陵景色，一时间倒也神清气爽、心旷神怡，顿时使人忘记了一天的疲惫。

不过，公园偶尔也会有与周围环境不相和谐的声音，那便是一群中学生嬉戏、打闹之声。自然，这里我说的不和谐，并不是指学生们的追逐喊叫之声，而是指充斥在某些中学生们口里的粗言鄙语、骂詈之声，那就不免更令人惋惜了。

这些粗言鄙语不由地又使我想起了发生在我市足球场上那句令外地人纳闷，又使南京人汗颜的"市骂"——"呆×"。是的，我曾为此惊异过：为何在成千上万的公众场合，这市骂竟然会畅通无阻地流布于世？

我也曾怀疑，这恐怖主要是市井百姓所为，可问之于大学生们，他们却说，在校园和公众场合虽不好意思说粗话开骂，但在宿舍里，仍少不了说粗话骂人。

可见，说粗话骂人似乎已成了当下社会的一种时髦和时尚。因而，倘如今有人对"骂"稍加探究，也就并非多余之举了。

其实，只要对骂稍作留心，便不难发现，骂，原是可以分为各种不同层次，含有各种不同意义的。简单一个骂字的背后，却潜藏着历史与现实的、社会与心理的诸多因素在内。

对市井百姓和不谙世事的青年学生来说，骂，也许只是一种习惯。而每当骂成为一种口头语、口头禅出现之时，这骂人者往往并无具体所指，对话者也不会去追究这骂的具体含义。特定的语境下，这骂几乎成了并无实际意义的语气词。

骂，有时也是一种宣泄方式。高兴时骂一句粗话以表示亲昵，发怒时骂一声秽语，以解心头之气，原都不足为怪。问题是，在家里看足球，看到动情之处，独自骂一句发泄的粗话，倒也没什么，可到了足球场上，当着成千上万人的面，集体叫骂"呆×"，那就未免有失礼仪太煞风景了。

骂，有时还是一种世俗宣传。记得小时候常在城市的角落，发现墙上写着"谁在此小便谁就是——乌龟"便是一种宣传标语，至于刚识得字的小孩子间，相互在墙壁上写着"××是小狗"之类的标语题字，只怕也都属于这类低级的世俗宣传了。

如果说，以上的骂都或多或少地带有可鄙的、可笑的意味，那么，以下的骂，则似乎很难以简单的言语加以褒贬了。

譬如，骂作为一种攻击和自卫的手段，作为一种斗争艺术和谋略，则又另当别论了。

在日常生活中，我们都讨厌那种泼妇骂街式的叫骂——除了恶言秽语对他人进行人身攻击之外，别无其他目的、其他长处可言。

可是，人们对于军事史上的典型战例——罗成骂阵和张飞阵前搦战，却又给以很高的评价，甚至成了小说与戏剧史上的精彩片断。

大多数的叫骂，都离不开以恶言秽语为材料，唯有当骂成为斗争艺术和谋略的时候，往往却以坦露事实和隐疾为依据。事实上，当一个人的隐痛和弱点被触及、议论之际，这事实本身也便成了"骂"点，而且，这类的骂，在主子和有身份的人看来往往便远胜于市井小民的恶言秽语式的詈骂。

就如在阿Q眼中，谁说及"癞痢头"，甚至连带说及"光""亮"等词，便都成了骂。然而，骂几句像阿Q这类的小人物自不打紧，若要以这类事实触及大人物，则这种骂就有些大逆不道，甚至死有余辜了。

中国历史上，因这类骂而招祸的人实在不乏其例。三国时，祢衡因击鼓骂曹操而招致杀身之祸自不待言，就是明代的清官海瑞只不过因上疏批评皇帝佬儿迷信道教而不理朝政，便或被贬或下狱，终究坎坷一生，屡遭厄运。

可见，骂人虽非文明行为，但特殊情况下，骂人却也不失为一种斗争艺术和谋略，而且，最严厉的骂实在并不在市井小民的恶言秽语，而在于史官和文人笔下的无情史实与微妙笔法。这样的骂，真可谓是不著一字，尽得风流了。

关于骂，鲁迅先生曾经说过一段十分精辟的话："我想，骂人是中国极普通的事，可惜大家只知道骂而没有知道何以该骂，谁该骂，所以不行。"这说明对骂确实该做些具体分析；而高明的骂，自有其纷繁复杂的原因。

由此，我有时不免怀疑，世界上还有没有平生从没骂过人的人。从这个意义上说，倘若世界上没有市井小民，倘若人一生从不发怒，又倘人从不以尖锐的嘲讽口气批评别人的痛处，那么，人世间是否会因失去骂人的条件，骂便会从此绝后呢？

骂人显然带有地域的特点，但骂人是否是中国的国粹，却因我从未出过国门，不得而知。不过从一些表现外国人生活的影视来看，似乎域外之人也有骂人的习惯。我们常听到域外影视中人物出言不逊，动辄以"杂种""狗娘养的"骂开去，便是一例。只不过，骂法有所不同罢了。

既然，现实生活中几乎不存在从不骂人的人，那么，在文学作品中出现骂人的场景也就并不鲜见、并不奇怪了。

不过，文学作品中的骂人与现实生活中的骂人毕竟应当有所不同。正如照搬生活从来不是艺术一样，把生活中粗俗的骂人语言，直接引入到作品中，也从来为高明的艺术家所不为。我们近几年来之所以在一些文艺作品中，能见到为数不少粗俗不堪的骂人话语，适足证明这些文学的作者的低能和格调不高。

而与此相关的另一面是，一些表现正面人物，尤其是表现领袖人物的文艺作品，则把这些人物视为不食人间烟火的神人，似乎这些神人从无喜怒哀乐，也从无失去理智的时候，当然，也从来不会开口骂娘，说出不逊的言语来。我这里并不是主张作者让他的笔下的人物一律开口骂人才好，我只是觉得，有的作家对他的人物在盛怒时的心理活动还缺少准确的把握，对骂人的艺术表现还欠深入的研究。

一般地说，骂人固然是粗俗不文明的表现，但研究骂人、艺术地表现骂人，却也可能是作家深入探索人物心理秘密、揭示国民性发展变化的重要课题。早在1925年，鲁迅先生即在他著名的杂文《论"他妈的"》中，把"他妈的"封为"国骂"作了详尽的考察与论述。也许从这个意义上，把鲁迅当作高明的艺术的骂人者，也未尝不可。

当然，鲁迅先生并不主张粗鄙骂人，更不主张文字辱骂。他在时隔七年之后所写的《辱骂和恐吓决不是战斗》一文中，曾经告诫我们："现在有些作品，往往并非必要而偏在对话里写上许多骂语去，好像以为非此便不是无产者作品，骂詈愈多，就愈是无产者作品似的。"

无论是生活中的粗俗骂詈，还是文学作品的恶言秽语，终究都是一种污染环境的语言垃圾。当我们呼吁要建设一个现代文明社会之时，便尤有必要采取切实措施，逐步制止、纠正社会上的骂詈之风的抬头和文艺作品中粗鄙之骂的泛滥，以廓清社会空气。

当然，艺术之骂，实事求是的批评，自不当在纠正之列，而应予以鼓励与提倡。骂，一旦带有艺术意味和文化品位，也便具有了自身的价值。

说清高

如今，在滚滚商潮之下，知识贬值，文人跌价，大约已是不容置疑的事实。在这种情势下，谁要来侈谈什么清高之类的话题，只怕十有八九属于不合时宜的事了。

倘容借用时下一些青年人的话，可以说眼下文人混得够惨的了，哪里还有多少清高可言？可奇怪的是，即使如此，偏偏还有些下海的文人要劝导我们："不要太清高了！"因此，我便不由地纳闷起来，简直如坠五里云雾之中。

按我的粗浅理解，清高原是古代知识分子尤其是文人对自己操守与气节的一种自律，一种道德要求，从来就没有人要求权贵、商贾或是平头百姓非得如此不可。

其实，从历史上看，无论是伯夷、叔齐的兄弟让位、不食周粟而死，还是陶渊明不为五斗米折腰，也无论是李白蔑视权贵，还是竹林七贤放浪形骸，尽管他们都曾经为清高付出过不小的代价，但好像还从未听说这些文人为自己的太清高而追悔莫及。

说到底，清高也是文人面对权势与物欲的一种无奈的自慰。百姓们虽则整日为柴米油盐操劳而无暇'清高"，却并不一概指斥文人的清高，而讥讽文人"清高"的倒往往是达官贵人、巨商豪富。

清高有时又是一种软弱的逃避；面对现实浊流，一些文人既不愿同流合污，又无力改变现状，于是只好在清高的名义下退避三舍，洁身自好。

清高作为一种文化传统，正随着历史的发展而日趋衰微。如果说，当年朱自清先生宁可饿死也不吃美国面粉，老舍先生宁可跳湖自杀，也不愿受辱的行为，也可看作是一种清高行为的话，那么，今天在商潮冲击下，在金钱与物欲的诱惑下，只怕愿意清高又能够清高的文人是愈发的少见了。

究其原因，恐怕就说来话长了。倘容简而言之，则有一，清高往往不为社会环境所容，谁讲"清高"，谁就有被怀疑与"道路""主义"有二心的嫌疑，谁就可能被打入另册；二、缺乏"清高"的起码的物质条件。即使谁想当隐士陶渊明，又何来可耕可居的"桃花源"？

毋庸讳言，自现代以来，文人的清高本已被整饬得七零八落奄奄一息了，而在如今的社会转型期间，清高就更是不值一提。君不见，种种有碍清高的现象正活跃在当今的文坛之上？

一些身在文坛自称作家的文人，争名、争利、争稿费、争版面自不待言，如今又演出了文人斗富炫耀财产的怪事；一些置身学界自奉专家的文人在评奖和设置科研经费时为自己争项目争名次等奇事也已屡见不鲜。

如此看来，眼下的文坛、文人实在并不是太清高，而是太不清高了。尽管，作为文人的一分子，我对当今文人的无奈和尴尬抱有十分的同情，但我实在不能苟同有些文人对清高的轻薄嘲笑。

委实，清高不能当饭吃、当衣穿、当房住当车坐，清高也不属于一种积极进取的精神，但清高比之人欲横流、利欲熏心，比之吹牛拍马、阿谀奉承，在人格修养上真不知要高出多少倍！

在金钱万能物欲第一的商潮面前，要想坚守清高实在并不容易，但愿鼓吹不要太清高的文人首先不要自己怠慢了清高，那样也便轻薄了自己，且时有陷入泥淖的危险。

人们终究无法相信：一个利欲熏心的作家，一个充满权势心、铜臭味的文人，竟会是一位真正的名人、名作家。

倘若作为一个作家连文人的清高都不愿提不能做，他还算是一个"好名人"么？我怀疑。

编余絮语录

文化，并非乞丐
——丽江游随想

近几年，在以经济建设为中心和市场经济的背景下，文化似乎被挤到社会的边缘上去了。在某些地区某些人眼中，文化几乎沦为任人施舍的乞丐。

可在另一些地区另一些人眼里，文化却是一种资源，一种产业，一种财富，甚至是一种民族和国民的精神。这就是我游览过云南丽江之后所获得的鲜明印象。

走进丽江古城便算是走进了古老的文化氛围，游览四方街顿时会感到满街的文化，满眼的文化。看得出，自然景观与独特文化，正在使丽江人灿然生辉，发财致富。

丽江是一片神奇的土地，这里有许多摄人魂魄的自然景观。也许国内外的游客原都是冲着这些自然景观不远万里汇聚于此的。是的，丽江境内的玉龙雪山，虎跳峡的雄险奇怪，玉水寨的纳西风俗，还有长江第一湾的激流险滩，委实是平生难得一见的罕有景观。

也许是文化人的职业毛病吧，即使是面对奇异的自然景观，我总会萌生出一些社会的文化的联想，引发出种种人文思考。那天在玉龙雪山云杉坪上，看到原始森林里那勃勃生长的小树，还有七横八竖躺在地上，腐朽已为灰渣的大树，便由此想到生物的生存竞争；在玉水寨目睹了纳西族祭天、祭风、祭自然的场面，便霍然悟到纳西族东巴文化的精髓之一：注重人与自然的亲和共存关系，谁破坏自然，谁便会受到自然的惩罚。

　　纳西人特别注重文化与文化传统的继承与吸纳。只要你仔细在丽江古城转上几遭，便会发现，那沿河而筑的纳西风味小吃店便是纳西的饮食文化。那吸引中外游客的大型古乐演奏便是典型的纳西音乐文化。那名闻四方的丽江四方街便是地道的纳西建筑文化。

　　至于被称为丽江三怪的宣科（古乐"鬼才"）、土雪（民间医生）、王丕震（纳西族历史小说家）便更是纳西族东巴文化的优秀代表人物。

　　在经济发达的内地，常有"文化搭台，经济唱戏"之说，可在丽江这片神奇的土地上，文化并非配角。从丽江古城的变迁来看，几乎可以说唱的却是文化独角戏。正是丽江独有的文化招来旅游餐饮的繁荣，吸引了众多的游人和商家，繁荣了丽江的经济，提高了纳西族人民的生活水平。在丽江，文化不仅是资源，更是在国民经济中占了很大比重的支柱产业。

　　纳西族的东巴文化显然有着自己的独特风采，但它也十分注意吸纳和融汇汉文化的传统。且不说，早在纳西古乐中就继承、保留了唐、宋、元以来的一些汉文化古典名曲，就是四方街建筑"三方一照壁，四舍五天井"的结构就与汉族的民居颇有相似之处。

　　难怪有人在游览了丽江古城民居之后，常常把它与周庄等江南名镇居民相提并论。当然在我看来,丽江古城来自玉龙雪山的汩汩流水,自是周庄所不可比拟的了。

丽江是新兴的旅游城市。它有着得天独厚的自然景观与文化资源。但景观与资源都还不是文化本身。要想更好地长久地开发这些资源,终究还需要借助文化思想的烛照与引导。否则,跟随着旅游业所带来的滚滚金钱,污染与毁灭便也会接踵而至。

临别丽江的晚上,我与贾君在倚山而建的餐饮小店里品尝纳西风味小吃,不经意地望着哗哗流淌的水面上泛着的油花,一股为丽江的污染发愁的心绪,不禁悄然袭上心头。

是的,文化可以引来经济的繁荣,但金钱也能毁灭文化。

但愿丽江的古朴能长久留存,千年古国的净土委实所剩不多了。

文化市场随想

而今,在商品大潮的冲击下,当物质享受与精神追求两极之间发生迅速向前者倾斜的情况下,人们看到这样的消费景观大约是不会感到吃惊的:宾馆饭店里人头攒动一掷千金与图书馆资料室中人员稀少、冷冷清清恰成鲜明的对照;在灯红酒绿的歌舞厅,在装饰豪华的新房里花钱如流水亦不足惜,但现实主人文化水平的书籍却几乎寥寥无几。

是的,在一个开放的社会里,人们手头有了金钱之后,他要如何花,怎样消费,当然纯属个人的自由,谁也无权干涉,更不能强迫。大款们一掷千金买得歌星一笑一曲,大腕们一举手一投足便花上千金万元,并未触犯法律,也未违背道德。看来,长期以来,那种用行政命令的方法,用宏观调控的措施,确实都已显得乏力甚至无济于事了。

显然,这里存在着一个社会消费和文化消费的误区。

编余絮语录

时下"追星族"们宁愿花几百元听明星演唱会，花几十元进卡拉 OK 歌舞厅，却舍不得花几十元买书。

统计数字有时是干瘪的，有时又是最无情最有说服力的。据最近报载在我国当前的总体消费中，文化消费占生活消费总支出的比重仅为 8.8%，而在文化消费中，用于娱乐性消遣性消费项目又远远高于提高素质、发展自身的项目。难怪有人惊呼："我国近 40% 的青年家庭无藏书。""我国公共图书馆的总数量呈下降趋势。""有钱享乐，无钱买书。"

显然，在探讨文化消费误区的时候，正应了那句老话：问题出在下头，解决问题的途径却在上面。

长期以来，当社会上出现这样或那样的不良倾向和苗头时，我们习惯于首先把手电筒对照着别人，尤其是下面的普通群众和青年，却忘记、忽略了查找自己对照自己。结果只能是本末倒置，事倍而功半，收效甚微。现在，是否应该倒过来想想呢？

看来，从事文化建设的人要求青年人走出文化消费的误区，先得自己率先走出文化消费的误区；要想行动上走出误区，需得思想上走出误区才行。

文人与茶

假如有一种饮料，不管是穷人与富人，男人与女人，雅人与俗人，也不管是普通百姓，还是达官贵人。抑或是耄耋长者，还是毛头小伙，都很喜欢，又都觉得不可或缺。那便是中国的国粹：茶。

在茶所服务的各色人等中，它最钟爱的乃是文人；在文人所喜欢的各色嗜好中，最为欣赏和最堪品味的便是茶。茶与文人似乎有着天然的亲缘关系，文人与茶早就结下了不可分离的伴侣情谊。

茶里有着平民百姓的俗气，有着权贵者的富态，然而茶更贴近的却是文人墨客的高雅。

茶的心性与饮茶方式似乎与文人的心境有着天然的契合。按我的理解，茶的心性本是清心冲淡的，饮茶的方式更是带有平和、温馨的意味，这与文人的清高、闲适的心境，及喜好清静的生活方式，正好相合相拍、呼应。这样文人选择茶，茶选择文人，文人与茶之间心心相印，终生厮守，也便合情合理，理所应当了。这当是官场的倾轧、商场的欺诈,以及食不果腹的小民所难以企及的饮茶境界了。

文人与茶的缘分还与文人的创作状态有关。就我的写作习惯而言,每当我凝神苦思时,最需要的条件,除了清静之外,陪伴左右的最大助力、最忠实的朋友便是茶和烟。据说有人写作喜欢喝酒、呷花生米,还有戒了烟酒的喜欢用糖果代替。对我而言,进入创作状态时,却是断断少不了茶的。否则便有文思枯竭,难以为文之虑。我知道,这或许并不是好习惯,更非其他文人写作时都非如此不可,但于我只怕是此生积习难改了。

我喜欢把茶、烟、酒称为文人三友(亦有人称为"三贤")。事实上,中国的一些文学大家与名家都曾把此三友写入自己的作品中。尤其是茶与酒。这回写此短文时,我只是随意翻检了下手边的书刊,就已发现有十多位作家以茶为题,把茶写进作品。

最有名的当数老舍的名剧《茶馆》,在这出经典的话剧里,作者以鲜活老到的艺术语言,塑造了众多栩栩如生的艺术形象,编织了一幕幕高潮迭起的戏剧冲突,从而展现时代与社会变迁的丰富内涵,而这一切都是在茶馆老板的历史视角中,在浓郁的茶的氛围完成的。离开茶馆的空间与氛围,这一切也便无从谈起。

同样以茶馆为背景的还有著名作家沙汀的小说《在其香居茶馆里》。在这篇小说里作者描述了茶馆里的众生相,展现了浓郁的地方特色和时代气息。在这篇小说的艺术构思中,茶与茶馆依然起了举足轻重的作用。而当代作家王旭烽的著名长篇《茶人三部曲》更是直接叙写茶文化的力作。

至于中国古典文学作品里写到茶文化的笔墨自是不乏其例。且不说《西游记》《红楼梦》《儒林外史》等小说不止一次地写到了茶,就是唐代诗人白居易也描写过亲手种植茶树的体验："架岩结茅宇，砍壑开茶园。"

茶和茶馆不仅是关注社会与百姓的一类作家切入生活的视角，更是擅长描述闲适生活的一类作家，表达闲适心境的重要题材，以茶为题的随笔、小品实在多如牛毛。现能信手拈来的有：周作人的《喝茶》里把茶道看作是"享乐一点美与和谐"，汪曾祺的《寻常茶花》曾记叙过家乡高邮人和北京人喝早茶的习惯，忆明珠的《茶之梦》里更是自称"不可一日无此君（茶）"了。艾煊先生著名的散文《碧螺春汛》则以优美的文笔描写了江南采茶人与制茶人的勤劳与心灵之美。此外，柳萌先生《饮茶聊天儿》、俞律先生的《秦淮茶馆》《饮茶小记》等小品皆写得文字精彩活泼，且道出了他们饮茶的独特体验。

把饮茶看作是中国的国粹庶几是不错的。前几年我赴欧访问，同行的文友都携带足够的茶叶，可令人难堪的是，住在巴黎一家三星级宾馆里却找不到一杯泡茶的开水。无奈之下，只好上街买了一个烧开水的电壶，这才一路过足了饮茶之瘾。原来，欧洲人大都习惯于喝咖啡、啤酒之类的饮料，饭店宾馆内并无热水瓶之类的器皿。

茶与茶文化本是中国传统文化的一部分，而茶馆更是体现茶文化的一个重要方面。近些年来，随着市场经济的活跃，各大城市中茶馆正在复苏，并有日趋繁荣的迹象。尤其是在南方城镇中茶馆林立、茶客拥挤，已成为中国茶文化一道亮丽景观。只可惜，西式豪华型茶馆日渐增多，而真正平民化、民族化的茶馆却依然并不多见。我以为，拓展茶馆的功能与茶文化的内涵，自然是大好事，但如何保留中国茶文化的传统特色却也是不可忽略的。

茶给了文人的灵感、气韵。文人写茶寄情，或借茶写人也便再自然也不过了。

文人与酒

我本非嗜酒者,亦不是一日无此君便无法活的人。纵酒无度,烂醉如泥与我无缘,便是满腹心事,也很少借酒浇愁。关于酒事和酒的体验实在少得可怜。偶或招待客人或是朋友相聚也只是陪着喝上一二小杯,聊以助兴而已。

但在中国酒文化的熏陶里,我仍然能够感受到酒的存在,酒的巨大影响力,和酒的诱人魅力。我所知的关于酒的趣味与魅力,大都是从文学作品中获取的。

谁都知道,酒是历史悠久、用途极广的饮料。它既上得了皇家盛宴也下得去寻常百姓的门户。它可以是豪门巨富的坐上之宾,也可成为文人雅士的亲密朋友。正因为此,作为社会生活反映的文学作品中,写到和涉及到酒的自然也就多如牛毛,不胜枚举了。

诗人与酒似乎都有着不解之缘。历代大诗人几乎都在作品中留下关于酒的精彩篇章,有些竟成了脍炙人口的绝唱。诗人中与酒关系最深的当推"酒仙"李白,他的个性与才华几乎都是在酒的激发中释放出来的,"举杯邀明月,对影成三人""抽刀断水水更流,举杯消愁愁更愁"这些佳句都已成为家喻户晓的千古绝唱。

酒不仅是浪漫主义诗人点燃心灵激发个性的兴奋剂,也为现实主义诗人所十分倚重。杜甫那首有名的《饮中八仙歌》,其中关于李白的那首,可说是写尽了"酒仙的醉态"。在那首著名的《闻官军收河南河北》里杜甫表达极度欣喜时,自然也不乏对酒的依赖:"白日放歌须纵酒,青春作伴好还乡。"而性近闲适的晚唐大诗人白居易,也有不少咏酒的佳作,如:"举酒欲饮无管弦……添酒回灯重开宴。"(《琵琶行》)

在历来骚人墨客的眼中,酒不仅可以浇愁助兴,也可以遣怀明志。宋代大文豪欧阳修所著《醉翁亭记》一起首即点明:"醉翁之意不在酒,在乎山水之间也。"婉约派词人刘永在"雨霖铃"一词中,也借酒创造了特别凄清的氛围:"都门帐饮无绪……今宵酒醒何处?"而豪放派词人苏轼就更在自己的词作中借酒遣怀抒情,为后代留下了许多佳句名作:"明月几时有?把酒问青天""人生如梦,一樽还酹江月""文章本天成,饮酒自得之"。

在官场倾轧的危急之际,酒还可以作为文人逃祸避害的盾牌和借口。晋代陶潜一向以爱菊嗜酒著名,他有《饮酒》诗二十首。而魏晋时期的"竹林七贤"更是个个以饮酒出名的名士。其中嵇康、阮籍与刘伶尤其善饮。据记载,被称为酒仙的刘伶每次可以喝"一石",至少要"五斗"才过瘾。他们不满当时的司马氏政权,但慑于权势,便只好以醉酒方式躲避灾难。所不同者,嵇康在喝酒时仍有议论时政和礼教之语,而阮、刘则在醉酒时从不"臧否人物",因而招致不同的结果,前者遭司马氏诛杀,后者却逃过劫难。

酒不仅与诗人同生死共荣辱，也与小说家有着不解之缘。在明清小说中，酒常常是铺排情节、渲染氛围和塑造人物的重要艺术手段。《水浒》里有许多与酒有关的章节，其中最为精彩的当数武松醉酒打虎和醉打蒋门神的片段，真个可说是把酒的魅力与英雄的个性写得惟妙惟肖，淋漓尽致。

《三国演义》里也有许多借酒写人的精彩章节，"曹操煮酒论英雄""宴长江曹操赋诗"，可说是借酒写人的经典篇章。

谈论中国酒文化人们总忘不了曹操。这位雄才大略的政治家和军事家，亦是喜好饮酒赋诗之人。他既下过禁酒令，并为禁酒一事与谋士有过激烈的论辩，也在赤壁之战中，坐镇主帅，即席饮酒赋诗。还是这位旷世英雄，又写下了流传千古的名句："对酒当歌，人生几何？……何以解忧，唯有杜康！"对酒的态度折射出一个内心多么丰富的历史人物啊！

当代作家涉及酒事的作品亦不乏其例。信手拈来著名诗人、散文家忆明珠的一首自书诗稿："此是玉环醉酒后，失却骄矜益风流。何如一醉永不起，马嵬免埋万古愁。蓝田日暖玉生烟，何来一枝花似仙。我欲身随清影去，无风冷冷入云端。……满天星斗先去采，霓裳羽衣尽惆怅。"

这幅自书诗稿，不仅让我们想起梅兰芳当年演出的《贵妃醉酒》的精湛表演，也使我们长久沉醉到诗人为我们创造的艺术魅力里。

或许正因酒与文化有如此特殊的关系，有人便将酒称为"诗之心，文之胆"，这或许不无道理。

文人与美食

中国是个极讲究吃的国家。偌大个中国，贪嘴好吃者可谓多矣，可若要论说起会吃会做，且又能对吃喝对菜肴说出些名堂来，却又未必多见。即使是如今吃喝风大盛，动辄花上几十万元举办豪宴者，或是出手不凡的特级厨师，只怕未必能称得上是真正的美食家。

年终，我参加了几次省级学术研究会和优秀作品评委会，在某宾馆的宴席上，倒还着实见识了一位堪称美食家的大学教授。我们住在近郊一座度假村的宾馆里，论说餐饮菜肴已达一定水平了，可座中有一位丁帆教授却总能对刚端上的菜肴逐一点评，一会儿说炒鳝糊选料不精，味道不对，一会儿说大煮干丝刀工不细，汁水也不地道。席间他的评点直把招待小姐弄得满面绯红，招架不住，只好请厨房大师傅到丁教授讨教。他说大凡美食好就好在选料精，佐料齐，火攻好，颜色对，味道正。听了他的评点，回家后便按他的指点亲自下厨做了一道红烧肉，果然色香味俱佳，颇得全家称赞。

丁教授不仅会吃会做，亦能说会写。归家之后，我翻阅他前几年出版的随笔集《夕阳帆影》竟发现，内中谈吃论喝的文章就有近十篇之多，其中尤对淮扬菜肴的评点赏析颇有心得。于此，我遂明白，他以文学评论家之身，如今又博得美食家之名，实在名不虚传。真可谓是口中有味，心中有谱，笔下生花的美食家了。

古人云："食，色，人之性也。"中国人，尤其是文人喜欢美食，讲究吃喝，自可看做是中国古老的文化传统。文人爱美食，自古而然。早在2000年前，孔夫子就曾专门讨论过吃喝之道："食不厌精，脍不厌细。"孔老夫子早在那时就提出精细的食物之旨，固令人钦佩，而后他又提出"割不正不食""席不正，不坐"的礼仪要求，则又近于苛求了。

及至宋代，大文豪东坡先生作为政治家虽无多大建树，但作为美食家，以他名字命名的东坡肉，却与他不朽的诗文一样，长久地流传了下来。而他的《菜羹赋》《记三养》所倡导的素食清心的饮食原则，同样值得后人的重视。而我等文友却也喜欢在聚会时点上个东坡肉品尝。不为别的，盖因那肥而不腻、肉香皮脆的东坡肉实在诱人，那梅干菜的滋味实在爽口。

到了清王朝，出身贵族世家，又尝过钟鼎玉食的曹雪芹，更在不朽之作《红楼梦》里展现了他关于美食家的风采。都说《红楼梦》是描述贵族世家，尤其擅长日常生活场景的杰作，而日常生活自然离不开餐饮菜肴的制作，少不了宴会美食的场面。大凡熟读《红楼梦》的人，当会记得书中所描述的举办各种豪华家宴的场面，以及各种精致菜肴的名称。而其中刘姥姥在大观园里吃茄鲞的情景，更是足可显示出曹雪芹对菜肴美食的丰富学识和摹写技巧，仅用短短一节文字，就把菜肴和人物写得那么形象、细致，又充满诙谐、情趣。

编余絮语录

  清代的另一位文学家兼美食家则是袁枚。如果说，他的《随园诗话》乃是他的文学主张的生动阐释，那么，他的《随园食单》便表明他堪称是中国几千年饮食文化的继承者和集大成者。书中不仅介绍清代流行的 300 余种南北菜肴饭点及名菜名酒，且又在"须知单"和"戒单"中，提出了数十条厨事原则，从而成就了他杰出文学家和美食家的美名。在中国漫长的历史上，好吃、会吃的文人颇多，似乎首先是这位老先生以优美的文字把美食佳肴提升到饮食文化高度，并对后世产生深远的影响。

  如果美食亦可称为中国饮食文化传统，那么这文化传统大体沿着两股支流发展而来：一支是屈原、杜甫所开创的民生多艰、贫富两极的现实主义倾向，最鲜明的代表是杜甫"朱门酒肉臭，路有冻死骨"的诗句；另一支流便是闲适冲淡派的某些文学作品。在现代文学史上周作人和林语堂可称为闲适冲淡派的代表。他们都写过不少回忆故乡风土习俗，把吃与思乡情愫结合起来，写得既冲淡隽永，又富于人文内涵。而林语堂的小品《中国人的饮食》则在娓娓道来的聊天气氛中，使我们"真正地享受了吃的欢乐"。让我们明白，吃里有文化，有艺术，也有科学，美食也是值得人们研究的。

  即使是国学和中外文学大师钱锺书先生也曾在《吃饭》一文中，深情赞美过吃："可口好吃的菜还是值得赞美的。这个世界给人弄得混乱颠倒，到处是摩擦冲突，只有两件最和谐的事物总算是人造的：音乐和烹调。一碗好菜仿佛一支乐曲，也是一种一贯的多元，调和滋味，使相反的分子，相成相济，变成可分而不可离的综合。"如果说，钱先生这段赞美吃的文章大约写于新中国成立之前，那么，据悉新中国成立之后，他又曾意味深长地批评过某些菜肴的肮脏："你不要相信大厨师端上桌的菜肴是多么色香味形俱佳，却不知他在厨房，在背后，是多么肮脏！"而两厢比照，我们当可体味出他话中超越美食菜肴也超越美食文化的意味。

由于物质匮乏的困扰，新中国成立初期，文人爱美食的文化传统，一段时期内曾出现断裂的颓势。不是不爱吃、不想吃，而是不能吃、吃不起。虽然，南京大学国学大师胡小石教授仍以"小石豆腐"闻名于世，并常被一些名饭店请去品尝美食佳肴，但他除以小石体书法为饭店题写店名之外，也实在再无多少兴致去谈论美食了。以至时到今日，他曾题字的老字号饭店刘华春却已随小石先生的作古，而消逝已久。回想今昔，不免使人叹息良久。

幸而，文人与美食似乎天生有着难以割舍的情缘。稍有机会和条件，有些文人就像是"离离原上草"一般，便又在春风吹拂下冒头滋长了。这其中，最有影响的当推汪曾祺、陆文夫。

在汪曾祺别有情趣别具一格的散文里，谈论吃喝美食的文章占有特殊的比重和特殊的地位。在当代作家里，汪曾祺堪称是一位地道的美食家了。他不仅见识广、吃过各种美食，也不仅亲自下厨做得颇有特色的菜肴，而且具备丰富的饮食文化的学识修养，还有能够表达出品尝美食之妙处的生花妙笔，道出自己的独特体验。收入《汪曾祺文集》（散文卷）的散文专门谈论美食菜肴的美文就有十五六篇之多。其中，《故乡的食物》《故乡的野菜》和《故乡元宵》等名篇都把食物、吃喝和故乡的习俗人情或直接或间接地糅合在一起，写得睿智形象、情趣盎然，引起令人无尽的遐思和向往。《五味》《四方饮食》则把全国各地的饮食习惯、古今人的口味变化，写得娓娓动听、如数家珍，让人目不暇接，流连忘返。

在当代作家中，另一位可与汪曾祺匹敌媲美、堪称文人美食家的，当推人称陆苏州的陆文夫了。与汪曾祺相比，陆文夫可能没

编余絮语录

有汪曾祺那样关于吃的深厚的学识修养,也没写过那么多关于吃的小品随笔,但他在烹饪实践、亲自下厨做菜方面却一点不逊于汪曾祺。许多陆文夫的文坛老友都曾亲口品尝过他的厨艺美食,并为之击节夸奖。不过,大凡读过陆文夫作品的人,都会知道,真正奠定他美食家之名的,正是他创作的脍炙人口的代表作《美食家》。而这部中篇小说的最引人注目、最成功之处,便是塑造了一个"好吃成精"的人物形象:朱自冶。此人以吃为终生职业和毕生追求,任凭时代变幻社会变迁,虽经千般磨难,万种坎坷,终究本性不改。最终,在可以讲究吃、有条件吃的时代里,他终于获得了美食家的美名,有了用武之地。陆文夫就这样通过朱自冶的特殊经历和独特形象,向读者表达他对美食的见解,对社会对时代的感受。

在当代作家中,继汪曾祺、陆文夫之后,又陆续有些中年作家、教授承续了关注美食文化的传统,成为文人美食家。其中,除了前面提及的丁帆教授,还有浙江作家李庆西。他的《炉边食事》即是引经据典、论吃谈喝的漂亮文字,在品评菜肴、记述制法时,都显示了自己的品味与修养,文字也简洁流畅,富于韵味。

这些当代作家关于美食的文字,成功地把好吃、美食从懒惰、剥削中剥离出来。赋予了诸多普通食物鲜明的审美意义,以至家乡的寻常野菜和寻常食物都浸染了情感,有了生命意义和美学意义,在文人眼里笔下的美食,再也不是豪华宴席上的山珍海味,"小石豆腐""东坡肉"皆因文化名人成了千古流传的美食佳肴。

美食佳肴委实人人喜爱。但在以社会性、政治性、阶级性见长的作家(鲁迅、郭沫若、茅盾)的作品里,却很少有直接谈论吃喝和美食的篇什。或许吃喝与美食在他们眼里与国计民生相比,都不值得多加环顾与审视。因此,即使作品偶尔涉及美食佳肴,只怕也多从贫富对比角度，持批评态度。

　　美食既是地域性、民族性的饮食文化现象，又在各个享用者眼里扮演着不同的角色。《水浒》里的英雄们把大碗喝酒、大块吃肉当作难得的美食，饕餮之徒把狂吃滥喝当作人生快事，暴富的富豪们在招待宾客时，总喜欢摆上一桌价值几十万元的豪宴美食，而在某些文人眼里，美食原不过是家乡的寻常野菜，或是亲自下厨烹调出几盘既拿手又可口的菜肴。虽然时至今日，唐代诗人笔下那种"开轩面场圃，把酒话桑麻"的场面，已不复再现，但文人心中的美食，毕竟不是以昂贵的价格为标准的。

　　文人与美食恰如才子与佳人一样，天生有着不解的姻缘。如果说，爱美之心人皆有之，那么对美食之好，又何尝不是人人心向往之。文人之于美食，自然不仅在于好吃，享受口腹之乐，更在于吃出门道，吃出滋味，且能用优美的语言文字，表述心中的美感。文人与美食之间，从来就有着情感的交融，心灵的契合，还有渴望表述的冲动。真正的文人美食家，自应是好吃、会做，且能说、会写的行家。但愿，国人都能在有吃、爱吃之余，也能从文人与美食的和谐关系中，悟出一些吃的滋味与美感，享受到美食的妙用与意味。

　　谁都知道，中国是个食文化的古国，讲究美食佳肴的品味，实在并非多此一举。否则，何用费那么大的神，去为那么多肥胖青少年减肥而不停呼吁呢？

编余絮语录

"小院"里的时尚美食

在当下中国,如果说,时尚已成为社会的宠儿,那么美食便是时代的骄子。时尚美食就像是夏日里的一阵风、一场雨,风雨过后究竟留下什么便很难说了。不过,若要探究时尚美食背后的文化意味,却也并非毫无说道之处。

引起我对美食新时尚发生兴趣的倒是我的一位老知青朋友胡君。前几日,这位对知青话题仿佛永远充满兴致的胡君,再次满怀激情地叙述了几位老知青在一家"俺家小院"土菜馆里相聚时的动人情景。那小院里的八仙桌、长条凳等充满农家气氛的摆设,还有那句题为"小院重温岁月情,土家忆起童年事"的门联就足以让他们又一次沉浸到青年时代的峥嵘岁月中去了。

受了胡君一席话的感染,第二日我便带领着全家去寻访"俺家小院",品尝土家菜的滋味。未料,遍寻无着,不觉之间竟走进了"俺家食堂"土菜馆。而一进店堂,顿时便感受到有一股股暖暖的乡情和浓浓的农家气息扑面而来，使人产生迥异于一般饭店的感觉。

瞧瞧厅堂摆设，这里丝毫没有豪华装潢和显摆气派，只见赭红色的砖墙上悬挂的一律是串串的红辣椒、黄黄的玉米棒，还有绿色的黄瓜、枯萎的草鞋、蓑衣。翻翻菜单，无非是用茄子、白菜、土豆等农家菜常见蔬菜和以牛羊驴肉等家禽为原料而烹调制作的菜肴。材料寻常，价格便宜，口味倒也清爽可口，新鲜宜人。

"小院""食堂"类的土菜馆大都开办在小街窄巷里，厅堂大小一般不超过百平方米。然而每逢用餐时间，倒也食客盈门，热气腾腾，足见人气旺盛。不过，出入于此间的食客，大约很少是经常到1912休闲区享受的白领阶层。倘说小院里的美食风景属于民间和大众，大抵是不错的。

这里的员工朴实稳重，配上兰花土布的小褂，更显乡村本色。

土菜美食时尚正像旋风一般刮向南京的小街陋巷，一时之间，"俺家小院""俺家食堂"等各种土菜馆便如雨后春笋般地出现在我们面前。据悉，光是"俺家小院"就在南京开办了两家分店。虽然，它们远不能与向阳渔港、张生记及各类洋快餐那样分庭抗礼，但它毕竟有属于自己的独特市场和生存土壤。且大都活得有头有脸，充满活力。

看来，时尚美食尽管如风雨轮回一样，难以寻求来去踪影，演变轨迹，但毕竟与时代发展阶段、与社会心理状态，或快或慢或疏或密地勾连着。小院土菜之风的产生与兴盛，原不过是现代人期盼挣脱心理困惑，呼唤亲情回归，向往返璞归真的心理反应罢了。

但愿，这土菜成风的时尚美食经历风雨之后，也能经得起时尚的筛选，而成为有些保留价值的传统美食。"小院"里的时尚美食，要不了多久，我还会再次带人来拜访你的。

新疆纪行

除了从中小学地理课本所学，我对新疆所知实在少得可怜：中国最大的省份，是西边的边界，多民族居住区域。

然而，关于新疆的著名歌曲、电影、画片、神话传说，还有维吾尔族姑娘的美丽舞姿，却又长期萦绕于心间，漂浮于眼前，使我做梦也盼望着有朝一日能到新疆走上一遭。

7月下旬在新疆召开的研讨会终于使我梦想成真，采风新疆的愿望方能得以实现。

我的第一个梦幻式的经历是在美丽的赛里木湖。我第一次见到赛里木湖美丽的倩影是在博乐州文联会议室里。会上发给我们每人一套关于博尔塔拉的摄影图片，其中那张赛里木湖的照片所显示的静态之美就一下子把我们震慑住了：白云，蓝天，绿草，黄花，远山如黛，湖水湛蓝，一片片墨绿色的塔松静立在山坡上，一群群牛羊徜徉在绿草地上，图片上的赛里木湖显得是那么静谧安祥而神秘莫测。

　　静态的赛里木湖是美丽的，动态的赛里木湖更令人激情难禁流连忘返。我们乘坐的汽车从乌鲁木齐到博乐，再由博乐驰出，沿途之上大多是灰蒙蒙的秃山，是寸草不生的荒滩，还有星星点点的骆驼草之类的野生植物，可一临近赛里木湖，同行的主编们顿时眼前一亮，大家都被赛里木湖的美不胜收的景色吸引住了。

　　此时，赛里木湖水正在太阳光照耀下呈现出多彩迷人的景观。近前的湖水光亮亮的，炫人眼目；稍远处的湖水，在蓝天白云和绿草的映照下，正如绸缎般地闪现着多彩的光波，微风掠过湖面，光波荡漾摇曳，格外撩人心田。而湖面的远处，湖水的颜色则又别有一番情趣，从湛蓝到深蓝再到墨绿，递次把人的遐想引向湖的远处深处。

　　我们一行是要去寻求、拜访在湖边草地放牧的建设兵团农五师的一个团部。汽车沿湖缓缓驶去，我们一行人仿佛行进在绿色的地毯上，虽然不时地要下车步行，却也增加不少野趣——羊群静静地在草地吃草，牛马在青草地撒欢，湖边的水鸟不时地嬉闹，难得一见的白天鹅悠闲地在水中觅食，并不理会我们这些远方来客。赛里木湖到处都充满着生机勃勃的景象。生命与美景正同生共长地装扮着赛里木湖。

　　与变幻不定的湖水相映成趣的是，近处的山坡上耸立着那一片片，墨绿色的细腰塔松，山腰上那一蓬蓬浅绿色的灌木丛倒像是镶嵌在山际的花瓣。而远山山顶的白雪正在夕阳的映照下熠熠生辉。赛里木湖的山水、树木、草地、花卉、蓝天、白云，还有牛马生灵交汇成了一幅绚丽夺目的风景图画。

　　美丽迷人的赛里木湖委实令人流连忘返，可是当我们一行在湖滨草原宾馆（毡房）度过了难忘之夜，第二日穿过果子沟山区进入伊犁河谷之后，终于发现，我们已从美丽的湖区进入了旖旎的草原风光带。

要不是亲眼所见，我真难相信新疆建设兵团农四师79团牧场就安扎在伊犁州尼勒克县的雪山沟那么一个景色特殊的地方。离开79团团部，沿着一条淙淙流淌的溪水蜿蜒向北，渐次进入杂树丛生的山凹，放眼望去，只见四周长满了枝杈横生的松树、榆树及各种各样野生的原木，或枝繁叶茂，或枯枝败叶，或生机盎然，或连根拔起，均呈现出一派原始森林的气象。山坳里坐落着几顶圆顶帐篷，那是兵团放牧队野外宿营地。附近未见牛羊，问及兵团工作人员，他们指了指远处雪山答曰：牛马羊群都在深山山坡的草地上吃草。因最近下雨交通不便，就不带领我们进山了。望着一路上坑坑洼洼泥泞不堪的土路，我们也只好放弃了进山的念头。

要不是亲眼所见、亲耳所闻，我简直难以想象在远离家乡五六千里的雪山沟里竟会遇上几位江苏老乡。不用说陪同我们一路采风的兵团宣传部胡乐元副部长是1950年入疆的淮阴人，农四师任副师长是20世纪60年代支边的苏州人，就是站在眼前与我们亲切交谈的79团徐泉源政委也是我们的江苏老乡。原来，他1963年由江苏农学院毕业之后，就一直战斗在边疆建设兵团，生活在像雪山沟这样的深山老林里。望着这些把青春和热血贡献给边疆建设事业的江苏老乡，从我的心底不由地升腾起一股崇敬之情。

我们的江苏老乡们入疆前后的奋斗经历，不由地使我深信：精神固然不是万能的，但没有了精神也是万万不能的。

同样使人难以置信的是，农四师兵团战士在肖尔布拉克（碱泉之意）竟然酿造出全新疆最有名的佳酿——伊力特酒。虽然因时间关系，我们一行未及仔细参观酒厂的生产工艺流程，但酒厂里的题词以及陈列展览厅里的展品，还有酒厂领导的自信与豪爽，已足使我们相信，酒厂巨大的生产潜力与诱人的发展前景。

肖尔布拉克人与酒厂的热情好客无疑是远近闻名的。当年正是他们的热情好客使得入疆访问的作家张贤亮禁不住写了那篇著名的小说《肖尔布拉克》，现在又是他们的热情好客吸引了来自全国各地的主编、老总们。

在新疆的万里采风，更令人难忘的当是伊犁河谷和唐布拉草原。关于伊犁，我原来模模糊糊的只有两点印象，一是流放京官和犯人的地方，一是那首关于伊犁河的歌曲。清代著名的禁烟大臣林则徐就被流放在伊犁州的惠远城。

作为罪臣的流放之地，人们很难不把伊犁与蛮荒的不毛之地联系起来。可事实上，伊犁河谷与唐布拉草原都是绿草如茵、美丽如画的地方，是广漠大地上难得的一片绿洲。

这是由山水树木、草地花卉、牛马羊群、帐篷人家共同汇聚而成的一幅风情图画。而伊犁河正是占据着这幅图画的中心位置，是这幅图画里一切角色的生命之泉。7月的伊犁河水特别丰沛，汽车沿着弯弯曲曲的伊犁河一直向东，而河水或喧哗或平静地向西流去，这时伊犁河水便成了整个河谷、整片绿洲的灵魂。

那大片绿色的草地和五颜六色的花朵，便是受制于伊犁河水滋润而愈发变得肥硕茂盛。那淡绿色的草皮如地毯般覆盖着整个山体，而墨绿色的塔松则成片成片地镶嵌在绿色的植被上，远远望去，层次分明郁郁葱葱。谁能说这一派勃勃生机不是得之于伊犁河的熏陶？

至于伊犁河谷世代耕种的农民、唐布拉草原的哈萨克牧民，还

编余絮语录

有那一群一群的牛马羊群,又何尝不都是伊犁河滋养的子孙臣民?

如果说伊犁河谷是一幅色彩绚丽、生机盎然的风景画,是一首关于绿色、关于绿洲的诗歌,那么,伊犁河便无疑是这幅画的灵魂,这首诗的诗眼。

跋涉过新疆荒无人烟的广漠大地,又面对如此美丽的绿洲之后,我曾情不自禁地暗自思忖:应当感谢大自然的造化之功,它把大片荒漠抛给了新疆,同时也把美丽的绿洲赐予了新疆。因而,唯有新疆才能把广漠之美与绿洲之美同时供奉给世人共享。

新疆采风归来已经一月有余,然而对赛里木湖的思念,对雪山沟和江苏老乡的追忆,对伊犁河谷的向往,依然是那么强烈、持久。每当此时,我便翻开在新疆拍摄的照片,反复回忆那山那水,那草原那绿洲,还有长期战斗在那里的兵团战士。

休闲与清谈

倘有京中来客，我们总不免要聚会几次，再次共度清谈时光。那散淡的叙谈，那对往昔岁月的追忆，着实伴我回到了难以忘怀的时刻。而这自然远非是眼下走俏的休闲方式所能代替得了的。这也难怪，休闲与清谈委实不是同一类精神调剂方式。

固然，休闲与清谈并非全然没有共通之处，比如都得有闲暇时间，甚至都在一定程度上带有精神休憩的目的。如果生活和工作中都紧张到无片刻休息的地步，自然也就无以休闲或是清谈了。

不过，在休闲与清谈之间，又确实存在诸多不同之处。休闲作为一种现代娱乐方式，它似乎始终离不开歌舞酒宴、多功能度假村，还有自然风景区的旅游等环境；而清谈作为中国士大夫和文化人或疏离现实或关注时局的一种习惯，它只需较小的空间，较为简陋的条件即可。几个志同道合的朋友相约相聚在一起，只需一杯清茶、一瓶老酒或是几两花生米、几片豆卤干便能谈上几个时辰。

休闲往往玩的是钱，是现代的物质条件，求的是精神放松，以便投入到更紧张的生活节奏中去；而清谈则注重的是精神聚会，学问和知识的切磋。当然，对于某些知识分子来说在特殊的情况下，也是关注社会命运的一种曲折表现方式。因此，经济拮据者即使有闲，大约也是无法经常出入休闲场所的。而文化稍低者即使有闲，大约也不会有参与清谈的闲情逸致。

如果说，休闲基本上属于现代中产阶级的休憩方式；那么，清谈就未免带有一种古典意味，且主要是文化人的一种休闲形态。前者是浓烈的刺激的，后者则比较舒缓和闲适。

提起清淡的古典意味，人们不由地会首先想起中国士大夫中早已有之的清谈的文化传统，特别是鲁迅在那篇著名的文论中所指出的魏晋时期文人的风度："东晋以后，不做文章，而流为清谈。"

如此看来，休闲与清谈之间的界限或许并不模糊得难以辨认：休闲需以金钱为铺垫，以物质为基础，而清淡的主要条件往往不过是文化知识和机敏思想的交流。形成这两种不同休憩方式的原因可能是多方面的。除了文化传统的不同之外，或许还与他们各自不同的工作方式与经济状况有关。一般来说，读书人不仅耗不起那样休憩的时间，而且眼下一般中国的读书人恐怕也玩不起那种花钱的休闲。

不过，休闲与清谈并非是一成不变的凝固物。倘若说中老年文化人宁愿放弃种种现代休闲方式，而选择与一二老友清谈度时的习惯，那么也许在现代年轻文化人那里也会有人能够承续下去，就像历史终究会在它积淀物上落下痕迹一样，那是谁也无法改变的。

当一个社会经历了从清心寡欲到物欲喧嚣的转变之后，一时之间，休闲会成为一种时尚，甚至会成为令市民钦羡的时髦，也就并不奇怪了。

　　休闲与清谈，无论是作为生活方式，还是作为娱乐方式，原都不过是人的心境的外露，也表现着人的文化情趣罢了。看来，只要有闲又有钱，当今流行的休闲热还会继续热下去，而促进文化之间心灵交流的清谈之风自然也不会死亡。

编余絮语录

阳关情

打从中小学起,我就熟读过唐代著名诗人王维的名篇佳句:"劝君更尽一杯酒,西出阳关无故人。"可终究因从未去过西安以西的地方,很难说就能理解透这句诗的内在含义。阳关对于长期生活在江南的我来说,毕竟太陌生、太遥远、太模糊了。

所幸我们有机会到大西北采风,经过1000多公里的长途跋涉,来到敦煌市下榻。大家听说,采风最后一天,将安排到阳关走一走,便顿时兴奋得难以扼制向往之情了。

8月31日上午8时,大家未等主人的一再招呼,便不约而同地聚集在大客车上。从敦煌向西南方向客车只消一小时左右即驰到仰慕已久的阳关。

要不是从兰州出发经过许多罕无人迹的沙漠地带和茫无人烟的戈壁滩,眼下我们还真不会相信,那名垂青史的阳关竟是这般的冷落模样:这里既无城关,也无城墙,既无居民集镇,也无多少残垣断壁。惟见在一个稍高的沙丘上竖立着一座沙土构筑的烽火台的残垣，高不过丈余宽不足3米左右。比起沿途所见的其他烽火台，这实在不能给人以关隘的印象。

在众人的围观下，此刻阳关唯一残存的土堡，正默默地接受着一群游览者的巡礼，而游览者似乎也并不嫌弃它如今的貌不出众，而争抢着与它合影留念。

摄影围观者渐渐离去了，我却仍然长久地伫立在那座土堡前。仿佛我面对的不是无生命的土堡，而是满目伤痕的历史老人。此刻，他正在向我低声地倾诉着当年建关的艰难，历数着建关后接待过多少批南来北往的客商，抵御过多少回外族的入侵。而后，它又怎样饱受过战火的洗礼、风沙的摧残、岁月的磨损，而终于衰老成眼下这般模样。似乎他正在告诉人们：我曾也有过光辉灿烂的过去，如今可切莫把我看成是奄奄一息的老人啊！

我请同行的朋友为我拍了几张照片之后，便登上了阳关附近的制高点，放眼远眺，只见南面是广漠的沙丘、连绵的山脉，只有北面有一片郁郁葱葱的绿洲。此刻在阳光照耀下，在绿树掩映中，仍可依稀地发现一些房舍和葡萄架及黄灿灿的菜花、绿油油的元麦。原来，这里便是南湖镇。我知道，大凡有水有湖的地方便会有生命的绿荫，便会有生机有人烟。

游客们正待返回集中地时，忽见有乡民牵着马拉着骆驼奔我们而来，我原以为是否有人违反了什么"游客须知"之类的规定，人家来罚款了，同行的朋友轻声告诉我：他们是来拉客做生意的，没事。待我们一行出得门来，始知，进门还冷清，眼下门前已摆满了各种各样小买卖摊位。啊，阳关人终于学会了做生意，发旅游财了！

编余絮语录

难怪近几年前来阳关参观旅游的观光者和文人墨客,就古人所题诗词反其意而题下了这诸多名句佳篇:

展示三危无上宝,迎来四海有情风。(赵朴初)

白杨夹道柳依依,不向琵琶怨别离。游客犹寻汉唐业,春风已过戎关西。(胡绳)

春风已度玉门关,西出阳关无故人。(金陵房荣生)

原来,无论是古人还是今人,无论是中国人还是外国人,不远千里万里,来到阳关不过是为了寻求那份珍贵的情感。

也谈作家"下海"

处于改革开放时代的当代中国,人们似乎特别喜欢制造热点。先前的文凭热、出国热刚刚降温,眼下的卡拉OK热、选美热、巩俐热,现时又有作家"下海"热。谓予不信,某报刊载的头条新闻《陆文夫携女"下海"》,某电台播送的"张贤亮担任某董事长"的头条消息,便是明证。

我不知道,所有这些热点是否都属于国粹,但我分明感到其中的不少热点却与中国的传统文化和中国的国情有着直接的关联。譬如作家"下海"热。试想,若不是中国传统文化一直存在着重农耕而轻商贾的观念,也许文人"下海"只不过是不值一提的寻常事,何至形成热点?若不是新中国成立后的创作体制养活了那么多的专业作家,作家们的铁饭碗还能稳稳地捧下去,又何须"移情别恋","下海"经商?

细想起来,作家"下海"并非偶然。遥想当年,一篇《班主任》,一篇《乔厂长上任记》,还有《新星》等作品问世,产生那么大的轰动效应,作家们所到之处无不受到鲜花和赞誉之际,何曾产生过"下海"经商的念头?如今,一些作家在商品大潮的冲击下,在物质利益的挤压下,不堪忍受文学的清贫与寂寞,选择"下海"经商之路,似乎也不值得大惊小怪。如今,一些作家在商品大潮的冲击下,在物质利益的挤压下,不堪忍受文学的清贫与寂寞,选择"下海"经商之路,似乎也不值得大惊小怪。当然,如果把作家"下海"完全归结于发财心理的作祟和诱惑,只怕也是不合情理,有失公允的。事实上,确有不少作家是把"下海"经商当作扩大生活面,调整创作,甚至是拯救文艺的一种方式一种途径的。在令人眼花缭乱应接不暇的商品大潮面前,每位头脑清醒的作家大约都会意识到,正在逐渐勃兴的商品大潮乃是当代中国社会转型的显著标志,也是引起社会全方位变化的内在动力。它将最终决定着影响着中国的命运和前途。每一位中国人都不能不关心不思考这场商品大潮将给自己带来什么。对于作家来说,他自然可以是观潮者,也可以是置身其中的弄潮儿。而无论是观潮者或是弄潮儿,作家都不能不对目前的商品大潮予以特别的关注,以致热情投入。

无疑,今后还会有更多的作家、文人"下海"经商,因扛着专业作家的招牌吃大锅饭的日子也许为时不会太久了。我们自应对已经"下海"经商的作家、文人们抱有真诚的理解,同时,我们还应充分给予那些耐得住清贫与寂寞,仍然坚持纯文学创作的作家、文人们以更多的尊重。我们相信,未来的文学世界,真正有生命力的作品,必将在逐渐摆脱对政治功利的过分依赖,和对经济功利的过分推崇,获得更辉煌的源头。

一位耄耋文人的心愿

人生真是个既短暂又漫长的历程。仿佛就在转眼之间，不知不觉地，我竟步入了耄耋之年。如果除去在乡村田野上玩耍、劳作的十年时光，及进城后从小学到大学的读书时光，我大约也可算是在人生旅途上，打拼奋斗54年了。

在人生垂暮之年，再来盘点人生旅程，不觉感慨万端，叹息不已。在漫长的54年里，简而言之，亦可说是经历了三个重要阶段，或可称之为"三段论"：在无书可读无法写作的情况下，痛苦难挨的逍遥时光；乘改革开放之东风，创业追梦时光；退休后休闲自娱的时光。

当然，亦可说，我是以半是书生，半是文人的编辑身份，带着酸甜苦辣的复杂心境，度过这大半辈子时光的。其间，真个是有遗憾，也有欣慰，有苦衷，也有快乐。

所谓十年痛苦无奈的逍遥时光，无非是指1964年我大学毕业分配到中国社科院文学所后，无法从事自己喜欢的研究工作，直至十分无聊又逍遥的状态之中。十年中，身居于中央级别的研究所内，却一篇学术文章也没写。至于成家立业，那就更无从谈起了。对于身处人生黄金时期而被迫荒废了的十年逍遥时光，我当然一直是十分痛惜的。

　　第二段所谓改革开放时期，创业追梦时代，显然是指1974年我无奈地结束十年文学所生活，调回南京从事文学编辑工作，从而开始新的人生事业和人生追求。从此，在很长一段时期内，我整日忙于看稿、编稿，又时常出差组稿，还登门求见向作家约稿，食宿交通极不便利，我也长期乐此不疲，心甘情愿。盖因这都是我的人生事业，我的美丽梦想。

　　更让我倾心投入、热心追求的，乃是我在全力从事为他人作嫁衣裳、搞好编辑工作的同时，我也不辞劳苦且又适量地投入到个人创作中去。我常利用辛苦熬夜和节假日时光开始撰写作家作品评论和编刊体验类文稿，为扩大宣传作家作品和期刊知名度而尽心竭力地写作。以至历经几十年的辛苦劳作，我在编发名人名作，提高刊物知名度的同时，自己也利用编余时光写作、发表了近180多万字的文稿，出版了四五本书。

　　在为他人作嫁衣裳的编辑岗位上辛苦忙碌了30年之后，直到2004年我终于正式退休了。那天省作协党组曾特地为我召开了一次告别会，《扬子晚报》还发了一篇短讯。回家第二天，我又特地到理发店剃了个光头，表示今后再也不染发了，以让白发和人生一切重新开始。尔后，我还又写了一篇题为《告别〈钟山〉》的短文，表达了一位老编辑当时的心境，也开始了我崭新的人生阶段。

　　退休赋闲的日子，倒也过得充实愉快。自65岁退休之后，编余我主要参与旅游健身和老友聚会叙谈。利用这段时光,我陪同妻子和老友游览过张家界、武夷山、大连、庐山、杭州西湖和北戴河等风景名胜地,每日下午还常去老干部活动中心打乒乓健身。70岁之后,旅游渐少,便常邀约一些文坛老友聚会聊天,相聚甚欢,颇为轻松闲适。此外,我还到过内蒙古鄂尔多斯草原,看望曾在那儿插队的南京知青。

然而,即使如此,作为与文学几乎相伴终身,从事文学编辑工作30年,又与《钟山》相依相伴25年的老编辑,我在旅游健身的同时或之后,依旧忘不了文学编辑工作,忘不了在《钟山》期刊社所品尝过的酸甜苦辣五味杂陈的日子,尤其是在《钟山》工作期间能结识的作家与文友,还有与我一同从事编辑工作的编辑同仁。

于是,每当我稍有闲暇或是夜深人静之时,每当从报刊传媒上看到我曾结识过的作家和文友有新作问世时,或有人生信息传来时,便总会勾起我与文友昔日的相处相聚的记忆,我常会情不自禁地拿起笔来,写些忆旧文字。谈些对这些作家文友为人为文的印象,或记录下对他们新作的阅读感受。当然,出于老文人对现实生活的关注,我也会不时地写些杂感式的随笔类文字。

不过,最令我动情和感慨的,还是我对大学毕业,分配到北京文学研究所之后,十年岁月所引起的久久难忘的追忆和深沉的反思。尤其是当我退休前后,写作有关这些题材之时,总会引起我长久地沉浸到无比痛楚和感慨万千的状态之中。在我看来,这10万多字的忆旧文字,实可算是我编余毕生所写的180多万字左右的作品中,最为动情最为难忘的文稿了。

我从事文学编辑工作30年来,写过一些对作家作品和文学现象文学思潮的评论文章,也写过不少对文学期刊和文学编辑工作的研讨文稿。当有人介绍我时，常用到评论家一词，有时我真想申明，与其称我为评论家，倒不如给我戴一顶编辑家的帽子了。这不是过于谦逊，或许更为实在稳妥一些。

委实，在半是评论家，半是编辑家的桂冠中，我更为看重的，我热心追求的，乃是后者。对此，我曾在题为《春风作伴，细雨相依》一文中，真诚地表明了我愿与《钟山》一道成长一道起飞的愿望。

在年近耄耋之际，回顾我30年编辑生涯之时，我将此生所写的主要文稿编印出来，奉献给读者，主要目的，并非想显示我的成就，而实在是想以亲历者的身份，以学者和编辑的眼光，用近似随笔的文体，为改革开放以来的文学史、期刊史，提供些许有价值的史料，为当时所处的时代和社会，留下一些可供回忆的痕迹。

倘读者和编者诸君，此时此刻能明白我这白发老编辑的这番心意，则吾愿足矣！

紫金文库

以书为友与石作伴
——且说耄耋文人之乐

光阴荏苒，岁月如梭。不知不觉之间，人生已到了耄耋之年。老人自有老人的习惯、乐趣，和聚会聊天的朋友圈子。近年来，我似乎早已习惯以读书写作和老友聊天这样的方式，打发剩余时光了。

作为一个终身从事文化工作的文人，记得65岁退休之后，我除了适量地从事读书写作之外，主要参与的是些老人旅游活动，还有便是几乎每日下午到老人活动中心打乒乓球，从事体育锻炼，与老人们在健身中共度余暇时光。

及至随着岁月的流逝，心脑血管毛病的加重和眼疾的光顾，我只能无奈地逐渐退出伴随着我几十年的一些职业习惯和业余爱好，另寻合适方式，打发光阴了。尤其是去年，老伴去世之后，那就更觉孤单无助寂寞难耐了。

实未料到，仿佛就在倏忽之间，我已到了垂暮之年。平日上街得明白。对于老人而言，读书写作是一种文化爱好，寻石赏石也属一种文化乐趣。读书与赏石之所以同样受到我等文化老人的爱好与赏识，也便十分自然适宜了。

因而可以说，是老人的孤独逼迫我主动去寻找美石作为至交好友的。是文人的宁静安享的心态引导我将赏析美石当作知己伴侣的。我与美石的相知相交，不用他人介绍撮合，就如同我终身以书为友，以写作为乐一样，实乃天赐良缘。

在人生暮年，我愿徜徉在书与石的海洋里，终身以书为友，与石作伴，安祥地走完人生旅程，尽情地享受书与石给予我这耄耋文人的乐趣。我以为，这也应当是和平安祥年代里，像我这样的文人最好的归宿之地，最适宜的享乐方式了。倘果能如此，我将毫无怨言，我该满足了。

紫金文库

悠悠秦淮水

每逢来了外地文人朋友，总想陪他们到秦淮河游览一番。盖因悠悠秦淮水和古今文人笔下的秦淮河实在太惹人情思了。然而，每当想起眼下秦淮河那浑浊发臭的河水，我便又打消了兴致。

我心中的秦淮河原本不是这样的。

作为六朝古都的一条美丽的河流，秦淮河早就与南京的文明发展结下了不解之缘。正如大凡古都城市都建立在有山有水、依山傍水的地方，而这儿的山水便成了孕育这城市的政治、经济、文化的土壤，甚至成了这城市的象征一样，南京和南京的山水亦不例外。以南京的山水而言，倘说巍巍钟山是南京的象征并无大的差谬，而若把十里秦淮作为南京的标志，则未必会获得大多数人的首肯。

但秦淮河的名气和影响却毕竟是古今中外任何人都小视不得淡忘不得的，它就写在历代文人的诗文里，也写在南京寻常百姓的心中。

编余絮语录

作为一个长期生活、居住在南京的居民，我曾不止一次地询问自己：究竟是什么造就了秦淮河如此显赫的名声？是秦淮河美丽的传说及其悠久的历史，抑或是秦淮河畔略带畸形的商业文化，抑或是文人笔下的秦淮河的巨大影响？

是的，秦淮河与秦淮河的传说委实都是美丽诱人的。古名淮水的秦淮河是远古时代长江的一条支流，它自东向西横穿南京南郊。直到唐代才根据"秦凿方山，断长垄"，以破"王气"的传说，改称为秦淮河。从此，秦淮河便走进了千家万户，载入了千古史册。

古老的秦淮河正是古老南京的发祥地和建立城邑的发源地。早在新石器时代，就有人在此繁衍生息，而到了春秋战国时期，越王勾践曾在秦淮河流域首建了越城城邑。之后，随着六朝在此建都，南京的城市商业已有了长足的发展，一时间"笙歌罗绮""帘幕烟花"的脂粉文化便也在秦淮的歌楼里成为一个奇观。而后，就在此文化背景上，真不知引发了多少文人有关国家兴亡的长吁短叹，演出了多少幕文人与妓女的恋情故事！

在历代咏叹秦淮河或以秦淮河为背景的诗文中，固然不乏曲调欢快明朗的诗作，但更多的诗文中，却借秦淮风月表达了家国之恨的慨叹，其中最为动人的篇章当属晚唐杜牧的名篇《泊秦淮》："烟笼寒水月笼沙，夜泊秦淮近酒家。商女不知亡国恨，隔江犹唱后庭花。"几乎就在同时，刘禹锡在《石头城》一诗中也写到秦淮月："淮水东边旧时月，夜深还过女墙来。"而唐代之后，南唐的李煜，宋代的范成大、文天祥，元代的萨都剌、王冕，明清的侯方域、钱谦益等人都在诗文中发出同样的感叹，也都在呼唤着早日结束使秦淮河受辱蒙羞的岁月。

然而，在国势衰微生灵涂炭的时代，这种心中的呼唤毕竟只是一种无奈的空想。从明清再到民国，长期以来，秦淮河依旧只能在苦难中呻吟。只不过，昔日的歌楼酒榭，随着时间的推移，愈发显得黯淡破旧罢了。

唯有到了新中国，秦淮河才有了旧貌换新颜的可能，秦淮河历代所蒙受的屈辱才能洗刷干净。于是，我们在秦淮河边看到了修葺一新的粉墙黑瓦的茶社酒肆，正与喷泉彩虹游船庙堂辉映成一幅现代的秦淮风景图画。

不过，近几年，因为秦淮河日渐被污染，浑浊的河水便再也激不起我们像当年朱自清、俞平伯先生那样登船游览的兴致了。以至人们游罢归来，总要在心中发出深深的呼唤：古老的秦淮河什么时候才能恢复它的明澈与亮丽呢？

编余絮语录

又见凤尾竹

面对广西连绵峻峭的大山,徜徉在宁江和漓江两岸的波光水色中,尤其是目睹沿江两岸充满南国风情的凤尾竹临风摇曳婀娜姿态,我不由地沉醉于一种境界,忽地产生了一种又见凤尾竹的感觉。

头一回见到凤尾竹是 1990 年,在云南边寨。那时,长期生活在江南长江边的我,一进入云贵高原,便被那连绵大山的气势震慑住了。汽车进入瑞丽地界,便见远处村寨的村前屋后,生长着一蓬蓬一簇簇的绿色植物,造型、色调均很优美,远远看去,只见其枝叶扶疏,绿意盎然,及至近前,又见细枝顶部弯成一个美丽的弧度,向下垂落着,恰似迎风摆动的凤尾,煞是美丽。

同行的当地人告诉我,这就是云南的凤尾竹。

那次游云南后,每次有机会见到江南农舍附近的小片竹林,或是到宜兴的深山里观看成片的竹海时,我都不由自主地怀念起南国边地的凤尾竹。

初见凤尾竹的印象是难忘的。我一直渴望着有再见凤尾竹的机会。如今，我终于在广西的宁江和漓江边领略了凤尾竹的另一种风情。

这里的凤尾竹与江南的凤尾竹有所不同。仿佛是与青山为伴、与绿水为侣的缘故，或是得了天地之灵气、山水之滋养，生长在宁江与漓江南岸的凤尾竹，似乎特别的翠绿、特别的茁壮，也特别的茂盛。

往日，看见农村老宅屋后的细瘦斑竹，我曾经感到一种纤弱之美；置身于九华山、宜兴竹海深处，我曾经体会到一种壮阔的美。而今面对广西宁江、漓江两岸的凤尾竹，从我的心中不禁涌起一种流动的美，一种飘然欲仙的令人陶醉之美。

站在著名的宁明花山崖画之前，我除了为那些古朴而神秘的崖画而震惊而神往，便是为眼前的凤尾竹而感到疑惑：清代的郑板桥以画斑竹而闻名于世，为何现代就没有一个以画宁江的凤尾竹而闻名于世的画家呢？

在乘船离开花山崖画返回宁明的途中，从大山深处传来小学生们稚气的呼唤声，这似乎使我得到某种启示：由于广西十万大山的阻隔，这里实在太封闭了。大山里难得上学的孩子们都在渴望沟通和交流，渴望走到山外的世界去。同样道理，这藏在青山深处的凤尾竹之美也难被外人所知，就不足为奇了。

此刻，我站在宁江的游船上，两岸的凤尾竹像列队欢迎的孩子站在河岸上，我不免顿时感受到她们那种孤独的优美。

比之宁江的凤尾竹，漓江的凤尾竹或许感到某种幸运：据说，漓江两岸的凤尾竹原是应周总理生前的特别叮嘱而种植的。因而，

编余絮语录

漓江的凤尾竹生来就寄寓着周总理对桂林山水的关切之情。

当然，令漓江两岸的凤尾竹更感到幸运的，是这里的凤尾竹终于以它特有的风貌赢得了国内外众多游客的喜爱与认可，构成了桂林山水不可或缺的自然景观。

游罢宁江、漓江归来许久，那里凤尾竹的婀娜身影依旧不时地浮现在我的脑海，摇曳在我的心中。啊，凤尾竹，何时能再见你美丽的身影？

钟山青　秦淮碧

每当有朋友从外地来南京，我总爱劝他到钟山去看中山陵，到夫子庙去游览秦淮河，因为在我看来，钟山和秦淮河是可代表南京的山水之美，是颇能显示金陵的独特魅力的。

一座城市有了水的滋润，便有了生气，有了山的毓秀，便又增加了一种层次变化之美。无怪乎在小小盆景或人造园林中，都必不可少地敷设出假山假水的美景来。

古老的南京有水的滋润，有山的毓秀，恰恰像是放大了的盆景和园林，不妨说，这正是南京人独有的福气和幸运。

早在 2000 多年前，南京就被视为有藏龙卧虎的"王气"。传说秦始皇东巡路过古南京时，曾慑于南京的风水好而下令凿钟阜引秦淮以泄"王气"。

可是，到头来，梦想永坐江山的秦王朝也只在咸阳宫里艰难苦撑到秦二世，便在农民起义的风暴中寿终正寝了，而被泄了王气的金陵，却不仅成了六朝古都，而且继元朝之后，在这片土地上又相继建立了南唐，明以至太平天国、中华民国的政权。

究其原因，自然是耐人寻味的。我想，除了与当时的政治、经济、文化以及地理位置有关外，恐怕也与南京的山水不无关系。诚如选定南京作为首都的孙中山先生所说："南京有高山，有深水，有平原，此三种天工钟毓一处，在世界中的大都市，诚难觅此佳境也。"

在一定程度上，正因为有了这样的山水佳境，南京才成为帝王建都、百姓乐居的城市，也才能吸引许多退休人员争相定居于此。

也许，在中国有山有水的都会城市并不止南京一个，但南京山水确有自己独具的特点与魅力：山环水绕，融汇一体；山上绿树满匝，水中历史春秋。

山水之美原是多彩多姿的。南京的山水相依相连，相依相绕，呈现的乃是一种融汇复合之美。且不说举世闻名的扬子江畔，耸立着陡峭的幕府山和形同飞燕的燕子矶，已构成南京的独特风景，就是名扬海外的秦淮河也逶迤蜿蜒于宝华山、东庐山、东山和雨花台之间，而作为古秦淮的越城和六朝古都的百姓，原就生活在这山水相连的环境中。

在环绕南京的诸多山水中，钟山显然处于特殊的地位。如果说，秦淮河是南京文化的重要标志，那么，钟山便已成为古今南京的一种象征。这当然不只是因为钟山在环绕的几十座山峰中显示了王者风范，登上钟山山巅便可俯视整个南京城，还因为它的山体都被层次分明的绿色所覆盖，它的山脚下又躺着玄武湖紫霞湖，它的怀抱里又映照着流徽榭的风景图画。除了钟山、秦淮河，南京还有许多著名的山水。鸡笼山、覆舟山就横卧在玄武湖的南边，乌龙潭则沉睡在满目葱茏的清凉山旁。历史悠久的鬼脸城山岩头枕着护城河,往南不远处就是风景秀丽又充满历史佳话的莫愁湖。如果不是战乱频仍,年久失修,那美丽的青溪和雀巢湖,定会为南京增添许多光彩的。

作为元朝古都,南京的山水还饱含着渗透着国家兴亡的辛酸和血泪,因而也就不免带有一种屈辱的悲剧色彩。

巍巍钟山脚下,真不知摆下多少回争抢皇帝宝座的战场,咽咽秦淮河真不知流淌过多少回令人屈辱的眼泪。

南京的青山绿水以及南京的繁华吸引了众多的政治家、经济家,更赢得了历代文学家、画家们的盛情歌咏,南京山美水美,这些作家、画家们笔下南京的山水,自然就更是美不胜收,韵味无穷了。

早在南朝诗人谢朓诗里,南京的山水就受到少有的歌咏:"江南佳丽地,金陵帝王州。逶迤带绿水,迢递起朱楼。"

到了南朝则有更多的诗人前来游历和凭吊。李白《登金陵凤凰台》中的"凤凰台上凤凰游,凤去台空江自流""三山半落青天外,二水中分白鹭洲"早已成为脍炙人口的名句。

继李白之后,唐代另外三位诗人刘禹锡、杜牧和李商隐所写金陵怀古诗,也大都涉及南京的山水及历史兴亡的感怀:"烟笼寒水月笼沙,夜泊秦淮近酒家。商女不知亡国恨,隔江犹唱后庭花。"(杜牧)"北湖南埭水漫漫,一片降旗百尺竿。三百年间同晓梦,钟山何处有龙盘。"(李商隐)

比之前代诗人,晚唐诗人对金陵山水的描述,显然有了几多的悲凉的意味。难怪清代诗人发出"流水青山送六朝"的感慨,盖因六朝时短命的政治、羸弱的政权往往也在繁华的背后,给南京山水蒙上了羞辱的色彩。

直到宋、元、明、清和近现代著名诗人词人王安石、苏轼、黄庭坚、陆游、顾炎武、鲁迅等人描述南京的诗词都离不开金陵的山水，更离不开钟山和秦淮："到如今，只有钟山青，秦淮碧"（元·萨都剌）。

唯有新中国成立之际，毛泽东在题咏南京解放的诗词中才改变了昔日诗词中使山水蒙羞的悲凉气氛，唱出高昂雄浑的乐曲："钟山风雨起苍黄，百万雄师过大江。虎踞龙盘今胜昔，天翻地覆慨而慷。"

一方水土养一方人。南京的山水孕育了南京人的性灵，也铸就南京人的性格，使得南京姑娘多了一分水灵，少了些土气，也使得南京男人既有北方人的憨厚，又有南方人的精明。

南京的山水是南京人赖以生存的土壤，南京人的宝贵财富，也是南京人的精神血脉之所在。每一个南京人自当像爱护自己的眼睛、珍惜自己的生命那样来保护南京山水的纯净与美丽。时至今日，大约大多数南京人都已明白：正像中山陵的庄严肃穆须臾离不开满山葱绿一样，秦淮河的良辰美景自然也离不开水的洁净和明澈。

只可惜，如今钟山依旧，秦淮河却早已被污染得面目全非了。以至一段时间内，我已不敢向外地朋友夸耀秦淮河了。甚至每当我们路过秦淮河时，便不由地从心底发出深深的呼唤：美丽悠久的秦淮河水何时才能恢复它的清澈亮丽呢？

近闻市政府已为根治秦淮河的污染，恢复秦淮河的清澈，制订出了许多切实可行的措施，并已逐步投入实施阶段，人们终于可以相信，不久的将来，一条古老美丽而又清澈洁净的秦淮河将为现代的南京城增添无尽的光彩，也将为现代南京人带来无穷的乐趣。

走近北极阁

我与北极阁仿佛有着特殊的缘分。这缘分缘于对北极阁自然景观的亲和、友好，也来自对北极阁人文景观的沟通、理解。

我与北极阁初识于 20 世纪 60 年代初期。那时我正在南大读书。一日，我与一群同学去校园内外摄影留念，从北大楼出校门，从鼓楼向东不远处便到了一个绿树满山的山岗之上。发现在市中心近处就有这等好景色，大家便连着在此拍摄了好几张照片。后来，我才知道，这美丽佳境就是北极阁。从此，与朋友聚会，与女友牵手，也常发生在这北极阁之上，直到 1964 年，我大学毕业被分配到外地工作，便只能在照片上与北极阁见面问好了。

我与北极阁亲密接触，是在 20 世纪 70 年代中期我再次调回南京工作，尤其是在 20 世纪 80 年代中期举家搬迁到离北极阁不远的肚带营居住之后。那时我每天骑车上下班都要从北极阁擦身而过，而节假日里，要去公园游憩，最近的首选目的地也是北极阁。

这时，我才发现北极阁的自然景观竟是如此之美。原来，北极阁之美并不在山高，山上亦无奇松怪石，但如果把他纳入整个鼓楼北极阁风光带则可见出它的优势所在、中和之美；站在鼓楼岗上放眼东眺，只见郁郁葱葱的北极阁充满了活力，就像是南京城里的一个巨大盆景。鼓楼与北极阁，北极阁与台城、玄武湖可说是共同汇成了一个以北极阁为中心的城市风光带。

近几年来，每逢节假日的早晨，我常从南拾级而上登上北极阁，展现在眼前的俨然是自然景色与人情世态相互融合的美丽图画。置身于半山腰，但见满山绿树成荫、花卉绽放，还有散淡的人群。来此晨练嬉戏的大都是些退休的老人，或提笼遛鸟，或按拍起舞，或与友伴闲话，或与宠物逗趣，真个是一幅老人怡游图。

古人在评价、谈论山水景观时，有句名言，叫做"山不在高，有仙则灵"。观摩北极阁亦当如是。如果说原先我去北极阁只是看中它景色好，又离家颇近，那么年过花甲逐渐领悟到它的人文景观之后，我方才逐渐认识了北极阁"庐山真面目"，体悟了它的文化底蕴。由此，我不得不对北极阁另眼相看。

据史记载，早在南北朝年间，高不过62米的北极阁就是因"山势浑圆，形似鸡笼"而被称为鸡笼山的。其后又逐渐被辟为皇家花园、佛教圣地。而鸡鸣寺更是南朝四百八十寺中首屈一指的著名寺庙。其后，明代即在山上建有天文台、民国又建有气象台。到了现代，著名少帅张学良羁押南京期间即住在山顶宋公馆内。我想，正是这些人文景观才使北极阁充满生气，灌注了灵魂。

今年阳春三月的一个早晨，我再次登上了北极阁。行至半山腰，只见黄色的迎春花已然开过，白色的梅花正在盛开，红色的桃花刚含苞欲放。人在绿树花丛中行走，微风吹来，绿树与花丛也似在点头迎接游客，一时之间仿佛人与绿树花丛都已融为一体，陶然沉醉了。

继续向上，穿过气象台和休憩亭，折向东北，便来到山顶。站在北极阁山顶平台上，左边的旧式楼房大约便是宋公馆了，而向南远眺，则大半个南京城尽收眼底。在薄薄的晨曦中，此刻，南京城近年来新建的一幢幢高楼大厦正漂浮在晨雾之上，显示了这六朝古都的雄伟新姿。转眼向西望去，则可看出栉比鳞次的旧式民居已然夷为平地，新鲜的黄土地正散发着泥土的芬芳。一个以绿树花卉汇聚而成的青龙正待腾飞。我知道，这是南京市政府正在实施鼓楼北极阁风光带的新建方案。我相信，要不了几年，一个更加美丽的北极阁风光带将会呈现在我们面前。

编余絮语录

作家"下海"之后

　　处于社会转型与文化转型阶段的当今中国,作家"下海"、文人经商正在成为热门话题。在商品大潮的冲击下,隔三岔五就有文坛头面人物陆续"下海"的消息传来。预计不用多久,将会有更多尚在观潮的作家紧随其后,陆续"下海"。

　　对于眼前的作家"下海"热,报刊已有不少文章从社会与文化角度,或从作家心态角度做了有益的探讨,而作家"下海"热对于文学自身的影响,则似乎至今还很少涉及。

　　生活本是旋转的世界,商业活动更是竞争残酷的领域。一向尊崇清高和自由的作家们"下海"之后,究竟会遇到什么风浪,结出什么果实,现在要想做出准确的判断与评价,自然不免为时过早。但若是根据一些作家或艺术家"下海"多年经历,或是正在"下海"的作家们的一般情况来看,对作家"下海"之后的境遇和影响作一简单预测,却也未尝不可。

"下海"发财者固然确有其人，一些"下海"较早而又经营有方的作家确有聚财几十万甚至上百万的富翁。据悉，作家 W 君已成为百万富翁，作家 H 君的生意已经做到国外去了，恐非虚妄的传言。问题在于，有些先富起来的作家、文人们，得了财而失了文。他们沉潜于商业活动中，并乐此不疲，乐而忘返。长此以往，我们只能说，社会从此多了一位精明的商人，而少了一位优秀的作家。显然，这样的"下海"，于文学本身，实在并无什么助益可言。

文、财两空者却也不乏其人。文化与经济本是两个各有自身规律的领域。作家从文化领域跨入商业领域，放下舞弄惯了的笔杆子，改为整日盘算金钱账目，自然也是一件陌生和冒险的新鲜事。事实上，在"下海"多年的作家、文人中，也确实不乏文、财两空者也不会多。大多数"下海"者目前仍在商品的海洋里艰难地泅渡着，满怀着对未来的希望，也拌和着血泪和沮丧。可以预见，他们当中还会有不少人在大海里呛着以至沉没。但我们有理由相信，倘若待以时日，他们当中终将有人在奋进中，创作出真正能反映当代生活的瑰丽作品来。

但愿那些昔日文人、今日已经腰缠万贯的大亨们，能像著名作家陆文夫先生"下海"时所宣布的那样："'下海'的最终目的就是为了办好杂志弘扬国粹，用传统文化赚几个钱，再为传统文化服务。"但愿文坛头面人物能像著名作家张贤亮先生"下海"前所说的那样："办这个实体（按指联谊实业总公司）不是为我自己。我多少还有点名气，我就把我的名字捐出来，用我来为文联的实体做广告。我要把宁夏的文化人都团结起来。这个实体如果办不成，我将辞去自治区文联主席之职！"

大凡热点，总带有一定的新闻性、时效性。时间一久，热度消退过后，大家习以为常，也便不成为热点了。我们热切地期望眼前的作家"下海"热在热度消退过后，能为我们嗷嗷待哺的文艺留下一些真正有益的东西。我们也热切期望，好不容易摆脱了政治功利束缚的作家们，不要又在商品大潮中投入过分倚重经济功利的怀抱。

作家何必斗富

就在作家"下海"、文人经商的兴头上,最近又出现了作家斗富、炫耀财产的怪事。

请看,报载某名作家的文人"下海"文中以无比自豪的口吻宣称自己是当代中国作家中的首富,云云。

那大款大腕的口气,那财大气粗的神态,可谓活脱脱地跃然纸上。不过,这口气这神态,除了令人瞠目结舌惊诧不已,似乎倒也未在文坛引起什么惊羡之声和喝彩之举。

这也难怪。本来,就中国传统文化而言,体现中国文人的价值所在,主要的是他的作品、著述。文人不言作品,而夸耀金钱的富有,那无疑是一种并不光彩的事儿。

而今,在我们身处于20世纪末的商品社会之际,再来重谈"文人固穷"的老调,或许在某些人看来,早已是不合时宜的了,即使说"作家是灵魂的工程师",只怕也颇不够"现代"味了。

然而，令人不解的是，当我翻阅手头仅有的外国文学大师，甚至包括获得诺贝尔文学奖的现代作家的资料之后，仍然找不到一个文人斗富、作家炫耀自己财产的事例。

由此，我倒想起了中国的名言"穷而后工"，外国的名言"愤怒出诗人"之类的警句。而且，思之既久，便愈发觉得这些警句实在是对作家和文人的创作状况的精确的概括。

虽然，我早就知道中国古代文人向来就有"鱼和熊掌不可兼得"之说，但我决不一概反对文人经商发财，更不反对作家写作致富。我只是说，眼下有些作家炫财斗富，只能是中国作家的莫大悲哀。

卓有才华的作家即使清贫一世也不应受到社会的歧视，而斗富的作家，即使名气再大，也不会受到世人的尊重。

作家何须"追星"

明星本是文艺体育界一些因有特殊才华付出特殊辛劳又取得特殊成就的名人，明星因需经常登台表演因而也便成了一时间大众瞩目的人物。由狂热崇拜明星而逐渐形成的"追星族"现象已成为一种社会时尚。我原认为，追星现象只不过是一些年轻幼稚不谙世事的少数中小学生所为，后来方知，组成"追星族"的还有大学生、成年人。

直到现在，我才进而发现，原来就连作家队伍也不乏"追星族"和准追星现象。

观之文学界的"追星"现象，不妨说，大体可以概括为如下三部曲：

胸存不平之气。近年来，由于社会转型期间，市场经济的不规范以及文艺体育市场范围内存在的价值与价格的不平衡状态，明星们与从事严肃文艺的作家们在经济收入方面确实存在着天壤之别；

编余絮语录

一些大腕明星们每场的出场费竟高达数万以至数十万之巨，而一些著名作家花上一年数载创作一部数十万言的长篇小说，所获稿酬亦不过几千元至上万元。

心有羡慕之情。明星与作家在经济收入上的这种差距在有些作家那里只是一种激愤不平而已。激愤过后，仍然潜心于自己的创作。而在有的作家那里，则由不平衡转化为羡慕之情，继而仿而效之。于是，我们便看到文坛一些作家在参加一些社会活动时，像明星一样比吃住规格，比接待条件；一些作家在文人中间夸富斗强，炫耀名人效应；还有人竟仿效明星们出场费办法，搞起文稿拍卖的买卖。

愤而下海，贸然触电。不平也好，羡慕也罢，自然不能弥补作家经济上的亏损，更不能从根本上使作家很快致富。于是，一些在社会上有门路兜得转的作家，或是不愿再过清贫与寂寞日子的作家，当然还有一些在创作上已无多少自信的作家便下海经商，企望于迅速发财致富。还有些不愿意离开文学而迅速使自己腰包鼓起来的作家也逐渐把自己的才华与精力，转向影视、转向世俗甚至转向粗鄙。此风影响所及，甚至有些青年作家干脆将眼睛瞄着影视，心里想着大腕，一切为了金钱而写作。

自然，同为"追星"现象，心态各有不同。青少年的"追星"乃是出于对明星们的表演的欣赏和崇拜，对明星们所在的豪华社交场合的羡慕，而作家们的"追星"则大体表现在对明星们丰厚的收入的羡慕和向往。追星的作家们大抵是不会轻易就崇拜明星的。非但不崇拜，恐怕心里还会多少存有种种不敬不服之处哩。

其实，无论是羡慕还是不敬，作家与明星只怕都需要面对这样的现实：文艺体育明星的表演与作家的创作本是具有两种不同形态、不同特色和不同效果的劳动方式，因而也就具有不同的价值观和不同的计酬方式。

现代明星们的表演具有大众娱乐性和大众观赏性，它是一种即时性的娱乐方式。广大观众也无需多高的文化素养，大多数情况下，更无需对明星们的演出作沉静的思索，从中获取人生启迪。而优秀的作家则大多数即是精神漫游者，他们往往并不把大众的休闲娱乐以及文艺的愉悦功能当作自己的首要目的，而更看重作品思想容量的拓展及艺术形式的创新，更注重于作者主观情感的倾诉、思想的传播。

社会需要各种各样的名人（包括明星与作家），而只要有各种各样的名人就会有各种各样的仰慕者、崇拜者，如果不管是名人还是仰慕者、崇拜者，追求的、崇拜的都是金钱，那我们的社会将会是怎样一种情景呢？

第三辑 家庭与亲情

紫金文库

管还是不管，这是一个问题
—— 孙子，韶爷好想对你说

真没想到，人生年近七老八十之际，还会遇到类似莎翁在《哈姆雷特》里所提出的那个古老命题：面对16岁上高中的孙子每天深夜做不完的作业和疲倦的神态，爷奶该管还是不管，这几乎成了一个回避不了的问题。

儿子生病，媳妇离家，从小由爷奶带大的孙子，如今好不容易上了一所星级中学高一的重点班，自然是值得高兴的。可谁料想，一来因为现时高中学业太重，二来孙子毕竟禁不住手机电脑游戏的诱惑，每天直到深夜十二时也难以完成作业，以致弄得孙子和家人都疲劳不堪，冲突不断。

作为爷爷的我，一开始劝他少玩手机和电脑，或先做完作业再说，一看效果不佳，爷奶便扬言没收他的手机，禁止看电视做作业。不料，正处于叛逆期的孙子始则不理不睬，继而又与爷奶争吵发火。一次"战火"难抑之下，他竟将手机砸于地上，还踏上几脚，以泄其怨,甚至扬言要离家住校。

　　终于,家人在管与不管之间,陷入困惑难定的尴尬局面之中。爷孙间遂处于时而冲突,时而"休战"的状态。

　　俗话说,儿大不由娘。孙子大了,又岂能事事顺从爷奶的管束和唠叨?长期共处一室,三代人之间,总难免不时发生冲突和碰撞,甚至擦出不快的"火花"。

　　我想告诉孙子,家人对青少年学习期间的不良习惯,置之不管是不成的,但真要严加管教,你能听得进去吗?每到这时,孙子总瞪着迷茫的眼神,看着我,若有所思地点点头,继而又摇摇头。尽管如此,不时地,他上学或放学之际,仍难忘跟我打个招呼。

　　接着,我又启发式地询问孙子,假如你们的校长看见他的学生打架骂人,明显地违反校风,或是班主任知道他班上的学生经常因玩手机或无故地不能完成作业,他能不管不问吗?

　　孙子迟疑地答道:"那可不成。他们会被叫去训话,或是没收手机,甚至罚抄作业几十遍的。"

　　见此情景,我又接着启发式开导孙子说:"家有家规,校有校风,国有国法,党有党纪,这是自古而然、天经地义的。在一个正常的国度,健康有序的社会里,大约总不会凡事无人管没人问的。如真那样,岂不无法无天,全乱了套了吗?"

　　此刻,孙子常会若有所悟地点点头,沉默片时,继而又向爷爷发问道:"那为什么还有'无为而治'的说法呢?"

　　我心想孙子毕竟不小了,他还知道不少哩。于是,我耐心地告诉孙子:"那是中国老庄哲学的一种学说和主张;那更是关于未来社会的一种理想境界,在眼下现实世界大抵是行不通的。就像我们毕竟不能拔着自己头发,想离开地球一样。"孙子终于暂时离开了电脑和手机的画面，低头无语地陷入沉默之中。接着他旋即离开书桌，独自地举起哑铃，练起了仰卧起坐。

我知道，上了高中的孙子毕竟渐渐长大了，凡事他需要经过自己的独立思考，家人强逼不得，也代替不了。一时间，他确实难以完全摆脱电子游戏的诱惑。

在我们这老小四口人的小家里，我一向主张每人都应有各自独立的空间。谁也别想逼他人做违背自己意愿的事情。即使是正处于人生叛逆期的孙子，他也明白，他有一个羊爸，一个虎奶，而我则被他称为韶爷。

我知道，在我们这个四口之家的小家里，无论是虎奶、羊爸，还是我这韶爷，全都十分疼爱这从小缺失母爱的孙子。虎奶每天照顾宝贝孙子的饮食起居为孙子请家庭教师，补习功课，真个是煞费了不少心血；羊爸虽然体弱多病，但亦常常为儿子做可口的饭菜，夜晚常通宵不眠地陪儿子做功课、盖被子。

可如今，面对功课特别繁重，又处于青春叛逆期的小孙子，又该如何管才有效的难题，竟让家人经常陷入疲劳不堪、管与不管的两难困窘之中。

看来，问题的症结并不在于管与不管，而在于如何管如何教。显然，放纵不管、过于宠溺，或是管得简单粗暴，不仅无济于事，且会引起新的家庭矛盾，甚至酿成孩子离家出走的尴尬局面。至于究竟如何因人而异地管教，那就十分有讲究，甚至难以说得清爽，做得到位了。

如果说，管不管，这是个问题，那么怎样管得好，便是一个令许多人家十分挠头的难题了。为此，我想特别提醒孙子的是：人世间哪里有没人管，可以听凭他人为所欲为或胡作非为的地方啊！

眼下，全家人都在为寻找解开这一困扰家人多时难题的钥匙而煞费苦心焦虑不安。但愿社会有识之士能拨开迷雾，帮我们解开莎翁在100多年前所布下的这道人生难题：管还是不管？这确实是一个难题。

虽然，在我这个年近耄耋之年的韶爷看来，对于一个在学的青年学生来说，但凡自控能力差，又不让别人管，那总不是什么好事，甚至可说是潜伏着某种危险的信号。盖因在当下中国，有爷奶伺候、抚育孙（女）辈，实已成为一个社会话题和难题了。

而且，我相信，在现代城市千千万万家庭里，在许许多多的家长的心田里，大概都存在着类似的心结和困惑，都热切盼望着有识之士和心理专家能帮助解开这一长久纠结于心的难题。若果能如此，则家庭幸甚，社会幸甚。

明是非·守规矩·知好歹
——与孙子谈人生教养

不知不觉,从小就在我们身边长大的孙子已经上了初三,再过二三个月,即将初中毕业了。刚刚年满 15 岁的孙子身高体重都已超过了爷爷。随着年龄的增长,他说话发声,尤其是不听劝导,与长辈发生争执时,也变得粗声大嗓,调门颇高。以至有时爷奶几乎搞不清,这究竟是因为孙子声带发育所致,还是人生教养有所缺失的缘故。

说实话,我着实害怕孙子在当下声色犬马的花花世界,也沾染上在不少独生子女家庭里长大的青少年的不良恶习:娇惯任性,不懂规矩,不讲礼貌,缺乏教养,最终酿成人生悲剧。

由此,我还想起了一些中国旅游者在公共场所遭人诟病的种种不文明缺教养的不端行为:或高声喧哗,或乱抛纸屑,或在文物上题名刻字,或骑坐在雕塑上造型摄影。甚至一言不合,便在飞机公交车上爆粗口打群架。

编余絮语录

表面看来，教养不过是无涉建国方略的些许小事，也未必与参与者身家性命或财富多寡直接相关；但在我眼中，教养，乃是有关人品文明的一种境界，是为人处世的一种守则。显然，在更多的情况下，教养乃是涉及一个国家一个家庭文化的传承，教化的延伸。查之辞典，只见简单注明：指文化品德方面的修养。

依照我的生活经验，倘容我对人生教养作一简要概括，我以为，称教养是关于人怎样立身处世的文化结晶，是关于社会如何和谐共处的文明象征，或许大抵并无多大差谬。总之，教养与金钱、权贵往往并无直接关联，相反它常常与文明走得颇近，甚至结为近亲。难怪有人说，最美的风景叫文明，最高的人品便是教养。

在当下物欲喧嚣、奢靡之风盛行之际，每当我见到一些土豪的纨绔子弟们在国内外旅游时大肆宣扬金钱富有，却显露出缺失文明和教养时，我不免为这些国人汗颜难堪。

如今，初中即将毕业，未来或将面临住校上学，或将踏入社会就业之时，我特别担心，一个在宠溺环境下长大的孩子，一个在家不会料理书桌、不叠被子、乱丢鞋子的孙子，今后如何与环境与他人和谐相处，而不招人讨嫌？

尤其是，当孙子的某些不良习惯，包括因贪恋、热衷于手机、电脑网络游戏，而耽误、影响学习甚至前途之时，家人劝止阻拦，有时他竟然不禁高声反驳，引起争执之际，我除了斥责他对长辈的无礼之外，不免陷入深长的思考之中。

每逢此时，孙子往往无语作答，稍许沉默之后，便会应道："我错了。"我知道，虽然他被迫认错，但在思想深处，他其实并未想通，更未心服。于是，我遂想到，硬的不行，还得另想办法，解开他心中的疙瘩。

我想对正处于人生十字路口的孙子说：教养虽是缥缈的些许小事，但随着时代氛围的变幻，教养亦并非是一成不变的虚幻怪物。我以为，所谓有教养的核心无非是：明是非、守规矩、知好歹，及由此衍生出来的文明礼仪。

在我的印象词典里，如果教养的同义词似乎是文明守则，那么，反义词则是野蛮缺德。我得告知孙子，教养看似虚无缥缈，实际无处不在；看似纯属个人些许小事，实则关乎国民的文明与道德水准，社会的安定和谐。

作为一个年过七旬的白发老翁，我自然无力对提高国民素质与教养提出什么高招，但对于长期生活在身边的孙子，如何提高其文化教养，改变不良习气，我却不能置之不理或漠然视之。

关于教养，我以为，与其跟孙子说些高深的理论，倒不如且就人生旅途常遇到的待人接物为人处世的方式，说些个人感悟为好。

明是非。我以为，无论是高官显贵处理国是，还是草头百姓料理家务，都首先要建立在判明是非的基础之上。否则做官则很可能是昏官，为民则很难免是糊涂人。在人的一生中，倘若在重大问题上，或是为人处世中，不能判明是非，失去方向判断力，那么，最终你只能是一个一事无成的失败者。

守规矩。人生一世，总会处于社会和家庭各种复杂多变的关系之中。各行各业各个单位内，也难免会有自己的行规与法则。古人云"没有规矩，不能成方圆"即此意也。观之当代家庭和现代社会，始知"国有国法，家有家规"实非虚妄之言。鉴于孙子常对家人管束过严颇有怨烦之色，不满之语，我遂对孙子声言"你在当下中国，能否找到一个无人管也无守则的学校和单位？"每逢此时，他也便悄然无语，消声敛气了。

识好歹。在人生漫长的旅途中，总要与各种人物打交道，总有自己的亲朋好友，也难免要与奸佞小人相遇。你若想不受骗少上当，你就得学会辨别人心好歹美丑，察觉、避免奸佞小人对自己的坑害。为此你就要懂得，整日在你身边说逆耳之言的人，也许正是为你好，甚至是爱你之人；而那些常常在你耳边说甜言蜜语之人，却往往正是背后向你捅刀子下毒药之人。对于像孙子那些正在成长的青少年来说，尤其是在与亲朋好友交往中，更需要识好歹，辨善恶，亲君子，远小人。正所谓，"忠言逆耳利于行，甜言蜜语害死人。"

说到底，我以上的絮叨多言，无非是想告知孙子：人在江湖行走，在社会上立足，需得遵守的人生规则正是九个大字：明是非、守规则、知好歹。

委实，我知道，不管是什么人，你在一生中倘能懂得并践行明是非、守规矩、知好歹，你或许便可算是一个有教养懂礼仪之人。而一个国家若能人人崇尚此举此风，则必能树正气，抑邪风，扬文明之气，压罪恶之风，如此方能建设一个真正文明和谐的社会。

总之，在我看来，良好的教养与学校和社会的教育直接相关，但更重要的，却来自良好而严格的家教，和所处环境优良的教化传统。或许，这就是我这白发老翁费时劳神为孙子写这篇短文的根本缘由。至于孙子到底听进去多少，能否践行，那我可就不得而知了。

人生不满百　志当存高远
——与孙子话说人生志向

在金钱崇拜、物欲喧嚣之风日益盛行的当下，若想对青少年谈论人生志向和理想的话题，或许真是有些不合时宜了。但孙子年仅14岁，刚上初三，明年即将面临人生的第一个十字路口，对未来之路时现迷茫困惑之色，全家老小四口人曾考虑孙子初中毕业后，是上高中还是中技（职）校时，不管你是否愿意，你总不能不面对现实慎重选择。

志向便是横亘在他父母和爷爷奶奶、外公外婆面前一道难以回避的现实话题。虽然，我知道，这得主要由孙子和他父母做主，但面对从小跟随爷奶长大的孙子，爷爷我仍然不能不参与意见，尽管我常被孙子戏谑地称为唠叨的韶老头。尽管我也知道，时至今日，志向与理想话题，早已不像我辈青少年时那样，由学校和报刊一宣传说教就大都能通畅无阻地解决了。

其实，在我看来，在志向与理想一词当下遭到现代人轻谩与误解的时候，除了受限于此时的政治气候，让学生承当了过重的负担之外，主要还是因为人们对志向与理想作了过于偏狭的理解和逼仄的阐述。在许多人眼里，志向往往与崇高职位与丰饶财富一词联系在一起，时时给人以高攀不起的感觉。而在实际上，志向与理想之间毕竟还是有着不小区别，不短的距离的。

如果说，理想往往涉及人类社会最高的追求与境界，是事关全社会最合理最令人景仰的理论形态，那么，志向不过是全社会各阶层人士对于职业和人生的追求与设想。它有浓浓现实的烟火味，却很少高不可攀的空想成分。

在我看来，简而言之，所谓志向，从小处看，说白了就是，你逐渐长大了，总得不断设问自己：将来你要干什么，你靠什么养活自己，立身于社会；从高处瞧，你也当提醒自己：你有无艰苦创业的长久规划和人生追求。总之，倘若你不愿做一个浑浑噩噩毫无作为的人，你就得有一个稍为长久的人生目标、规划与追求，那便可称为志向。

志向似乎与人的年龄特别有缘，它几乎特别钟情于年轻的一代。当人们常开口问及青少年"你长大了想干什么？"的时候，这问询里，也便意味着涉及到对这孩子的职业与志向的关注。事实上，人到中年，更多的人便只问，今后你打算端什么饭碗吃什么饭了；及至人到老年，便再无人关心你的志向问题了。光阴逝水流年，人过七老八十，谁还有兴趣跟你谈论志向话题？

志向还与时尚不无关系。记得20世纪50—60年代，我辈读书时，有人问及长大了想干什么时，大多数青少年总会毫无迟疑爽快地答道：长大了当劳模，当战斗英雄，或当工程师当科学家；那时节，似乎很少人想到，"不想当元帅的士兵，不是好士兵"这类豪言壮语。相反地,却有不少人回答说,长大了,要当雷锋那样的战士。

时光如过隙白驹,几乎就在一晃之间,当年的我早已成了年过七旬的白发长者了。如今面对孙子正待初中毕业之际,我该怎样来讲人生志向,我又怎能讲得清爽这一既简单又复杂的现实话题?一时间,我竟也不免有些犯难迟疑了。

作为一个出身贫寒,待到中年之后才辛辛苦苦地为年轻时的志向奋斗了三四十年的文化工作者,我自知学识水平和工作业绩都十分有限,言说自己的志向,似乎尚不够格,遂首先想到借用古今中外名人有关志向话题的名言,来启示一下儿孙及当下的某些青少年,以资鼓励,树立起一些现代青少年的励志风气。

法国著名科学家巴斯基在谈及科学家成功奥秘时曾经简明地说道:"立志是事业的大门,工作是登堂入室的旅程。"他着重强调的是,立志是成功人生的首要要素,是开创事业的第一道门坎。

而美国作家马克·吐温和英国哲学家罗素则告诉我们,人生有了远大志向之后,还需要实现远大志向的定力、意志和不避艰难的刻苦精神。马克·吐温和罗素曾经说过:"人的思想是了不起的,只要专注于某一事业,那就一定会做出使自己感到吃惊的事情来。""伟大的事业根源于坚韧不拔的工作,以全副的精神去从事,不避艰苦。"

尽管人各有志,各有不同,然而,在我眼里,成功人士的志向并非只属于高官富豪,和杰出的科学家、文史大家,有时也出自平民百姓,理当也包括手握绝活的高级技工,擅养牛马猪羊各类牲畜的专业户,还有技艺高超一击致命的狙击手,以及会做拿手好菜的烹饪师,等等。难怪受人敬仰的普通战士、作家保尔也激情四溢地说过："人的一生可能燃烧，也可能腐朽，我不能腐朽，我愿意燃烧起来！"

此中的道理，看似复杂，其实，亦即古人所云："人生三百六十行，行行出状元也。"倘若说，状元还不算成功志向，那岂不太强人所难了！？我一向认为，志向只有高低之分，却并无贵贱之别，这大抵是不错的。志向的大小，并不等同于官位的高低，财富的多少。既然，王世襄、马未都等玩家都可以成为一代收藏名家大家，我们又何必要求每名青少年立志当元首和将军呢？

人生志向的抉择与实施，固然与各人的主观天资和客观机遇不无关联，但更为重要的，毕竟还是取决于该人在实施志向过程中的定力、意志和刻苦精神，还有便是个人的喜爱程度。根据我70多年的人生经验，我以为，天资是爹妈给的，客观机遇也非个人所能左右，在选择与实施志向时，关键终究还是要靠自身内在素质的坚韧与强势程度。人们常说"打铁还需自身硬"，或许还是有些道理的。

总之，如果说，人生志向乃是人生历程中，对未来所作出的较长远的规划与追求，那么，处于人生童稚与少年时期所设定的志向，往往也便不大可能一锤定音，注定不变。随着年龄的增长和兴趣、环境的变更，修改志向，甚至放弃志向，也就并不奇怪了。据我所知，孩童时的志向往往会在成长过程中，有所调整与变更，这大约也是人之常情和成长规律。

记得我小时候在乡间田野上、小河里捕鱼捉蟹时，或在乡村听大人说隋唐故事时，似乎压根儿就不知志向一词，十来岁进城读书时，也全然不懂志向一词的真正内涵。直到上初中时，我的志向也还在随着当时的舆论传媒而在不断变动，总之，无非是当劳模英雄，从无专家学者之念；直至高中毕业临上大学及大学毕业之后，虽有淡薄的志向意识，但也根本摆脱不了社会环境及政治运动对实施志向的深刻影响，故而时有不得志之憾，也就难免了。

在如今的物质化电子化时代，当我们老辈与青少年谈论志向话题时，尤需切记和防止财富追求与物欲追求观念的冲击与挤压，别让金钱崇拜之风影响、误导了儿孙与现代青少年对于人生志向的正确选择；更别让一些青少年在实施人生志向时，为缺乏定力和刻苦精神，从而陷入精神迷茫思想混沌的状态之中。

在孙子即将初中毕业，面临求学和职业等人生志向之机时，我期望孙子和他的同学们，切记别忘了中国大科学家钱学森临终前的"世纪之问"：为什么新中国成立后这几十年来，我们自己培养不出世界级的大科学家和大思想家？

看来，面临钱氏的"世纪之问"，我们确实还需重温中国古人关于立志的某些教诲："志当存高远"（诸葛亮）"治天下者，必先立其志"（程灏）。我以为，无论是个人立志择业，还是为国家寻求治国之策，本都不该轻易遗忘这些智慧教诲的。难怪大科学家杨振宁在93岁做客南京仙林外校时也对青少年学生说："科学研究的过程中，不仅需要兴趣和能力，还需要机遇。"诚哉，斯言！

即将踏上人生新途的孙子，务望切记：我们可以做一个平平淡淡老老实实的人，但切不可做一个浑浑噩噩稀里糊涂，毫无志向的人。有此意识，庶几也可算是有志向没白活之人了。

编余絮语录

人生游戏与游戏人生
——白发老人话游戏

随着经济的繁荣和现代科技的发达,一个全球的娱乐化时代正以炫目多姿丰富多彩的面貌,展现在人们的面前。

不管是白发苍苍的老人,还是青春勃发的青少年,也不管地域文化的不同,抑或是人生修养的差异,人们都正以迫不及待的姿态追逐着各种各样的人生游戏。

现如今,随着开放自由度的开拓和活法的多样化,人生游戏的自由度和丰富多彩,实在让人眼花缭乱目不暇接了。

放眼当下社会,不管你走在城市宽阔的大道上,还是置身于偏僻的乡村农舍里,也不管你是工人、农民,还是教师、职员,更不管你是迟暮年迈的老人,还是正在上学的青少年,你都会深深感受到当下社会娱乐化风气之盛。人生游戏正在成为众人的精神享受和娱乐所需。

不用说,平民百姓中仍流行着传统的打麻将取乐,也不用说,一些城市广场上流行的老头老太跳形态各异的广场舞是多么开心；就是一些赋闲的退休老人满世界地游览各国的名胜古迹、名山大川，或是青少年们不分场合地玩着名目繁多、花样百出的手机游戏，就足令人羡慕不已了。

作为一个年近八旬的白发老人，面对如今令人炫目的种种人生游戏，或许，我也只有好生羡慕的份儿了。按理说，人生游戏本是人生大幕中必不可少的，是漫长人生中十分向往的习惯。游戏乃人的天性和乐趣所在，游戏且有品味高下之别。这大约是人所共知的。

时至今日，我仍忘不掉年轻时，曾经经历过的各种游戏方式。少年在农村的乡场上，尽管家境贫困，我和小伙伴们仍兴致勃勃地钓鱼放风筝；上中学大学时，我一直喜欢打乒乓球，直到退休之后，仍然特别喜欢看奥运会和乒乓球世界杯。偶有所感，还写了十几篇有关体育的随笔短文。

待到我在漫长人生中度过七老八十的年代，品尝过人生的苦乐滋味之后，我这才真正明白：从人生游戏到游戏人生，虽只是仅仅颠倒了两个字，可实际上，却表现了两种不同的人生哲学和人生态度。自然也是截然相异的人生境界啊！

从人生游戏变为游戏人生，看似仅为两字颠倒小事一桩，实际上，差之毫厘之间，却失之千里万里之外。人生游戏者，只是视其为漫长人生中的一部分，或是一个不可或缺的瞬间娱乐而已；而游戏人生者，则将游戏当作人生宗旨和全部乐趣。整日整夜地沉浸期间，乐此不疲，不能自拔。

在人生游戏者看来，尤其是有事业心的成人看来，也许打牌下棋旅游跳广场舞，只不过是工作、生计之余的一种休憩方式，或是精神调剂与健身运动的有效举措。而在持游戏人生观者心中，人生不过是一场游戏而已,何谈家庭责任人生事业,又何谈国计民生、民族大义?

当然,更令人痛心的则是在游戏人生的消极人生观对当下不少青少年戕害与影响。人们有理由切齿痛恨那些吸吮民脂民膏、供自己及家族游戏人生的大小贪官,却也不该忘记对这类沉湎于各类诱人游戏的青少年们的关注与劝导。

作为一名有儿有孙的白发长者,我既羡慕儿孙们熟练地玩弄手机电脑时的无比乐趣,也不时地为儿孙们上厕所、学习时也时常沉湎于网络游戏,进而影响工作和学习而有所担忧。同时,我更为那些过于沉湎于电子网络游戏,终日在网吧混日子的青少年焦急。我不免经常提醒孙儿,从那里走向犯罪的青少年实在不少。

显然,作为一名人文知识分子,有时我也会为当下社会一些纨绔子弟日夜出入灯红酒绿的豪华酒吧,甚至开着豪华轿车炫富,寻求刺激而愤懑惋惜。至于那些一边玩手机一边开车,坐在地铁车厢里津津有味地摆弄手机者,那就更是见怪不怪,习以为常了。

总之,在当下社会,以游戏为人生第一要素,视游戏为生命之人,实不算少,尤其是那些既无远大志向和目标,又缺乏学习条件和刻苦毅力的青少年。称他们为游戏人生者,恐怕并不过分。至于那些以赌博与吸毒为游戏人生方式者,其陷入泥潭坠入深渊的危险,那就更是不值一提。

在我这个一向被孙子称为守旧韶爷的老人来看,在漫长的人生历程中,在不同的年龄段里,凡人总会有各种游戏方式伴随着自己成长。游戏是人的天性,是正常的精神需求。从游戏中不时地还会迸发出聪明才智、潜质特长,和重大的发明创造,甚至孕育出伟大的科学家。难怪有学者提出,文学本就诞生于游戏。

但我从来就不认可、不承认游戏人生的生活态度，也坚决反对儿孙以游戏人生的方式来对待工作与学习。每次外出看到有些年轻人只盯着手机屏幕，并完全无视眼前的年迈老人时，我总是表示出不以为然的态度，每当看到一些青少年一边玩手机一边开电动车时，我真想对他大喝一声：安全！

　　不是我要专跟电脑、手机网络游戏过不去，或是有什么深仇大恨，而实在是从小里说，游戏人生终将会毁了个人的一生；从大处看，则会败坏了国家的未来和期望。在我看来，游戏人生的不良后果显然可见：轻则使人浑浑噩噩，一事无成；重则让你家破人亡，灾难重重。古人云"玩物丧志"实是至理名言。

　　经历过人生游戏的种种苦乐之后，我想奉劝现代青少年的是：务必从人生游戏中寻找，挖掘到蕴含其中的积极意义和潜在能量。切勿沉湎过度乐此不疲，最终堕入游戏人生的险恶陷阱，毁了自己毁了家庭。那样，可就遗憾终身，悔之晚矣！

编余絮语录

孙子,爷爷好想对你说

俗话说,儿大不由娘,其实,孙子大了,也未必听爷爷的话。尤其是在当下,长时间奉行独生体制,则让一些被宠坏的儿孙们,在家里,在学校,往往便有专横任性,甚至沾染上了某些小皇帝的习气,及至稍长,随着逆反心理的增长,便更使长辈们焦急叹息,或力所不能及了。

如今让我特别困惑为难的乃是我该究竟怎样与12岁刚上初中一年级的孙子共处一室,和谐相处。一方是年过七旬白发满头的爷爷,一方是似懂非懂贪玩爱闹的孙子。

我向来主张男儿当自主,年过30就应成家立业,与父母分居另住,过着相互扶持但又各自独立的日子。我更无意于从学习读书到吃喝拉撒全包干地看护孙辈。不料想的是,自从儿子家庭解体,我与老伴便不能不打破这一设想,面对这一现实难题:爷奶辈如何与儿孙相处,并长期厮守在一起。作为爷爷该怎样看护、管理年少的孙子，尤其是正处青春期、叛逆期的孙子？

或许是因为考虑到孙子从小失去母爱的缘故，奶奶怕他受委屈，就给了他过多的关爱与照顾，从小千般呵护，百般疼爱，一直陪吃陪睡到今，生怕他睡觉时蹬被子受凉，生怕他吃少了饿肚皮。以至养成他饭来张口、衣来伸手的娇宠习性。

鉴于儿子自立能力不强的教训，我曾多次劝说老伴对孙子再不能过于宠惯了，但凡他自己可做之事，切不可包办代替，但老伴爱孙子心切，根本听不进我的劝说，一切依然照旧。于是，作爷爷的我便出面为孙子立上几条家规，谁料想，从此爷孙间便屡次发生多次冲突，弄得我哭笑不得左右为难，血压陡然升高，最终使得我自己下不来台。

曾记得，2001年6月21日中午时分，我与老伴在市妇幼医院产房前焦急地等待孙子的降生，及至看到门开处小车推出了一个雪白粉嫩的小孙子的面庞时，我顿时暗自庆幸：我把心爱的宠物小狗佳佳送走，如今换来了一个如此可爱的小孙子，真是太值了！

还记得，小孙子壮壮上幼儿园和小学一二年级时，在送他上学的路上，我不失时机地教他背诵唐诗，从李白的"床前明月光"，骆宾王的"鹅鹅鹅，曲项向天歌"，到王维、孟浩然的思亲怀乡诗，他都能伶牙俐齿地背上十几首，一旦有亲朋好友来家作客，我让孙子即席背诵唐诗，立马受到大家的夸奖。

稍长，孙子读小学六年级时，虽然学校离家不远，孙子有时表示不用爷爷再送他上学了，但我仍然继续坚持送他上学，并不时地在送他上学的路上，跟他讲解一些关于社会和人生的道理，而讲得最多的，便是社会似宝塔结构的原理，和名人成功的公式与规律。再有中国人固守的俚语：种瓜得瓜，种豆得豆，什么都不种，你什么也没有。有时他听厌了，未免觉得爷爷太好韶了。就不禁写了一篇题为《我那好韶的爷爷》的作文，交给语文辅导老师，竟然受到老师的一通夸奖。

孙子就这样在爷爷、奶奶的呵护下，在唠叨声中成长。大约十一二岁，他在家量体重，与奶奶比身高时，竟忽然发现他已比奶奶高出些许，体重也快赶上他干瘦的爸爸了，不知不觉间，我们忽然发现孙子已经长大成人了，站在爷爷奶奶眼前，或是亲朋好友来家作客，见到他壮硕的身体、健朗白皙的面庞，莫不赞叹这孩子聪明健壮，乐观阳光，奶奶听了，乐滋滋地特别高兴。

然而，问题恰恰就出在孙子上初中前后，一向听话乖巧的壮壮，刚进入青春叛逆期，就常与奶奶顶撞，更与我这好韶的爷爷冲突不断。有时直气得奶奶叫骂吆喝声不断，让我这性急的爷爷也禁不住要拿抓痒竹耙子教训他，即使不用此体罚，也会常用"国有国法，家有家规"的法纪来训诫他，并不时声言，"不听大人话，就当另寻别处待着去！"虽然，他见爷奶发怒，口中也不时"认错"，但行动上依旧积习难改。

最让爷奶头疼犯难的事，正是当下社会和学校在一些青少年间流行的通病：沉湎于电视、手机和电脑上的网络游戏。常常是，孙子一放学，就立马跑到我书房的电脑前忙着上网游戏，我赶他下网，让他先写作业，或是先弹吉他，或是拉健力器，做俯卧撑，孙子却往往对我忽悠几下，一不注意，他又偷偷找出大人的手机乐悠悠地玩了起来。在他心目中，似乎对学习并不在意，健身与音乐也不在话下，就连吃饭也可全然淡忘，甚至弃之不顾。

我深知，沉湎于网络游戏，不只是我孙子个人不良嗜好，也是当下社会的疑难杂症，称之为社会通病，大约也不为过。只要留意一下地铁或公交车上一些时尚青年大都在低头干什么，你或许就不会持有异议，过度怪罪孙子了。

作为现代人人文知识分子，我固知道，电脑、手机与电视等高科技文具在现代社会的巨大作用，我亦羡慕儿孙们熟练摆弄三电时所获得的快乐。但我更不能忽略沉湎于三电里那些"打打杀杀，嘻嘻哈哈"的画面，所给予青少年留下的不良后患。为了孩子的将来，我终究不能容忍孙子长期沉湎于电子网络游戏。于是，我开始费尽心思地筹划实施"拯救"孙子的计划。

我教孙子背诵孟子关于"天降大任于斯人，必将劳其筋骨，饿其肌肤，空乏其身"的教诲，我跟孙子反复讲解报刊传媒上那些沉湎网络游戏而辍学犯罪、锒铛入狱的惨痛教训，希望他引以为戒，减少控制玩网络游戏的时间。我还主动陪他下棋打扑克，企望引领孙子早日远离网络游戏的陷阱。为此，我还特地写了一篇谈论乐趣层次高下的短文。

为了孙子，为了孙子的将来，我和老伴煞费苦心，绞尽脑汁，要问效果，我依然不敢过于乐观，只能说，作为长辈，我们尽心竭力了。人生之路，毕竟要每个人自己走的。有时为了自慰，我只好说"天要下雨，娘要嫁人；皇帝不急，急死太监"，何必呢？

盖因，我知道，这不是我一家我一人的困惑，也是时代和社会的难题。而真要解开这道难题，更需全社会的努力。或许，我们本没必要否认爷孙间存在的代沟，我们更需要用亲情与智慧去抚平这代沟。让孙子健康成长，让家庭充满亲情和谐共处。

编余絮语录

孙子的口头禅

在日常生活中，口头禅本是一个人的语言习惯并常常成为取名诨号的缘由，可在一些作家的一些作品中，一些人物的口头禅和诨号里，却常常成为表现人物鲜明个性的艺术手段，如《三里湾》里的弯弯绕、常有理和《小二黑结婚》里的小诸葛等。

近年来，我忽而发现，我那上初中的小孙子的口中，却也会常从他口中反复冒出一些习惯用语，而出现频率最多的口头禅通常是"马即，马即""知道了，知道了""我错了，我错了！"

我和儿孙多年共居于三室一厅的狭小空间里，家人的饮食起居，学业娱乐，本无多少秘密可言。孙子的生活、学习情况全发生在爷奶的眼皮底下。当然，对孙子的习惯、脾气，直至流行口语，也便十分熟悉，了然于心。

随着共处日久，我忽然发现，孙子每日上厕所三四次，每次时间竟长达十来分钟。起先我以为他可能吃了脏东西，继而发现并非如此，于是便催他不可久坐马桶，他便常以"马即，马即"来应付我。出于好奇，我从门缝中偷看始知，原来，孙子坐在马桶上拨弄手机，玩起了网络游戏，常常情不自禁地忘了时间。

再有，就是他在放假期间一有空隙之机，便钻进我的书房，说是上电脑查作业，但只要稍加留意，偷瞥一眼，便会时常发现，他又在电脑银屏上玩起了动画枪战游戏。我始而耐住性子提醒他切勿贪恋游戏，误了功课。而此刻的孙子总是满口答道："我知道了，知道了！"可隔不了不久，便又会发现，情况并无多大改变。"知道了"不过是摆弄电脑网络游戏的借口和口头禅。

每逢此情此景，就连我这年近八旬性格一向沉稳的老人也不由生气发怒，大声斥责孙子太不懂事，玩心太重，有时甚至声言要把孙子赶离书房，甚至要逐出家门。每当此时，一向还算乖巧懂事的孙子，虽心有不服情绪，面有抱怨之色，但只好退出。

在一个三代同堂的家里，细想之下，三代人之间往往有亲情也有冲突，这大约并不奇怪。记得前年，孙子就曾写过一篇题为《我跟爷爷的亲情与"战争"》，诉说过他跟爷奶之间的亲情联络，也真实记下了我们三代人之间的偶尔纷争与冲突。大约这次也不例外。我也就心气渐渐平息下来，不再深究了。

果不其然，事后只不过一个多小时，孙子便会寻找机会，或在餐后，或在临睡前，温顺地走到爷奶前，说声："我错了。"于是，我和他奶奶顿时消气和声了。充斥于家中的紧张与阴霾也随着孙子的一声"我错了"渐渐化解消失了。

不过，随着岁月的流逝，我终于发觉，孙子的口头禅从"马即"——"知道了"再到"我错了"并未消失，甚至就连减少也说不上。仿佛这口头禅成了他的救命稻草，消解责难的借口。这不家中二代人便不得不克服病痛，为孙子的早餐尽心出力地统筹安排，一时间，真可说是忙得既烦人闹心又不亦乐乎了。

有一段时间，每日清晨天刚蒙蒙亮我即起床，赶忙上临近早点店为孙子为家人买早餐。先是买烧饼油条，吃厌了，改买煎饼蒸饭，再不就是肉包子、烧麦，有时也买点手抓饼、手撕面包，还有牛奶饮料。

孙子对于家人的热情款待，尤其是爷奶两位老人费心尽力地为他换着花样准备早餐，他有时一边吃得兴起，一边称谢，但也并非一概乐于接受。常有因赶写作业到深夜，睡得太晚，早晨起不来，直到七时才起床赶忙洗漱完毕，便来不及吃早餐就跟爷奶打个招呼，急匆匆地骑车上学去了。这时我只好给他五元钱让他路上买点早点吃。至于他是否买，那就不得而知了。

孙子嘴馋挑食，不好伺候。举凡碰到隔夜饭菜，或是不喜欢的早点饭食，他就会寻找各种借口不下筷子。好在他也知道，爷爷奶奶老了，无论严寒酷暑清晨起床为他准备早餐实在不容易，因而即使遇到他不太满意的早餐，他也很少埋怨发火，只是说声"我不饿"，或是表示"来不及了"，就掩饰过去。显然，已经上了中学的孙子，大约也有点晓得心疼爷爷奶奶，不愿过分为难两位老人了。

见此情景，我不得不再三劝导孙子说：营养学家说是要尽力做到早上吃得饱，可孙子或是听不进去，或是勉强答道：知道了，可就是难以做到，常常仍是我行我素。这让爷奶不由地为他干着急。

为此，这不免让一向细心叮嘱呵护孙子起居学习的奶奶，为孙子的早餐特别操心焦急。她先是让儿子起早为孙子做鸡蛋油炒饭，孙子起先果然颇感兴趣，每日早晨六点半左右洗漱完毕，便端起一碗香喷喷的鸡蛋油炒饭,只消几分钟,狼吞虎咽地吃了下去,然后雄赳赳地下楼上学了。

不料有一天,九点钟左右起床的奶奶发现他爸爸给他炒的油炒饭原封未动地摆在饭桌上,显然孙子又不吃早餐,饿着肚子上学了。从小伺候孙子长大的奶奶深知,还是昨晚用餐的孙子,现在饿着肚子上课到中午再用餐,便生怕他伤了身体,影响发育,遂又为孙子的早餐换了新花样;花14元买一份三鲜馄饨,早晨亲自为他下馄饨,看着孙子吃好,再去上学。

就这样,一家两代人为这宝贝孙儿的早餐,可算是费尽了心机,绞尽了脑汁。但到底效果如何,仍然令人不太放心。

作为一个从童年农村走到城市,又经历过贫穷、灾难的人生经历,如今已临近人生暮年的爷爷,见到孙子早餐的种种不良习惯,不由自主地便想起了青少年时早餐的情景。于是,20世纪50年代初至60年代中期,我读小学和中学甚至读大学时,我用早餐时的情景,便一一再次浮现在眼前。

曾记得,上小学时,我家的早餐只能吃玉米糊就小菜,连一块烧饼、一根油条也成了可想而不可得的奢侈品。曾记得,上中学时,我家的早饭常常只是稀饭,偶尔有点馒头加餐,也就十分满足了。想吃一个肉包子和烧麦,更是不太可能。曾记得上大学时,正逢困难时期,早餐吃上一小碗稀饭,外加一个小馒头就算不错了,要想吃一块烧饼或是一碗阳春面那也是十分困难的。

直到如今,尽管我已知晓,隔日的饭菜不宜多吃,可我依然积习难改,照吃不误。我怕浪费饭食,可我从不要乖孙子也如此。我仿佛已逐渐习惯了某些常见的文件用语:老人用老办法,新人用新办法。

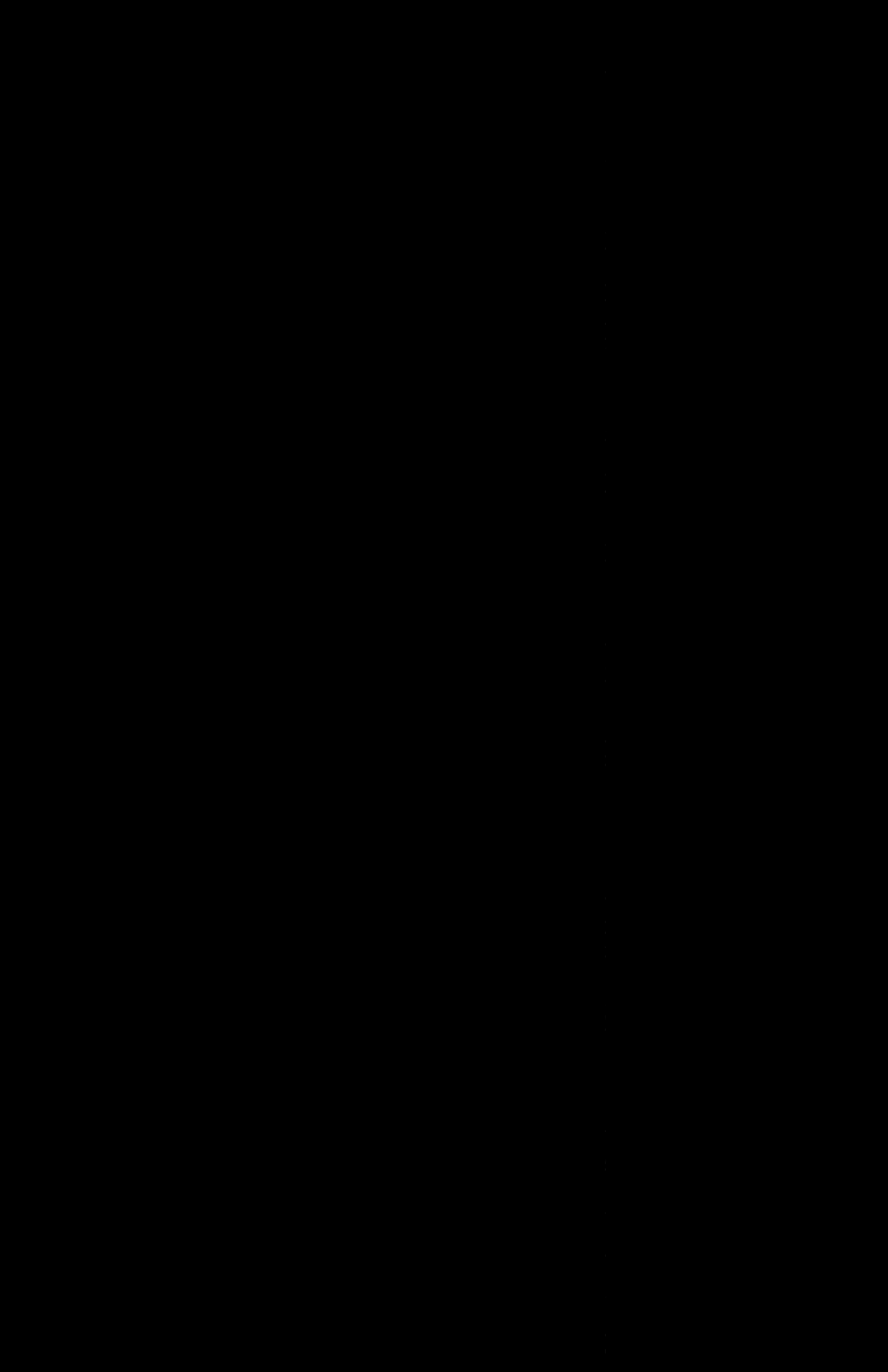

我那老哥

一得知大哥前些时大病初愈不久就住进了养老院,弟妹们随即赶忙从周边县市不顾车马劳顿地聚集于大哥身边,关心问候,亲切畅叙。

兄妹相聚,一时间,长期患糖尿病,近又因冠心病和直肠癌动了手术的大哥,顿时兴奋不已,倾心叙谈,似乎忘了病痛。随后遂热情带领弟妹参观养老院各处设施,介绍这一新建的全国颐养中心的有关资料。见此情景,不由地让我这年近八旬的老人,不免也有些心动:若有条件,我能否也来此养老,陪陪大哥呢?

作为多子女家庭,自小又与大哥一道度过贫穷与患难的弟妹们,自然知道,大哥对弟妹的吸引力、凝聚力,并不在于财富与地位,而在于昔日他对家庭的贡献,对弟妹的亲情与影响。这在当下社会物欲喧嚣,亲情淡漠的世风盛行之际,尤其显得格外的亲切与可贵。

在多子女多姐妹家中长大的孩子，我自然知道，家中的老大要多吃多少苦，多付出多少心血，才能获得众弟妹的尊重与喜爱；与哥哥一道长大、只比哥哥小三岁的我，也十分清楚大凡是上了岁数的人，大约总难免会常在内心交织着人生漫长和人生如梦的慨叹。近年来，弟妹们都已逐渐年逾古稀之后，每在忆旧中想起昔日与大哥相处的日子，便顿时会从内心涌上这股的情感波澜。

岁月无涯人有情。仿佛就在一眨眼之间，时过六七十年了，至今我还记得，小时候在农村，哥哥带我到村后小河边钓鱼虾，下水田摸螃蟹、捉鳝鱼，领着我在田埂上割猪草，在乡场上放风筝。陪着我到石桥头上小学。以至在农村贫困的日子里，我从未感到特别的孤独与痛苦。

我还记得，1949年那年，父母带领我哥俩和二妹进了南京城，大妹与小妹均因贫穷无奈地给了人家。又因家贫，大哥把上学的机会留给了我和二妹，他自己则宁愿帮助父母挑起生活重担，或挑担卖菜，或摆地摊做小生意，才十四五岁就得挣钱糊口，养活自己，直到十六七岁，才有机会参与邮电培训班。而后即到郊区县干起了几十年的电讯外勤线务工作，并立即按月寄钱回家，帮助父母维持家用。

总之，在20世纪50—60年代，我家最贫困之际，正是大哥用他那稚嫩的肩膀，分担了父母肩上的生活重担，让我读完了中学和大学，让二妹上完了中专。虽然，年轻时，我和二妹并不懂得感激大哥的辛劳付出，但我至今仍清晰记得，大哥在劳作之余，曾在石鼓路租住的小屋里陪我下棋打扑克，共度过青少年时的快乐时光。

尤其是1957年前后，我读高中之际，迷上乒乓球，却无钱买球拍，曾偷偷写信给大哥，央求他瞒着父母给我寄5元钱买球拍，大哥虽然工资不高，还要按月寄钱给家里补贴家用，但他仍应约给我寄来了5元钱，满足了我的乒乓之乐。

可惜，在"文革"中，我们兄弟姐妹天各一方，极少见面叙谈，再往后，人到中年，各自忙于自己的事业，又往往为家事所累，很少联系，情谊也渐渐疏淡了下来。偶尔听说，大哥家里次子生病，离家出走，我想前去探望，但又怕引起他和家人伤心悲痛，遂只好作罢。

显然，那时我们还年轻，并不能深切领悟到，大哥究竟为弟妹的求学吃了多少苦受了多少罪，也不懂得作为弟妹，该怎样领这份情，又该怎样报答、酬谢长兄的这份心意？

直到年过花甲有了子孙之后，我们方才渐渐醒悟到，大哥对我们家是有贡献的，对我们弟妹是有恩情的。尤其是近几年来，大哥年过八旬，我们也年过七旬之后，这才觉得，对大哥我们确实是有所亏欠的，再不报恩称谢，可就来不及，后悔莫及了。

原来，近几年来，作为弟妹的我们常去哥嫂家聚会，尤其是大哥年近耄耋之年，身体日衰之后，我和二妹，及从小离家的小妹，每每在大哥生病住院，直至这次住进养老院之际，弟妹们便相约一同赶到溧水洪蓝养老院，来看望老哥。

在多子女的家庭里，兄弟姐妹长大成人成家立业之后，要想保持和谐相处，不生龃龉不快之事，其实并不容易。当父母离世之后，便更是难能可贵。而每逢此时此刻，便尤需作为老大的哥姐能够以自己的道德力量和深厚的兄妹情谊，来引导、影响弟妹们。

近几年来，随着年龄的增长，和我常去溧水看望老哥方始得知，老哥的实诚勤俭乐于助人的个性，还在大嫂及其一家姐妹中，也颇有好感，尤受尊重。尽管老哥文化不高，个性也有些古板，但却以他的人品言行，取得了大家的信任和推崇。

我那老哥以自己的实诚勤俭和乐于助人赢得了全家人的尊重。但也常以老人的固执和守旧，而招致儿孙辈的某些不满与非议。在我看来，清官难断家务事，家中的争执或许并无多少是非可言，更多的却是代沟所招致。

小时候，弟妹们喜欢喊他"哥"，中年间，我们称他为"大哥"，直到我们都已老去，我倒更爱叫他"老哥"。这称呼的些许变化，着实表达了渐已老去的弟妹们对已过耄耋之年的老哥的尊敬与感恩。至少，"老哥"之称，更能表达我此时此刻的心意。

古人曾有诗云"相见时难别亦难"，表达的是亲友相聚与分离的情感波澜。下午五时左右，在弟妹们面对养护中心周边黄灿灿的油菜花，依依不舍地告别老哥时，看到送别时老哥孤独的身影，我不禁在心底暗自许愿：要不了多久，我会来此，陪伴你住一段时光的。

编余絮语录

闲话孙子赶考

一个快 15 岁的少年初中生,面临人生十字路口的一次赶考,在其他国家,不管经济高度发达的国家,或是经济极端贫困的家庭,也许实在算不了什么大事,但在当下独生子体制盛行,望子成龙望女成凤的中国,却无疑具有非同寻常的意义。对于有中考、高考毕业生的家庭,倘称这段时光是喜忧参半、悲喜交集的日子,大抵是不错的。

君不见,在当下中国究竟有多少家庭老少六人为着孙子(女)的读书、职业、出路而殚精竭虑、煞费苦心地操劳不息呢?就我家而言,辛苦劳碌了一辈子,如今已年近七老八十之际的爷奶辈,本就不太乐意如此过度费心的,可面对儿子破碎的家庭,羸弱的儿子,我又怎能忍心抛下儿孙不管不顾。何况,我那既讨厌又讨喜的孙子,尽管成绩中等,却一再声言非大学不上呢?

6月19、20 两日,正是孙子赶考的日子,也是我们一家老小紧张忙碌的日子。18 日晚，我便叮嘱孙子尽量吃好喝足，然后弹弹电子琴，放松心态，尽早休息。第二日早上儿子一反往常清早便起床为孙子做蛋炒饭，奶奶一再叮嘱孙子带齐有关证件，整理好笔墨纸张，而上过大学、经历过无数次考试的爷爷我，则反复提醒孙子，考试时务必要细心、耐心、专心，切勿粗心大意，看错题目。

其实，早在正式赶考前一个月左右的一模、二模预考中，全家老小三代人就进入了紧急动员的"临战"状态之中了。年逾古稀之年的爷奶终日寻思筹款为孙子寻找各类辅导机构和辅导老师。先是上小班十几人辅导课，继而临考前半月内，又展开一对一小课辅导。就这样，短短一个月内，就花了教育辅导费用数万元。此外，购买各类辅导教材，还不计算在内。至于孙子的日常生活，和特殊爱好，那就更令人煞费苦心，操劳不已了。

中考两天里，家人本想即刻问他中考印象的，可又生怕影响到他的情绪波动，我们除了照顾他的饮食起居，建议安排他好好休息之外，其余都一概免谈。他似乎成了家中的小皇帝，谁也不敢惹。

直到 20 日全部科目考完，当晚临睡之际，家人才小心翼翼地问他考得如何时，孙子沉吟片刻，方才回答道："辅导课复习题一题也未考到！"一听这话，顿时把家人吓得不轻，心想这下坏事了！只是让他估测分数的时候，孙子曾说了一句："可能在 580 分左右吧！"

按此成绩，我让儿子查了往年各校录取分数线，这下可把爷奶和他爸妈吓得不轻。且不说重点高中没希望，那就得另寻出路，考虑选好一点的职校或连读大专了。可没想到我那宝贝孙子，一听说要选择职校，立即表态："我决不干！"

得此信息及孙子的表态，家人可就更为焦虑犯难了。孙子年近

15岁，他还不十分懂事，也未必知晓凡事总得向好处争取，但也须有作坏处准备的道理。于是，那几日家人即探寻适合孙子分数线又便于就业的中专或职校。

考完试那几天里，孙子看似轻松无牵挂，每日上电脑玩手机，有时还弹弹吉他。家人则终日忙于打电话探询，几经斟酌，最后选中镇江一所警官职业学院，且须得在分数公布前前往体检申报。家人不敢直言相告，只好以爷奶外出旅游为借口带他前往。

幸好还算懂事乖巧的孙子，随爷奶到了镇江，得知此事后，并无抗拒不从，并顺利地报上名，以作后备。这多少让年近七老八十的爷奶内心得到某些慰藉。在赶考的日子里，三代人之间总算有了些许的沟通与理解。

在惴惴不安中度过了几日，6月30日上午终于从电脑上查到孙子竟考了604分！看来一向个性内敛的孙子还是对家人留了一手，凡事他心中有数，暗中使劲，却不愿自满张扬，生怕考砸，惹人耻笑。

随后几日，欢乐喜庆的气氛顿时充满家中的每一角落，全家一直处于和谐兴奋的气氛中。家中来往电话不断，奶奶也顿时觉得脸上有光，逢人便告知孙子的中考成绩，并开始与孙子外出的妈妈共商填报志愿的话题。据悉，在南京4万名考生中，孙子的604分，排名9千名之内，这样，填报志愿也便有了充裕良好的选择空间。

看来，孙子赶考时刻，不只决定着孙子未来的人生之路，也是全家老小悲喜交集时刻，更凝聚着家人对孙子的温情关切之爱，甚至寄托着对家族未来的某种期望。我明白，家人的高兴不是孙子获得的高分，而是孙子有了长足的进步。孙子终于慢慢长大了。

陪孙子赶考的经历，不由地勾起了我当年初中毕业在南京赶考的记忆。遥想1956年,那时节因我家兄弟姐妹多,家贫无助,父母不愿意让我上高中读大学,只求让我上中专早些工作,自己挣钱养家糊口。最终还是中学班主任老师上门动员,家里人才勉强同意让我考高中的。那会儿赶考期间,家里哪有一点优待条件,即使后来考上了,家里又何谈有什么喜庆欢乐的气氛。

比之我当年初中毕业,甚至高中毕业时的情景,比之国外发达国家的教育现状,一个年近15岁的初中生的毕业考试,竟在全家老小面前闹出如此大的动静,搅得全家不安,观之其他中考生临考状态也大体类似。我以为,这大约是属于中国当下社会独有的特色和国情了。至于这特色与国情效果如何,又该怎样评估,那就得另当别论了。

早先我从古籍中知晓封建社会里,书生苦读十年赴京赶考的故事,还读过范进中举的范文,近日又读过莫言所写《陪女儿高考》的短文,如今作为爷奶,我才品尝到陪孙子赶考的酸甜苦辣的滋味。昨日我从报刊上读到一则题为"丹麦人为了生孩子那点事儿,真是操碎了心"的短讯,现在,我才知道,称中国人为孩子升学操碎了心,那是一点也不为过分的。

但愿这一赶考景象早日成为历史,但愿孙辈的赶考别再让年迈老人操碎了心。

编余絮语录

乡愁古今皆有　滋味各不相同
——鸡年春节话乡愁

我是一个年近耄耋之年的老人，打从我记事起，已经度过了70多个春节。与前几十年的春节相比，今年的春节显得格外奇特清静，别有一番滋味在心头。家中原有四人，16岁上高中的孙子除夕之夜就去姥姥家拜年了，体弱多病的儿子或卧病在床，或坐在电脑桌旁与电脑作伴，打发时光，社交频繁的老伴，除了准备年夜饭，便独自坐在沙发上与手机为友，打打麻将游戏。春节长假中，我除了给几位亲友打电话拜年，几无其他聚会活动。

作为一个与文字打交道几十年的文化老人，我自有度过欢庆时光的独有方式与乐趣。除夕的早晨，我依然独自快步走到东大田径场上，迈开腿走了三圈，又到单双杠上练练臂力。大年初一的上午，我独自在书房里，满怀乐趣地观看了一场令人难忘的美国NBA男篮球赛，大胡子哈登领头的火箭队精彩地赢了76人队。这让我结结实实地享受了一次观看世界级精彩球赛之快乐。

年初二早上，儿子与老伴还睡在床上，我又独自步行至北极阁山下，三步并作两步地攀爬上了近百米高的山顶，环顾四周，竟发现除节日登山者、玩鸟者外，还有不少老年健身者。在返家的路上，我特地在地摊上买了几斤香蕉。盖因我忽然想起了儿孙患有便秘，吃香蕉或有利于排便。

我家住在市中心长江路一带一幢旧居里，春节三日中，周边一片寂静，既没有昔日的鞭炮声和麻将声，也没有走亲访友登门拜年的喧哗。我的父母早已逝世，兄妹都在外地，对此寂静，我似乎早已习惯，并无多少孤独之感。唯有夜晚上床时，我披盖上镇江二妹快件寄来的羽绒被，早上穿起兄妹亲人为我准备好的羽绒衣裤，我从心底才感到分外的温暖。

正是这来自家乡和亲人的温暖，勾起了我此时此刻思亲怀乡的情结，唤醒了我心中淡淡的乡愁。此时此刻，对我来说，乡愁简直就是一种别有滋味的人生享受。

（一）

或许我是一个长期从事文艺工作的文化老人的缘故，父母早已亡故，如今我一提到思亲怀乡的乡愁，依然不由自主地想起了中国古代诗人有关乡愁的脍炙人口的诗句。在舟楫不便的中国古代，多愁善感的文人墨客和游子们曾给我们留下了诸多表达乡愁的佳作。在寂静的春节里，阅读这些有关乡愁的佳作，让我心中涌起的乡愁情结，总算得到了些许宣泄与释放。

曾记得我十岁离开家乡来宁读中小学时，便读过唐代诗人贺知章的那首《回乡偶书》的名句："少小离家老大回，乡音难改鬓毛衰。儿童相见不相识，笑问客从何处来。"之后，又读过王维思亲怀乡的名作佳句："独在异乡为异客，每逢佳节倍思亲。遥知兄弟登高处，遍插茱萸少一人。"

尽管处于青少年时期的我，已能读懂这几位诗人著名诗句的意蕴，但毕竟离乡不久，又十分向往外出闯荡，漫游国内著名胜景，当时的我，并不能真正领悟到这些诗句的深远意蕴。

直到年逾古稀退休之后，读罢现代诗人余光中的著名怀乡之作《乡愁》，我方才真正体悟到离乡背井老人的乡愁之情，是多么深沉难忘："乡愁是一枚小小的邮票，我在这头，母亲在那头。长大后，乡愁是一张窄窄的船票，我在这头，我娘在那头。后来啊，乡愁是一方矮矮的坟墓，我在外头，母亲在里头。而现在，乡愁是一湾浅浅的海峡，我在这头，大陆在那头。"

还有于右任临终所写充分表达家国之情身世之痛的诗作《国殇》，更显得悲怆深沉感人肺腑："葬我于高山之上兮，望我大陆；大陆不见兮，只有痛哭。葬我于高山兮，望我故乡；故乡不见兮，永不能忘。天苍苍，海茫茫，山之上，有国殇。"显然，这两位老诗人笔下的乡愁，已全然是对家国故土的深切眷恋了。

其实，乡愁不仅在中国文学传统中占据着重要的地位，即使在外国文学中，也不乏此种元素。只消阅读上世纪风行一时的拉美魔幻现实主义作家加西亚·马尔克斯的代表作《百年孤独》，其意蕴之中，除了充满了对现行政治的不满，还有对唤醒民心，对民俗风情寄寓着深切温情之外，又何尝不包孕着作者对故土和乡愁的深切怀念呢？

看来，如果说，乡愁是古今中外人人皆有的忆旧情结，那么，不同时代，不同的人生境遇，乡愁又自有不同的形态与内涵。倘若说，乡愁古今皆有，滋味各有不同；乡愁是因时而异因人而异的，那大抵是不差的。不同时代不同年龄人的乡愁，委实是颇为不同的。

（二）

按照我的理解，所谓乡愁无非是指青少年，尤其是中老年人一旦离开生我养我的故土之后，对父老乡亲和风情风俗的忆念与眷顾。而且随着岁月的流逝，这忆念与眷顾的情结，也便愈加浓厚深切。这大约就是对乡愁情愫最初的粗浅理解了。在舟楫不便，经济拮据的农业社会，外出谋生的游子，离乡（镇）愈久，年龄愈大，乡愁也便愈加深沉浓郁。

在当今的工业社会，随着高科技、电子化的高度发达，乡愁虽然有所减弱淡化，但终究是无法消除的。每逢传统佳节来临之际，目睹熙熙攘攘的探亲大军奔波忙碌地前行，辛辛苦苦地奔向家乡，我们只能坦诚地承认，即便如此，这绵长悠久的乡愁之情也是不可能完全消解的。

看来，乡愁与个人财富的多少，社会地位的高低，并无直接关联。乡愁是绵长的亲情文化，是持久的历史传统。乡愁委实是割不断理还乱的情感方式。乡愁诚然是人类持久绵长且又健康丰富的情感活动，但这并不意味着表达乡愁的形式与内涵亘古不变。随着时代和社会的变迁，乡愁也会注入新的情感元素，让人咀嚼出新的滋味。这大约正是今年春节期间我阅读我的乡友作家的两部文艺新作后所逐渐体悟到的新感受。

第一位乡友作家是茅盾长篇小说奖得主格非。他与我一样都是江苏镇江东乡丹徒人，他的老家与我的老家只相隔十来里路。1981

年，他离乡到上海华师大求学期间，创作短篇《迷舟》时，即引起我这文学编辑的关注，并曾约他为《钟山》写了另一短篇《褐色鸟群》，随后我还到华师大看望过他。再后，我在组织《钟山》笔会时，还曾特地邀请他与李晓、张抗抗与编辑部的年轻编辑苏童一道游览了镇江和扬州的名胜风景，进而又一起讨论了文学创作的话题。

2000年，格非调离华师大，进了清华中文系任教，边教书边创作。当他荣获了茅盾长篇奖之际，曾寄书与我，我还特地写了一篇短评，发表在家乡的报纸副刊上，以表达来自家乡文友的祝贺。

上月初，当我从报刊上得知格非近日发表了描述家乡巨变的长篇新作《望春风》之后，遂立即让小孙子帮我网购了这部表达现代乡愁的长篇新作，准备借春节阅读这位乡友的新作，来浇洗自己心中积存已久的块垒。

（三）

春节长假里，借着周边的一片寂静，我一边读着《望春风》，一边与乡友作家共同沉入了乡愁的情感风波里。委实，我与格非共处同时代游子般的生涯，如今借着他的这部新作，两个同乡的文化人，似乎找到了心灵深处的某些共鸣点。

是的，曾经一道喝过家乡水，吃过家乡饭，又一道生长于家乡的土地上，而后又先后离家谋生的文人游子，如今多次回乡探望之后，面对新世纪以来家乡的历史巨变，又怎能抑制住新的乡愁滋味呢？

当然，在我们这些家乡的游子看来，毕竟农村在解决了温饱之后，中老年农民的精神娱乐需求亦同样是值得关注的。我想，正行走于城乡之间的中老年农民们，面对渐渐消失了的村庄，一时间确实有着颇为难言的尴尬，遭遇过"我们从农村来，我们往何处去"的困窘。

显然，在我国正进行的史无前例的城镇化过程中，大约谁也难以否认，当下某些农村新政所造成的农村的颓败，农田的荒芜，表明中国农村活力正呈现出下降的态势中。无论如何，这也是格非和我产生新的乡愁情结的原因之一。我们都怕从此失去乡村这一大多数中国人的精神家园。

虽说观之古今，乡愁人人皆有，而当下文人笔下的乡愁，常常流淌着对故乡与故土深沉的爱。尽管这爱中有眷恋不舍，却也不乏迷惘失望。读着乡友作家格非的《望春风》，我尤有这种感觉。

论说起来，作为从小生活在丹徒东乡，而后又长期读书、工作在外地的文化人，格非与我委实有着不少相似和相异的经历。相似的是，我在南京读了中学和大学，而后被分配到北京文学所从事文学研究工作，又因照顾家庭亲属关系，从河南五七干校调任江苏出版社和省作协从事文学编辑与文学评论工作，长达30年。而小我24岁的格非则在家乡读完中学，尔后又考上华师大读书工作多年，再后因家庭在京，而奉调清华大学任教学工作，兼职文学创作。显然，我们都属离乡多年奔波在外的游子和文化人。

所不同的是，由于格非父母家人仍长期居住在丹徒老家，他自然比我有更多回乡探亲的机会，熟悉家乡几十年的变迁，对乡愁有着更为深切的体验。尤其是新世纪以来，对平田村庄消失的巨变，必然有着更为剧烈的感受。而我自打全家搬迁南京，农业合作化时，家中的几亩薄田又交与国家，后又卖掉家乡的两间旧宅，从那以后，我就很少回乡探望了。

　　直到年过花甲，快到退休之际，我才陆续地利用回镇江探望三位妹妹之机，乘便让她们陪我回到生我养我的东乡老家，探望我曾住过的旧宅、禾场和曾割草养猪的自家田块，回忆少年时曾一道玩耍的小伙伴，还有村后钓过鱼虾的小河。归宁之后，偶有所感，还写过《故乡寻觅》《梦中垂钓》《忆庄保》几篇怀乡短文。

　　待至年逾75之后，思亲怀乡之念日见强烈，我遂每年借去镇江探望二妹小妹之机，必主动要求返回东乡石桥筛子杨村看望旧宅老屋和村后的小河。那时，面对已久无人居即将坍塌的老宅，还有村后那被垃圾污染的小河，常在内心激起阵阵唏嘘感叹。

　　当然，更令我伤感动情的是前年归乡时，满目所见，旧日村舍已荡然无存，只剩下一片废墟，人迹罕至，鸡犬无声。万般无奈之下，我让二妹为站在旧居的废墟上的我拍了一张珍贵的照片，归来之后，我还特地写一篇表达此时此刻心境的散文《游子·土地·农民》（游子返乡随想录），借以述怀。

　　即使如此，年近耄耋之年的我，仍然不时地感到郁结于心的乡愁依然难以得到排解和宣泄。如今，2017年春节期间，当我读到乡友作家格非的长篇新作《望春风》，我的乡愁情怀才得以进一步释放和满足。

　　阅读《望春风》过程中，作为乡友的我，既能领悟到作家浓浓的思亲怀乡之情，更能感受到作者心中的惆怅与迷茫，甚至焦灼不安。从作品里，我不仅见到了我从小熟悉的村庄名字（西厢门、姚家桥、儒里、大港），重温了家乡的山川河流，直至人情世故和风俗习惯，儿时的游戏"斗猪草"，所有这一切均一再勾起了我童年的家乡记忆，而更值得关注的倒是，作品中"我"的信念："唯有我打小生活的这片土地，才是世界上最美的地方，才是值得终生守护的地方"，这乡愁的慨叹，到底还能恪守几时？

直到读到小说的后半部第四章，我才理解格非对乡愁的担忧和惆怅实非空穴来风。诚然，新世纪以来，随着工业化、城镇化的发展，家乡的山水被严重污染，诸多乡亲患病离世；再后乡村的拆迁并村，连片的村落农舍被拆成断墙残垣的废墟，昔日的故乡死了：我方始相信，格非的担忧与迷茫，实在是当代中国现代乡愁情结的生动展现。它丰富复杂，着实铭记难忘。

（四）

格非的乡愁，既是个人的，也是时代的。近年来，乡愁委实已成为时代传媒的热门词汇。刚读罢他的《望春风》，我不禁又想起另一位乡友王桂宏赠我的乡愁系列散文集《乡愁》（现已出版泰州卷和苏州卷两册）。

如果说，《乡愁》泰州卷抒发的作者浓浓的思亲怀乡之情，是对父老乡亲和童年生活的追忆与怀念，那么，《乡愁》苏州卷，则是作者对第二故乡——从军苏州六年生活的记忆，对苏州地域风情，尤其是对战友友情的深情眷顾。据说，作者正在创作《乡愁》第三卷，所要表达的，正是复员镇江丹徒后，工作多年，对第三故乡的浓浓情怀。通过近百万字的《乡愁》三卷，作者尽情地抒发形态各异的现代乡愁，并大大拓展了乡愁的丰富内涵。

粗略翻阅王桂宏的系列散文卷《乡愁》泰州卷、苏州卷，我以为这当可视为作者立足当下所捕捉到现时代乡愁这一既古老又敏感的话题，并以新颖与传统的目光拓展了乡愁的深度和宽度，从而在一定程度上表现现代乡愁的演变历程。作品文字质朴流畅，体现了作者在创作小说之外的新追求与志向，甚至不时地也将我引入到乡愁的记忆之中。

委实，王桂宏的系列散文集《乡愁》2卷本告诉我们，现代乡愁不仅存在于生我养我的故乡土壤中，也寄存于长期生活、工作的第二或第三地乡土里，寄存于对亲朋战友的怀乡思绪里。这就在一定程度上丰富扩展了乡愁的内涵。对于作者来说，创作《乡愁》二卷，既是一种对第二故乡的怀念，也是一种感恩。

总之，观之现时所云的乡愁，我以为原就不只是文人墨客的多愁善感，也不只是对父老乡亲和童年生活的追忆与思念，更多的则是对故乡家园的眷恋与牵挂，对故土家国的大爱。但在现代化城镇化奉行之时，乡土即将消失之际，我尤愿今日的乡愁能早日变为明天的乡喜。难怪"记住乡愁"，已成为当今国人共同的心声。

显而易见，如今离乡的打工者，春节回家团聚的快乐，和离别时的伤感，毕竟与离乡多年的年迈老人的忆旧情怀，或长期外出游子心中的乡愁情结，有着很大的差异。即使同样是年迈游子，在电子化通讯工具日新月异兴旺发达的如今，与舟楫不便的农业社会，其表达乡愁的方式，也有着很大不同。前者含有淡淡的离情别绪的意味，而后者则带着浓浓的家国故土的情结，以及对乡土消失的担忧。

年初六的清晨，在四周一片寂静中，我的这篇鸡年春节话乡愁的短文刚刚脱稿，我的乡愁情结总算初步得到某种缓解和释放。打开电视看新闻，忽见电视画面上正报道着千千万万的探亲大军和旅游人员正从海陆空领域急匆匆地返回原地。作为曾经参与其中的老人，我自然知道他们旅途上的辛苦劳顿，但我也明白，如果他们的乡愁情结和旅游情趣，若得到些许满足和释放，那便也总算是十分值得，令人高兴的。

是的，乡愁原就是人类共有健康正常的情感方式，也是中国古今皆有的文化传统。随着现代电子化时代的到来，也许能逐步改善产生消极乡愁的条件，但却无法杜绝、消除健康的乡愁情结。乡愁也许是永恒的话题，是宝贵的历史记忆。

在我看来，乡愁并非颓废的代名词，更非魔鬼的化身。在良好的社会条件下，在和谐的国度里，乡愁可说是积极健康的情愫，是正常必要的家国情怀。倘容用现代时髦词汇来表述便是：乡愁并非负能量，乡愁实乃正能量，乡愁将持久地生存下去，乡愁死不了。无论何时何地，年岁多大，乡愁都会永远如影随形地陪伴着你，抚摸着你的心灵。

编余絮语录

与孙子说玩

　　随着现代社会和家庭经济的逐渐宽裕，人们终于有条件给玩和娱乐提供了更多的空间。在我的一家老小四口之家里，我和老伴退休多年，除了为儿孙买菜，洗衣做家务和督促孙子学业外，闲暇中，她喜欢在电脑或手机上打些小麻将，我则喜欢在电视上看看球赛，或到活动中心与老人打打乒乓，聊聊天。再有，就是写点人生随笔，与孙子探讨交流。

　　儿子病休在家，除了躺在床上睡大觉之外，其余时间都用在电脑手机上，或看新闻或玩游戏，偶尔间也涂抹些文字。年仅十几岁正上初三的小孙子，不用说是家里最忙碌也最爱玩的人。整日间，为课程作业和课外辅导追得团团转，几乎连喊苦叫累的时间都没有了，可稍有空暇，他就迫不及待地扑进书房玩起电脑游戏，或是干脆躲进厕所，偷偷地玩起了手机游戏。

　　看来，我与孙子实在玩不到一起去，只好各自寻找自己的乐子了。我不知道，这究竟只是我家的娱乐现状，抑或是发生在当下无数家庭里玩乐的景观？

也许，这并不足怪。玩或贪玩本就是人类的天性。或可说是人生历程中不可或缺的重要组成部分。古今中外，无论是贫富老少，也无论是城市或农村，大约都概莫能外，只不过是玩的方式，各有不同罢了。

玩固然与个人喜好有关，但玩毕竟有品味之分，俗雅之别，且从玩出发，花样繁多，结果却大不相同。有人从玩出发，可以把喜爱变作娱乐健身，职业饭碗，甚至完成专家学者，成就终生职业。如打球的姚明、李娜，如玩收藏的王世襄、马未都，还有一些闻名世界的大科学家等等。当然，也有人玩吃喝玩乐，玩吸毒嫖娼，最后把自己玩进了监狱，沦为罪犯。

即如我孙子和时下一些青年最喜爱最痴迷的手机电脑，如在专注于学业的同时，又学会利用熟悉电子阅读的便利，或偶尔玩点电子游戏，自然原都不失为一种良好习惯，至少说不上是什么恶习；但如果是终日沉湎于低档游戏或色情赌博之类的游戏，那便多半是当下最令学校家长头疼不已的恶习。难怪公安警察人员常从网吧抓捕罪犯。

显然，那些出身富豪的纨绔子弟驾驶着豪华轿车终日在城市街道上肆意飙车者，玩的是钱。而那些宁愿卖肾买手机的青少年则多半玩的是命。无论是玩钱或是玩命，都是有志青少年所不足取的。

同样是玩，有人弹吉他钢琴，有人打球跳绳，还有人热衷于玩打打杀杀之类低档网络游戏，在我看来，前者之品味自然要高于后者，可小孙子却偏偏更喜欢后者，我苦心婆心地劝导他，效果如何，只有天知道了。

如果说，玩的品味直接关涉到人生志向和利害得失，那么，玩的时代色彩，则很可能构成这一时代社会风貌的显著标志。记得童年在乡村时，我与贪玩的小伙伴们，玩的多半是钓鱼捉蟹，疯跑放风筝，玩官兵捉强盗的游戏，偶尔间也会在乡场上听老人说隋唐演义之类的传奇故事。总之，玩的是田间野趣，无需金钱投入。

至于进了城上了中学大学，玩的花样又大有变化，我冒着酷暑到田间捉蟋蟀，在操场踢足球打篮球，当是我最喜欢的；即使文革和干校时期，稍有逍遥之时，依然忘不了下棋打扑克。可以说，玩是青少年时期必不可少的项目。

谁知，时过六七十年后，我孙子辈的青少年学生，大都再也无意于跑步踢球，运动健身，也对经典阅读几无兴趣，一放学即热衷于手机电脑之类的电子产品，或可说，玩的多半是金钱，耗费的多半是宝贵的光阴。一时间，我真不知，是喜，还是忧，是祸，还是福。

孙子尚在幼稚的孩童时，他曾十分愿意与我一道玩，玩扑克玩跳绳玩踏板滑轮，待到现在他上了中学，个儿长得跟我一般高时，我们爷儿俩很难再玩到一起了。即使偶尔跟我下盘棋，他赢了我还得付些奖金给他。

无奈之下，我只好拿起笔墨写下这篇关于玩的短文，至于他是否愿意耐心地看下去，我就不得而知了。由此看来，我不得不相信著名主持人白岩松的那句名言："就算说了也白说，可我不说，白不说。"

当然，为了追求与孙子斗智的效果，这回我又准备了软硬两手：如孙子愿看此文，并用电脑录入此文，我愿出资 50 元，以资鼓励。如能再写篇短文与我争议，则可再加 50 元。再者，如孙子拒绝此意,我将使出"杀手锏"——质问孙子:玩儿,有无前提条件?如三天三夜不给饭吃,能否再玩下去?

看来为了孙子的长远与未来,我只好与他再赌一把了!

与儿孙说家规，道家风

初夏的某一天晚上，为了劝阻孙子沉湎手机网络游戏，耽误学习成绩，我们爷孙间终于爆发了一场激烈的冲突。原来，已上初中的孙子放学归家后，总喜欢不止一次地躲进厕所，且每次长达一刻钟左右，名义上说是闹肚子拉稀，实际上却多半是躲进厕所玩手机游戏，以至每天的家庭作业总要拖到深夜才能完成。

在如何限制孙子玩弄手机电脑网络游戏问题上，我们爷孙俩常常斗智斗勇，有时简直可说是斗狠了。劝说无效，实在无奈，我有时干脆痛下"杀手锏"：作业未完成前，没收代管手机，也不准随意进入我的书房，摆弄电脑。

未料想，这下可惹恼了一向温顺的小孙子，他气愤不平地问道："为什么别人家都没有这样的规矩，你们却偏要这样管我？"我也十分生气地答道："党有党纪，国有国法，校有校风，家有家规，自古而然，有什么奇怪的！"

孙子一时无言以对，但显然并不信服。见此情景，我又委婉地问道："孙子，即使是现代社会，你可能找到这样一个无人管无人问，也无规矩的家庭、单位或学校？"孙子气愤逐渐平静，但依旧默然不语。我知道，孙子的心结并未解开。

我自小出身于江南贫寒农村，生在旧社会，长在红旗下，新中国成立之初随父母入城，从未进过祠堂，入过家谱，自然也记不得或受过严格的家规家风的训示。但我以为，对于寻常百姓而言，父母家人为人做事的做派与特色，便也可称为家规与家风了。

正是在这个意义上，我以为，我家的家规、家风大体可概括为八个大字：勤俭家和，老实做人。无论是对家人对同事对朋友，我向来均以"不整人，不耍滑，不偷懒"作为自己老实做人的准则，以铺张浪费炫富摆阔作为自己的人生戒律。虽然，在平生经历中，老实做人常被人算计，挨整受气，甚至吃亏难堪。但我依然我行我素，坚持老实做人的本色。

依照我的人生阅历，我固知道，良好的家规与家风，或许与权贵金钱并无多少直接关联，倒往往与家人的文化教养人生秉性不无关系。即使是在大字不识的草头百姓之家，亦不能说是全无家规家风。关键在于你选择的是什么样的家规家风。

事实上，不管是什么家规家风，一旦家长与家人对少不更事的孩子过分溺爱，便是对家规家风的破坏与漠视。而与此同时，倘若在某些贵胄之家和富豪之家，一旦缺失了对良好家规家风的管理力执行力，便可能使一些纨绔子弟干出许多缺德败家，甚至陷入犯罪深渊的蠢事来。

作为一个年迈的读书人，我自然阅读过一些关于家规家风的经典文献，背诵过一些中国文化大师们有关家训方面的名言古训，诸如孔孟关于"修身、齐家、治国、平天下"的名言，诸如《颜氏家训》《曾国藩家训》等儒家大师家训中关于"严教子女，和以治家""勤俭持家，言传身教"等家教家风的古训，还有《三字经》中那句名言："子不教，父之过，教不严，师之惰"。

孙子自小在爷奶身边长大，我当然也曾向他背诵、讲解过这些文教大师们关于家规、家风方面的教诲，但面对正上初中处于青春叛逆期的孙子，我也不无顾虑：光是灌输这些古训，只怕他不仅一时难以接受，还很可能让我这年过七旬白发满头的爷爷，又要戴上"韶老头"和"老古板"的帽子了。

作为一个有一定人生阅历的文化老人，我相信，与其向孙子灌输、絮叨那些名人古训，倒不如言传身教地讲些自己的人生体悟。在我76年漫长的人生经历中，我一向奉行"三不主义"：身处20世纪50—60年代，从不打同学、同事的小报告；置身于当今物欲喧嚣金钱至上世风影响之时，我从不买名牌穿戴；在文苑作风不正之时，我从不向顶头上司请客送礼，逢迎巴结。

当然，面对新世纪民主法制观念的普及，我更应当让孙子懂得，与党纪国法相比，家规家风孰轻孰重孰大孰小，尤需分得清爽，切切不可怠慢忽略。且不说，人生婚姻中亲情不和家庭分离，常因门不当户不对，家规家风有巨大差距而酿成；就是那些贪官土豪走上违背党纪国法和伦理道德，甚至陷入犯罪深渊，还有那些缺乏良好家教的纨绔子弟的锒铛入狱，起始岂不大都是由不良家规家风所酿成的么？

断断续续地，我花了十来天时间整理写出了这篇短文，目的无非是让孙子明白：在当今民主与法制时代，家规家风怠慢不得，党纪国法更是触碰不得。可当我将短文交与孙子"审阅"时，未料想，他只花了几分钟草草地翻阅一下,便轻率地说道:"勤俭家和,老实做人,这有何难?"

气恼之下,我遂给孙子出了道现实难题:"在当今社会,你可能找到一个无人管无人问,无法无天的地方?要不,你可能做到每天为家里扫一次地面,倒一次垃圾,或是每天做完功课,再玩手机?"

孙子顿时哑然无语,沉吟了一会儿,方才答道:"爷爷,那你今后看我行动吧!"说罢,便将手机交我代管。我笑了笑:"但愿如此,说话算数。果能如此,爷爷就该享福了!"

在民主法制和电子化时代,面对电子网络游戏的诱惑,许多父母都被戴上虎爸猫妈的头衔,而今在我们这个一家老小的四口之家里,我和老伴只怕也要被孙子视为虎爷猫奶了。

与孙子话机遇

孙子临近初中毕业,站在人生的十字路口正面临着一次重大的人生选择和职业定向。作为七老八十的爷爷,我并无多少财富遗传于他,只能给孙子提供一条人生公式,供他参考:成功的人生＝天资＋勤奋＋机遇。

即将 15 岁的孙子有些茫然不解地看着我,他那疑惑的眼神告诉我,显然,年轻单纯的孙子似乎并不太理解这简单公式所包含的复杂意蕴。

于是,我不得不用自己的人生经验向他解析这道人生公式。我说,这天资是爹妈先天赐予的,具有基因的元素,这机遇是后天偶遇的,并非人人都一样,带有可遇不可求的意味,唯一可自己做主的,可以改变命运的,只有靠自己的勤奋努力。而勤奋努力,虽不能改变一切,但可在很大程度上,将自己的命运掌握在自己的手里,进而实现自己的人生目标。

孙子若有所悟地点头称是，我怕他有所不解，这才又给他对机遇一词加以特别的注解。

细细想来，机遇委实可称为是一个可大可小可重可轻的活泛词汇。它的灵活多变，闪烁不定，也确实要让人多费口舌解剖一番。远非查查字典，摆弄几下手机电脑就能通晓明白的。

我知道，限于我的人生经验和学识修养，要想跟孙子说清这一人生话题并非易事，但为了孙子的前途，当此关键时刻，作为爷爷，我又岂能怕麻烦或怕被戴上一顶韶爷爷的帽子，就忍住不说？

尤其是，每当想起，自己大半生忙于生计和事业，或出差在外，或埋头编辑写作，一向很少与儿子讲述人生道理，致使儿子生性内向，忧郁寡言，人生很不顺利，我更是不能不跟孙子补上这一人生课题。

就像是许多词汇和道理一样，机遇也是既简单又复杂，既通俗又难解的词条。我自忖年迈迟钝，已无能力说清其中的复杂与难解之处，我只能简略地跟孙子讲述一下关于机遇的浅显道理。至于孙子到底能理解、践行多少，那就不得而知了。

从社会学角度，关于机遇的话题也许可以写一篇论文或是一本专著，但依照我的人生阅历和文化水平就人生话题，我所能传达灌输给孙子的，也许只有这么几条干巴的概念，和老掉牙的老生常谈。

机遇并不总是人人平等的。高官与富豪们在求学、求职和求财等方面的机遇，毕竟要比平头百姓多得多。几代书香世家的人生机遇，也会比大字不识的文盲和贫民显然要更具优势。

天赐良机毕竟少之又少，等待天上掉馅饼毕竟只能是一种纯粹的空想。对于一个务实的聪明者来说，与其是相信天上掉馅饼的神话，实不如信奉一句民间流行的俗语："机不可失，时不再来。"

机遇并不等于运气，机遇在大多数情况下，只会给有准备有实力之人。小事不愿干，大事干不来，好高骛远之人，到头来只能落得个竹篮打水一场空的下场。而运气则往往是不可捉摸，难以预测的。

孙子，别以为这是爷爷的一通老生常谈了。是的，爷爷作为观察了人世间的诸多人和事，又读了历史上诸多名人成功与失败的经验，这才能写下这些人世感叹和教训的。

孙子你可曾听过"将门出虎子"，书香世家多出才俊之士，体育人家多出运动健将的故事？只消多看看多想想这类事例，我以为，你定会相信，爷爷的这些感悟，实非虚妄之语。

自然，机遇除了与家庭环境，与自身条件直接相关外，还与社会变迁时代走向不无影响。甚至在一定程度上可说，个人的天资与勤奋，家庭的条件与背景，在特定情景下，社会与时代的变动与走向，都会对个人成就与命运产生相当大甚至是决定性的影响。

我知道，对年幼的小孙子与其说些关于机遇的人生道理，倒不如说说爷爷一辈子人生机遇大都是在优劣并存，顺逆交错的环境中度过的。我宁可相信，只要能抓住关键时刻的关键机遇，也就大抵不差了。

记得20世纪50年代初期，我从农村来到南京读小学三四年级时，父母曾要求我回乡务农继承门户，是一位老师向家长建议让我跳级早一年上中学好领助学金，以便继续上学。当我初中毕业再次面临人生选择时，又适逢国家提倡"向科学进军"的口号，才改变上中技校的打算，进而有了上高中读大学的机遇。

20世纪60年代中期，当大学毕业择业之际，毫无家庭背景的我幸运地被首都中央级社科院文学所录用。

后因故，在万般无奈之下，我只好放弃在首都的文学梦想，务实地干起了为他人做嫁衣的编辑工作。然而，我在30年的编辑生涯中，并未轻易放弃我的文学梦想，一边在为别人约稿、编辑，一边开夜车写评论随笔，辛苦地继续追求着自己的文学梦想。

在谈及科学家的诸多成功要素的时候，著名数学家华罗庚曾经说过："科学的灵感，绝不是坐等可以得来的。如果说，科学上的发现有什么偶然的机遇的话，那么这种'偶然的机遇'，只能给那些学有素养的人，给那些善于独立思考的人，给那些具有锲而不舍的精神的人，而不会给懒汉。"是的，考之那些成功人士，哪一位不是利用勤奋和天资，又善于捕捉机遇的高手？

我本是个内向腼腆的老人，平常总给人们沉默寡言的印象，可如今面对即将初中毕业的小孙子，我却不能不絮叨地提醒他：既然，机遇不可坐等，家庭与社会条件很难逆转，那么，唯一可行的便只能是，用格外的勤奋与努力，充实壮大自身，以坚韧的毅力与定力去迎接创造稍纵即逝的难得机遇。

唯有如此，才不致浪费时光，虚度此生，也才对得起自己和家人，对得起自己所处的时代与社会。说到底，我要孙子务必记在心里的，只有一句话：机会总是给有准备的人，机遇总会给勤奋努力之人以更多的眷顾。

与孙子谈吃

作为一个曾经经历过饥饿困厄日子的老人，年过七旬之后，对吃和有关吃的话题，本已无多大兴致，一日三餐只消有饭食填饱肚子，有肉丝蔬菜可助餐，有排骨冬瓜汤可喝，大概也就心满意足，再无过高要求了。山珍海味冬虫夏草，绝非我等寻常百姓之所奢望。看来，吃，总是离不开人的生存环境和经济基础的。

不料想，从小跟着我们一道生活，年仅 14 岁正上初三的小孙子正值贪玩好吃的人生阶段。最近站在才买来的磅秤上一称，83 公斤的数字竟让我和家人大吃一惊！记得 20 世纪 50 年代，我上初中时的体重还不到百斤，20 世纪 60 年代上大学时，体重也不过 106 斤，而如今站在我面前身高与我一般，体重竟达 160 斤。他的小腿竟比他爸的大腿还要宽大粗壮。

吃惊之余，我脑海里不由地就蹦出了如今流行的减肥六字诀："管住嘴，迈开腿。"即是说，大多数肥胖之病，皆是吃出来的。俗话说"病从口入"大抵没错。与此同时,关于吃的属性与内涵,以及如何吃得有滋味、吃得有营养、吃得健康的问题,便顿时映现、汇聚到我的眼前。

虽然,我知道,仅凭我有限的饮食文化知识,要想谈吃并让贪吃的小孙子改变某些不良的饮食习惯,灌输良好健康的关于吃的常识,显然并非我力所能及,但为了孙子的健康成长,为了他的将来,我又不能不对胃口特好的孙子讲述一些关于吃的基本常识。

首先,我得向孙子承认,吃和好吃本是人的自然属性和人类生存之所需,正处于人生生长发育阶段的孙子喜欢吃,胃口好,这一点儿也不奇怪。但与此同时,亦当让孙子明白,随着现代文明的进步与现代饮食文化的发展,人们对吃自有不同的理解与认识,必有更多的讲究与吃法。

难怪古人云"民以食为天",也难怪人称中国的餐饮文化有着悠远的历史传统。著名圣人和学者文人,常有专门谈吃论喝的专著和文章。更有甚者,则是有人说:中国人有三把刀为世界所不及,第一把刀就是厨刀。世上有"四害——吃喝嫖赌"中,吃亦排在首位。

显然,吃,对某些人来说,看似不过是个人不值一提的些许小事,对另一些人而言,却又是性命攸关的大事,甚至是关乎国家命运的头等大事。常言道,病从口入,即是指因贪吃油腻肉类食品而易患心脑梗塞病症。不少人也因过分爱吃甜食,又缺乏必要的运动,而招来糖尿病缠身。

我并不想跟孙子讲述童年时在农村吃南瓜野菜的往事,也不愿追忆上中学、读大学时为饥饿所困,为吃一块烧饼、一碗阳春面而苦求不得的困窘日子。我知道,忆苦思甜的教育方式,早已为现代青少年所难于接受，甚至有时还会遭到耻笑。

我本无意强迫孙子倾听我等前辈在关于吃的方面的痛苦记忆，但面对孙子的一些不良饮食习惯，我又实在不能保持沉默，不闻不问。尤其是孙子洗浴时，我目睹他发福的身板、粗壮的腿脚，我禁不住要对他今后如何吃，提点合理建议。

当然，对于年少的孙子而言，也许他还未懂得餐饮文化的真正内涵。要紧的当是，除了讲究如何吃得有滋有味，喜欢不喜欢之外，还应包括如何吃得有营养，吃得健康的话题；而对孙子而言，更为紧迫的现实话题则是，怎样吃得既健康又减肥，既有丰富营养，又防止营养过剩，甚至因肥胖致病。

论理说，在我家或可称为温饱或可称为小康的饭桌上，每天的饭菜，也大体维系着三菜一汤、有荤有素的水平。孙子用餐时，也大都不会提过高的要求，且很少对我这专职买菜者指手画脚提过分的要求，也很少要特殊照顾，让我过分为难或困窘不安。

首先，让我为难的倒是，怎样改变孙子挑食（荤食）和暴食的不良饮食习惯。一般地说，孙子进餐前后之所以不提什么特殊要求和过高条件，这大约与我平日向他灌输我家只是一个平常百姓人家，生活水平居于小康与温饱之间有关。但他毕竟正处于发育成长的中学阶段，故而放学吃晚饭时，依旧不免有无荤不下饭的习惯，每逢有他特喜欢的菜肴，他总要添饭加菜。而每逢此刻，作为爷爷，我便左右为难，我想劝止，却又不忍心夺下他的饭碗。

再有，令我担心的是，孙子吃饭前后，竟也沾染上了时下青少年的一些不良的饮食习惯，这便是每每在放学归家路上，孙子总喜欢买些洋快餐之类的小零食食品（如薯条、小香肠）和饮料（如可乐、冰红茶），我知道这类食品与饮料，吃多易导致人发胖，便常劝说道:"你看美国黑人胖子多,就是吃多了这类食品所致,你要小心少食才是。"可孙子当面点头称是,可到头来,听进去多少,就很难说了。

当然,更使我焦虑的还是,当他渐渐发福,被人称为小胖墩之后,为了减肥,他在饮食上又走上另一极端,即晚上少吃,早上不吃。当然,即使如此,玩电脑、手机网络游戏的兴致依旧不减。作为爷爷的我,自然深知此举的危害,遂每日早起买些他喜欢吃的早点,诱他进食,并苦口婆心地劝说他:"减肥最有效的办法,不是禁食,而是六字诀:管住嘴,迈开腿。"可小孙子往往点头称是,却又做不到。

为此,作为爷爷的我尤想对孙子和孙子一样的青少年发出深切的呼唤:你们需要有滋有味的美食,你们更需要吃得营养,吃得健康。当然,我更想对学校和教育界发出强烈的呼吁:多给学生一点体育运动的时间,少培养一点小胖墩式的少年。

眼看着小孙子日益增长的体重,预想到肥胖将可能带给他种种不良后果,我不由焦灼不安,心急如焚,除了节假日偶尔带他到运动场跑跑步跳跳绳,或者不断地跟他唠叨、诉说肥胖之弊之外,我还能做些什么呢?况且,我也深知,在当下独生子女体制和现行教育体制下,功课作业特重,学生大都娇生惯养吃不起苦,也听不进老人之言,我的这一切努力,又会有什么效果呢?

每遇这样情景,我不由地发出深深的叹息,长久地陷入沉思之中。有时我又不免暗自思忖:作为长辈爷爷,这又何苦呢?真个是,皇帝不急,急死太监了!

编余絮语录

走出校园　路在何方
——与孙子话走路

在常人看来,一个年迈的爷爷如今要与年仅十四五岁正上初中的孙子唠叨关于走路和人生之路的话题,也许实在为时已晚、不合时宜。可作为一个伴随孙子一道生活,看着孙子从出生长到与自己一般高,且自己又年近七老八十,具备丰富人生阅历和体验的爷爷,对孙子今后的人生之路,不说点什么,要想保持沉默不语,却又心尤不甘。尽管我的絮叨常引起孙子的厌烦,被戴上一顶韶爷爷的帽子,但我依然乐此不疲,照旧唠叨不已。

委实,不管你是何许人士,是伟人还是小民,是达官还是富豪,你的人生终究还是要从蹒跚学步、牙牙学语开始的。而后,经过或艰难跋涉,或一路平坦的人生之路,从抱着走——背着走——搀着走——拉着走——一块走,最后抵达人生终点,关闭人生大幕的。

孙子,你可知道,从学会走路开始,到顺利地走完人生之路,乃是每个人必经的阶段，又贯穿了每个人或短暂或漫长的人生。可纵观各色人等的人生之路可见，并非每个人都明白这一道理。

说及人生之路总难免要涉及人生目标、人生计划及为实现这一目标和计划所必须具备的定力、体力与毅力。一个毫无目标和计划的人，他的人生之路，必定是走不远、更走不好的。充其量只能是一个浑浑噩噩的糊涂虫。或者更像是一只到处乱飞乱撞的无头苍蝇。

对于一个身体健壮的成人来说，走路自然不成问题，但一旦缺乏远大志向和定力，便注定他一辈子走不远，活得未必精彩，甚至会步入歧途，堕入深渊。而即使是一个坐着轮椅的残疾人，只要他有着远大的人生目标以及为实施这一目标所具备的定力，他便有可能走得更远，并使人生迸发出璀璨的火花。

由此可见，对于健康的青少年和成年人来说，走路实在并非难事，亦非大事，但要走得遥远走得稳健，且能迸发出有益于国家和民族的光彩，受到民众的称赞，那就大为不易了。

我知道，我所言的这些关于走路的人生道理，我那只有14岁、正在上初中三年级的小孙子，未必全能听得进去，更难吸收理解。但从他近来有意减少对手机电脑的依赖，却央求家人为他买哑铃买电子吉他，并主动要增加练身体练琴时间，尤其是家长会上，听到老师表彰他进步明显，有些功课考试成绩已排名前列来看，我也该释然地为他高兴喝彩。

作为长辈和家长，我并一定非要他立马就成为"三好生"和学霸不可，只要路走得正行的直，少走弯路，切不能步入斜路，大约也便可放心离去了。

还记得，孙子呱呱坠地时，爷奶家人即在产房前焦急等待，孙子一出产房，恨不得立刻上前拥抱亲吻；待到一岁刚牙牙学语时，他便要他爸背驮着他,"到小区转转",迫不及待要亲眼瞧瞧外面的世界了。

还记得,到幼儿园上小学时,总是爷爷、奶奶搀着他的小手,一路过街穿巷,护送孙子走到学校,并反复关照嘱咐他在学校要听老师话,与同学好好相处。

还记得,即使上了初中,爷爷还得先教他学会骑自行车,并反复关照叮嘱,过街穿越十字路口,千万不要闯红灯,视线不清晰,切勿骑速过快。

及至初中即将毕业,处于人生十字路口,面临人生之路如何选择之际,家人更是要为孙子操心不已。虽然,时至今日,孙子是上高中,还是进职校,抑或是中专,在很大程度上,已经不全由家人做主了,更重要的则是取决于学生在校的学习成绩了。

但是,作为家中唯一上过大学的我,自然十分清楚,虽然上不上大学并非人生成功的唯一之途,但受过良好的高等教育,毕竟有助于开拓孙子今后的人生之路。故而,全家人全力以赴集中精力财力,提供各种条件,寻找各种教辅机构,为孙子今后的人生之路,作最后的冲刺。

作为一介书生,爷爷自然明白,我既不能以金钱来为孙子来铺垫未来的人生之路,也不能以权力为孙子开拓未来的人生之途。我除了絮叨地说说我的人生体会也便只能借助一些名人名言,来引导孙子走上正确的人生之路了。

记得鲁迅先生说过一句关于路的名言:"什么是路?地上本来没有路,走的人多了,也便成了路。从没路的大地,要想开筑一条平坦大道,确实需要开拓者的勇气和智慧,还有坚韧不拔的毅力与定力。"

当然，临到今年五六月间，当孙子初中毕业，站在人生十字路口时，作为爷爷的我，尤想告知孙子的是，路就在你脚下，路要靠自己走。别人谁也无法代替。爷爷奶奶、爸爸妈妈再也不能像以前那样抱着你、背着你、搀着你、领着你、陪着你前行了。

而且，爷爷渐渐老去，总有一天，行动不便，会盼望孙子能搀着我上街，扶着我到医院去看病。到那时，爷爷奶奶真不知能否享受到这种福气了。

在当今物欲喧嚣金钱崇拜之风的影响下，在社会流行望子成龙望女成凤之风盛行之际，我尤其想用名人名言提醒孙子，走好自己的人生之路。

记得正如马克思所言："在科学道路上是没有平坦的大路可走的，只有那在崎岖小路上，勇敢攀登不畏劳苦的人，才有希望到达光辉的顶点。"而世界文化名人拜伦和但丁都也曾说过："逆境是到达真理的一条通道。""走自己的路，让别人去说吧。"

爷爷就走路和人生之路的话题，苦口婆心、引经据典地絮叨了这么久，说到底，最终还是想让孙子明白：你的人生之路最终还得由你自己去走。但愿你能从中领会一二，从此走上正道，少走弯路，更千万别步入歧途歪道。倘果能如此，也就不枉爷爷在此白费口舌，空说一场了。

编余絮语录

亲情可贵　爱心无涯
——《难忘吾家的那棵亲情树》自序

我不知道,在当下中国有多少三代同堂的家庭,更无法确切知晓,这类家庭中,究竟有多少是出于心甘情愿,又包涵着多少相处和谐美满的意味。

不过,从我家的一个远房亲戚的口中却意外得知,在当下上海市内,居然还有一对早已年过耄耋之年的老夫妇,却仍能把多子女且三代同堂的十几口人团聚在一起吃饭生活,喝酒作乐,和气相处。

每当听闻这则发生在现代大上海三代同堂团聚吃饭的故事,我不免感到些许离奇惊愕,继而又陷入了沉思之中。依我猜想,时至今日,这样的家庭结构和生活方式,在当代大都市,实在是太少了。就是在当下农村,恐怕也并不多见了。

对于我辈人文知识分子来说,也许本不宜过多考虑或追求个人爱情的甜蜜和家庭生活的幸福了。我和我辈不少同学,最好的青春年华似乎都是在阶级斗争和连绵不断的政治运动中度过的,哪里还有多少机会寻找精神伴侣，建立幸福家庭。于是，我们不能不把主要精力投放到工作和事业中去。幸福和爱情对我辈来说，简直就是不可企及的奢望。可望而不可即。

可临到年过七旬之后，我和几位要好同学家中的子女终于出现诸种意想不到的不快，甚至磨难。直到这时，我才意识到，我们这些同学和同事家中所发生的不快或磨难，不免都带有较深的时代烙印，社会的痕迹。当然，也有性格即命运的意味。

在临近人生迟暮之际，历尽人间沧桑之后，我早已醒悟到，正像十全十美的人是没有的一样，幸福美满的婚恋和家庭，也几乎是很少的。

何况我的家教，和我从父母秉承的，均是宽容有度，为人实诚心地善良的个性。在一定程度上，我宁愿相信心太软那首歌词，怪不得别人，只能诿过于自己的性格命运所致。

在我的家庭里，或对我而言，几十年里维系我家最为重要的，或许只能是爱心和担当。而这一切似乎又多少与我的事业心和个性有关。记得曾有名人云，"时代影响环境，性格即命运"，我以为这话大抵是不错的。

对于大多数家庭而言，或许总是以血缘和亲情为根基来组建的。可如今在我看来，对某些家庭而言，比血缘和亲情更为重要的，却是爱心与责任。诚可谓亲情可贵，爱心无涯。在物欲喧嚣亲情淡薄的当下社会里，不是确有不少家庭里，正发生着演绎为争夺房产、财富，而撕破脸皮，弄出你死我活的闹剧么？

或许，正是在此刻，我方始信服，年轻时我原不相信命，临近耄耋之年时，我才不得不承认，这就是命。忽地我想起了著名作家谌容的那篇脍炙人口的名篇《人到中年》和《懒得离婚》，作品确实道出了当下某些中国人的人生慨叹。既然时代的动荡不安让我失去寻找情感伴侣的充分条件,那就只能将错就错地听凭命运的安排了!

好在随着时间的推移,我和我的那几个同学都已把人生中心转移到工作和事业中去了,并从中渐渐醒悟到,亲情也是可以逐渐培育的。真正的爱心,不仅可以培养亲情,也是大于亲情的。而事业也大抵能消除部分因家庭带来的不快。

每当家事不顺时,我便情不自禁背诵宋代大文豪苏轼的千古绝唱:"人有悲欢离合,月有阴晴圆缺,此事古难全。但愿人长久,千里共婵娟。"

于是,我醒悟了,我释然了。我相信,人世间,比血缘更重要的是亲情,比亲情更重要的,乃是爱心。在我看来,宽容不只是一种家规,也是一种人生态度。在我心里,亲情远比边缘重要,大爱方是亲情的重要内核。

总之,在一个白发满头年迈老人的心中,如果说他曾经历的社会像是变幻莫测的场景,世界像是旋转不停的万花筒,家庭则更像是一叶风雨飘摇的小舟,那么,面对这样的社会、世界和家庭,作为一个正直善良的老人,我宁可坚守宽容有度,爱心无涯的生活态度。否则,我不仅无法生存立足,很可能便会崩溃垮塌,一事无成了。

盖因,我们这些书生气十足的老人看来,个人的婚恋与家庭,毕竟只是个人漫长人生的一部分而已。尽管颇为重要,那也绝非全部。由此看来,我只能把编这本小书,当作对家人对自己的一种弥补一种纪念了。

在那个特殊的年代,为了一个小时的约会,我愿做出一辈子的承诺。记得年轻时读托尔斯泰《安娜·卡列尼娜》,就记得他的那句名言:"幸福的家庭总是相似的,不幸的家庭,则各有各的不幸。"其实,那时的我,并不十分理解这句话的深刻意蕴,直到耄耋之年时,经历了人生的各种磨难之后,我方才真正懂得,不管什么时代和社会,幸福甜蜜的爱情毕竟是少有的,十分称心满意的家庭也并不多见。

如今,相伴我 40 多年的老伴离我逝去已一年有余,我更当珍惜她留下的一切,记住她的临终嘱咐。是的,无论是什么时候,对家庭和亲人,都应持宽容有度,爱心无涯的态度。我深信:亲情可贵,爱心无涯。

编余絮语录

守护小家　追求大爱
——《难忘吾家的那棵亲情树》后记

在人生垂暮之际，近年来我连续编了三本有关编余琐忆、随想和闲情絮语之类的书稿，本已够累的了，可是月中在医院治病期间，一想起自己退休之后所写的那一系列关于家庭亲情的文稿，就似觉有些遗憾。于是，刚刚出院不几日，我便翻箱倒柜地搜集整理昔日多年积攒下的那些散乱的文稿。

作为一个出身农村的农家子弟，我自知自己的读书与学识，本都有所欠缺，加上平生所处时代，尤其是中青年时正逢政治运动连绵不断的岁月，故而退休前一向很少顾及家事，尤其是对儿孙的读书学习，经济和精神上投入甚少。如今想来，有时不免觉得似有亏欠家人之处。

现今时过境迁，身体日衰，目力也渐渐不济，有时念及倘不再设法弥补一二，岂不悔之晚矣！委实，在一个七老八十的老人看来，人生本就是曲折复杂充满变数，何况我所生活、工作的背景又是政治运动跌宕起伏的时代。这时，我忽然读到中年著名学者刘东那句颇有哲理的名言："人生有时候就是将错就错。"

他的质朴又充满哲理的名言启示我，在人的一生中，总难免有犯浑犯错的时候。有时可以知错即改，有时明知选择错了，可还得将错就错。也许人生本就没有后悔药可买可吃。

本书搜集整理的，大都是我退休十多年来，我和儿孙共同撰写的关于家庭亲情和代沟的文稿，其中有发表过的随笔，也不乏并未刊发的短文。虽未刊发，但我一直鼓励儿孙们继续坚持写下去。目的无非是想借此表达当下社会里，我们这一特殊家庭的历史与现实状况。

在我看来，将错就错，是一种人生态度，也可说是一种人生哲理。有的人活了一辈子却终身未必明白此理。在即将关闭人生大幕之际，我总算有所醒悟了。

在临近七老八十的人生一辈子中，在我为他人作嫁衣裳的30年职业生涯里，也许我已记不得为多少专业作家和业余作者编发了多少文字，又为他们的创作写了多少评论文章。而今在退休之后临老之际，我总算为自己为家人撰写、编就了这本小书，且不管人生对错，或是将错就错，我也该满足了。

回顾我的人生历程，自感虽还说不上厄运连连磨难重重，但也实在可说是磕磕绊绊蹉跎一生了。躲闪也好，回避也罢，大约也只能如此了。

光阴荏苒，岁月流逝。转眼之间，我已是年近耄耋之年的迟暮老人了。如今在我看来，亲情是爱，温情、友情和善良、同情亦是爱。甚至可说是一种大写的爱。当迟暮之年悄悄逼近之际，我愿守护住这种亲情、友情和同情，并让她伴随我走到人生终点。

因此，我想将这本小书的后记定题为："守护小家，追求大爱。"

编余絮语录

  此时此刻，我特别感谢在我的人生历程中，曾经给予我关心、帮助的人，也感谢即将帮助我出版这本小书的编辑和朋友。在人生大幕关闭之前，我尤其盼望着这一愿望和梦想能够早日实现。

  对我来说，写作这类关于家庭与亲情的散文随笔，乃是发自我心底的情感宣泄与外露，也是我置身特殊时代背景下，对特殊社会情绪和氛围的真实记录。我以为，在某种特殊情景下，家庭固然无力违抗社会的法则，但人类社会的善良和天性，毕竟亦可对此做出力所能及的弥补和抗争。我固不是抗拒时代逆境的硬汉，但我愿以善良与爱心对待家人和亲朋。我愿为家庭和亲情，付出必要的代价。

  文末临了，我愿告知读者，促成这本亲情树的出版，尤其是取此书名，则是我的文友张昌华先生。正是张昌华主编的《百家湖》开设的专栏"亲情树"中，同期发表了我与儿孙三人所写的一组散文随笔，并在编后记中予以特别的推荐。尔后，老友苏志超先生又特地在年终评奖时，对我儿子徐悦的那篇短文，给予较高的评价。这才引发我下决心编发这本亲情树的念头。在此，我当对张、苏两位文友表示真诚的谢意。